じい様が行く 6

『いのちだいじに』異世界ゆるり旅

ALPHA LIGHT

蛍石

Hotaruishi

アルファライト文庫

主な登場人物
クリム
セイタロウの旅に
同行する
赤い子熊の
モンスター♂。
ルージュ
セイタロウの旅に
同行する
赤い子熊の
モンスター♀。
バルバル
ナスティの
従魔《じゅうま》になった
バルクスライム。
ロッツア
ソニードタートル
という種族の
巨大亀モンスター。
見た目に反して
足が非常に速い。
ルーチェ
正体《しょうたい》は、ブライト
スライムという魔族。
セイタロウの孫娘《まごむすめ》
として一緒に
旅に出る。
レンウ
セイタロウたちに
懐いた
紅蓮ウルフ♀。
ジンザ
セイタロウたちに
懐《なつ》いた
紅蓮ウルフ♂。

ナスティ
セイタロウの旅に加わったエキドナ種の女性。のんびりした口調で話すが、芯は強い。
セイタロウ
日本で茶園を経営していたじい様。年の功と神様から貰《もら》った超スキルを引っさげ、異世界で旅に出る。
カブラ
セイタロウに育てられたマンドラゴラ。通常の個体より大きく、喋《しゃべ》りが流暢《りゅうちょう》。

旅の中で巡り合った人々

イレカンの街

❖イルミナ♀ ……………… 商業ギルドマスター。
❖シロハン♂ ……………… 商業ギルドのサブマスター。
❖サチア♀ ……………… 商業ギルドの飲食店担当。実はイスリールの関係者。
❖タオニャン♀ ……………… 商業ギルドの料理などの仕入れ、レシピ管理担当。猫耳獣人。

港町レーカス

❖ウコキナ♀ ……………… 商業ギルドマスター。
❖ダゴン♂ ……………… 海の支配者として知られるタコの魔族。
❖ハイルカン♂ ……………… 鮫人族の漁師。
❖ウルハ♀ ……………… 人魚族の漁師。

ローデンヴァルト時計店

❖イェルク♂ ……………… 時計店の主人。地球のドイツ出身。
❖ユーリア♀ ……………… イェルクの妻。

商業都市カタシオラ

❖クーハクート・
　オーサロンド♂…… 好々爺然《こうこうやぜん》とした貴族。
❖ツーンピルカ♂ ……… 商業ギルドマスター。大柄で禿頭《とくとう》のエルフ。
❖マックス♂ ……………… 商業ギルドのコーヒー、紅茶仕入れ担当。
❖クラウス♂ ……………… 商業ギルドのレシピ管理担当。
❖シロルティア♀ ……… 商業ギルドの飲食店関係担当。
❖マル♂ ……………… 商業ギルド見習いの少年。
❖カッサンテ♀ ……………… 商業ギルド見習いの少女。
❖ズッパズィート♀ …… 冒険者ギルド管理官。
❖デュカク♂ ……………… 冒険者ギルドマスター。魔法に秀《ひい》でた影人族。
❖カナ＝ナ♀ &
　カナ＝ワ♀ ……………… 影人族の姉妹。冒険者。

《 1　祭り料理の試作 》

大きな港を抱《かか》えた街カタシオラ。儂《わし》、アサオ・セイタロウがここに住み始めてから、それなりの時間が経《た》った。今では家族と一緒に営《いとな》むバイキングに常連客もおるからの。それに伴《ともな》い、馴染《なじ》みの店や人も増えたもんじゃ。

ただ、目新しい店が流行《はや》ると、それを好ましく思わん者もいてな。やれ、自分の店の客が奪《うば》われただの、営業妨害《ぼうがい》だのと騒《さわ》ぐ輩《やから》に絡《から》まれ、厄介《やっかい》なことになっとる。それを耳にした隠居《いんきょ》貴族のクーハクートが首を突《つ》っ込《こ》んできて、更《さら》に話が大きくなってしまったんじゃよ。

クーハクートから提案された解決方法がまさか料理勝負とはのぅ……しかも祭りにまでされるとは思わなかったぞ。

結局、祭りの周知と準備に期間が必要なので、開催《かいさい》まで一週間と通達された。その間、屋台で出す料理を考えつつ、儂は店の営業をいつも通り続けておる。

祭り向けの料理となると、日本の出店のものしか思い浮かばんからのぅ。ここ数日は、適当に料理を試作しつつ、味見を繰《く》り返す日々じゃよ。いろんな意見をもらう為《ため》に、店で働いてくれとる近所の奥さんたち、海エルフのルルナルーに海リザードマンのマルシュ、あとは魔法使いのカナ姉妹に味見を頼《たの》んでおってな。連日となれば飽《あ》きると思ったんじゃが、喜んで受けてくれとるよ。

店が休業日の今日は、一段とたくさんの人が集まってくれた。謝礼金《しゃれいきん》の代わりと言ってはなんじゃが、試作料理の食べ放題と伝えておいたからのう。思った以上に効果があったみたいじゃよ。集まってくれた皆は、

「一食分のお金が浮くからありがたい」

と言っておったで、丁度《ちょうど》良かったのかもしれん。しかし、試作料理を全部食べてたら、一食分どころか一日分くらいの栄養になってしまうぞ。

串焼きや鉄板焼きも試《ため》したんじゃが、やはり冷めるまでが早くてな。折角《せっかく》の料理も、冷めてしまっては美味《おい》しさが半減《はんげん》じゃよ。かといって、冷めても美味《うま》い野菜の煮《に》しめは、店でいつでも食べられる。となるとやはり汁物と煮込《にこ》みが候補《こうほ》じゃな。

ついでにどの店も塩味ばかりなので、醤油《しょうゆ》や味噌《みそ》など一風変わった味付けの儂の料理は好評になりそうと言ってもらえた。醤油と味噌なら、儂には一日《いちじつ》の長《ちょう》があるしのう。

料理の準備が終わり、庭へ顔を向けたらロッツァと目が合う。汁物ならば自分の出番だと分かっとるようで、無言のまま力強く頷《うなず》いておった。

うどんに蕎麦《そば》、汁物は塩味に味噌味、醤油味と何杯も味見をした結果、ロッツァの推薦《すいせん》

は煮干《にぼ》しダシのうどんとのことじゃ。次点は根菜盛《こんさいも》りだくさんの豚汁じゃな。うどんの仕込みや認知度、店での売れ行きを考慮《こうりょ》すると、豚汁のほうが無難《ぶなん》かのぅ。

　煮込み料理はマルシュが一番好いとるみたいじゃった。サンマっぽい魚や、サケっぽい魚を醤油で炊《た》いたものは、とても美味いが屋台の料理らしくないと言っとったな。野菜をもっと食べたいとの意見も出とる。

　マルシュを含めた全員が大絶賛《だいぜっさん》していたのは、この季節のカタシオラの風物詩《ふうぶつし》である巨大牛・ヌイソンバのスジ肉を甘辛く炊いた煮込みじゃった。煮汁でダイコンやニンジン、ジャガイモを炊いたのも味が染《し》みておって好評じゃ。

「……魚より美味《おい》しい肉……それよりもっと美味しい野菜、すごい……」

　店で働く時は口数少ないマルシュが、目を細めながら感想を述べておった。

「あれ食べ物と思えないくらい硬《かた》いのに、じいちゃんすごいな！」

「……うん。噛《か》み切れない」

　相変《あいか》わらず儂を「じいちゃん」と呼ぶカナ＝ナとカナ＝ワは、とろとろかつぷるぷるになったスジ肉に驚《おどろ》いとる。弱火で時間をかけて、じっくり煮込んだ成果じゃよ。圧力鍋《なべ》があればもっと手軽に作れるんじゃが、なんとかならんかのぅ……両手鍋に《圧縮《コンプレス》》を付与《ふよ》したらどうじゃろか？

「私はこれですね～」

試作料理以外のことを考えていた儂に、椀《わん》を片手で持ち上げたナスティが微笑《ほほえ》む。その手にあるのは、トマト味のモツ煮込み――イタリア料理のトリッパじゃ。うろ覚えで作ったんじゃがそれなりのものになったから良かったわい。味噌味のモツ煮は、クリムとルージュが気に入っておる。

聞いてみると、モツ煮のように内臓を使った料理は、ほとんど食べんらしい。捨てられる食材を活用するのは、良いことじゃな。儂はさして見栄《みば》えを気にせんから、形の悪い野菜ばかり使っとる。商業ギルドが仕入れた野菜にも、そんなのがたくさんあったしのぅ。誰も損《そん》をしない良い形じゃろ。

「豚汁、スジ煮込み、モツ煮トマト味と味噌味か……椀ものばかりになってしまったのぅ」

「いいんじゃない？　じいじは、美味しい料理を食べてほしいんでしょ？」

「そうじゃな。来てくれた人、食べた人が美味いと思ってくれれば成功じゃよ」

「ならこれでいきましょ～」

ルーチェとナスティが音頭《おんど》を取り、皆が拳《こぶし》を突き上げおった。祭りには店として参加するから、皆も一緒じゃや。祭りを楽しむ為に、交代で店番をすることも決まっとるし、皆のやる気は早くも高まっておる。しかし、野菜と肉の料理は出せそうじゃが、魚を使えんかったのは残念じゃな……

「フィッシュバーガーも出せば、魚料理まで扱《あつか》えるか……」

「ん？　それなら、ボクがやるよ。マルシュもいるしね」

儂の呟《つぶや》きに、ルルナルーが即座に反応した。隣《となり》に立つマルシュも、

「……お祭りに、お金いる」

こくりと首を縦《たて》に振りながら同意してくれる。

「やってもらえるのはありがたいが、マルシュにルルナルー、他の皆もちゃんと祭りを楽しむんじゃぞ？　勝負は二の次、三の次で構わん。儂ら自身が楽しめんなら、祭りの意義も薄れるからのぅ」

「はーい」

周囲を見回しつつ話す儂に、元気良く答えるルーチェ。他の皆もその答えに賛同してくれたらしく、納得顔をしておった。

「それじゃ～、仕込みを始めましょうか～」

パンと手を打ち、ナスティが儂らを促《うなが》す。

マルシュとルルナルーはフィッシュバーガーの練習じゃ。魚の捌《さば》きは二人とも上手じゃから、揚《あ》げの感覚を掴《つか》むことが肝心《かんじん》じゃな。一緒に挟《はさ》む野菜の選別は、奥さんたちがやっとる。食べやすさ、色あい、味のバランスなどを見ておるそうじゃ。

儂はナスティと一緒に、ヌイソンバのモツを綺麗《きれい》に掃除しておる。ロッツァの《氷針《アイスニードル》》

をクリムが砕《くだ》き、儂の《浄水《ウォータ》》で洗《あら》うんじゃが、手が悴《かじか》みそうになるくらい冷たいんじゃよ。状態異常耐性があっても、冷たいもんは冷たいんじゃな。ただ、出来上がりの味を知っとるだけに手は抜けん。

ルーチェには、スジ肉の茹《ゆ》でこぼしをやってもらっておる。カナ＝ナとカナ＝ワがその手伝いじゃ。ひと口大に切ってあるスジ肉は、茹でこぼした後丁寧《ていねい》に洗うのも大事でな。モツより臭いが少ないから、子供三人でも大丈夫じゃろ。

「これが、あんなになるんだね」

「面白《おもしろ》いよね」

「……ごしごし」

美味しい料理を、自分らで作るのが楽しいのかもしれん。三人は手を止めることなく、スジ肉を洗ってくれとる。

皆の様子を見ておったら、突然背中に衝撃《しょうげき》が来よった。ルージュが、「自分にも何かさせろ」と言わんばかりに催促《さいそく》しとる。ナスティの頭にはバルバルが乗っておった。

《 2　開幕 》

祭りの準備と料理の支度《したく》で、あっという間に日が過ぎ、今日はもう祭り当日じゃ。事前にクーハクートが、他の参加者への接触《せっしょく》を禁止すると通達したのが効いたのか、店に悪さを仕掛けてくる輩は一人もおらんかった。店で扱う料理の偵察《ていさつ》をしてくる者も出てこんかったし、逆に不安になるくらいの静かさじゃよ。

港の広場の外周に立ち並ぶ十四の出店は、どれもが同じ規格《きかく》になっとる。間口《まぐち》も奥行きも変わらんし、水場や魔道コンロ、竈《かまど》の数まで一緒じゃ。もしこの設備で足《た》りない場合は、自前の魔道具を使っても構わんらしい。

儂のところは、下処理というか調理がほぼ終わっておる。ここでやるのは、フライを揚げてバーガーに仕上げることと、汁物を温めるくらい。だもんで、出店の設備で十分じゃろ。

百人を超《こ》す老若男女《ろうにゃくなんにょ》が広場の中央に集まり、周囲の出店に視線を飛ばしておる。種族は様々で大小もまちまちじゃ。祭り開始の合図まで、立ち並ぶ店の料理を品定《しなさだ》めしておるようじゃった。その声に耳を傾《かたむ》けるのも面白いもんじゃよ。いろいろ知れるしの。

鍋や皿を確認して、自分らの身なりも相互《そうご》に点検しとれば、クーハクートの声が響《ひび》いた。

『ついに祭り当日の朝となった。店の準備はいかがかな？』

中央に建《た》てられた櫓《やぐら》の上から、拡声器のようなもので話すクーハクートが、出店を見渡しておる。不敵《ふてき》な笑《え》みを浮かべておるが、皆からはあんまり見えんじゃろ……あぁ、実演しながら、隣におる少年に仕事の手本を見せておるのか。

確かあの少年は、儂の店に手を出そうとして、クーハクートにこらしめられた元貴族のおる。

孫《まご》じゃったな。祖父《そふ》と違って礼儀正《れいぎただ》しく、今はクーハクートの下で学んでいると聞いて

「大丈夫です！　いつでもお客様をお迎《むか》えできます！」

「ウチもだよ！」

「ぜひいらしてください！」

それぞれの店から威勢《いせい》の良い返事が聞こえた。儂は頷くのみじゃ。

「美味しい料理を作って待ってるよー」

ルーチェの答えに周囲から笑いが起こる。それは馬鹿にしたようなものではなかったから、良い具合に緊張《きんちょう》が解《ほぐ》れたんじゃろ。

『集まった審査員の腹は減《へ》っているか？』

「俺は腹ペコだ！」

「たくさん食べるからな！」

「私だって！」

審査員であるお客の皆も、ルーチェとクーハクートに笑顔で応じておった。

『よろしい。これより開催となる。主催《しゅさい》はクーハクート・オーサロンドと——』

『ミータ・デクネインがつとめます。みなさん、たのしんでください！』

二人の挨拶《あいさつ》で祭りが開幕となる。そうか、少年はミータという名じゃったか。以前会っ

た時に聞き忘れておったのぅ。

儂が少年の名に反応しとる間に、店の前には早速数人の客が並んでおった。その顔触《かおぶ》れは常連客ばかりじゃな。他の出店も、並んでる数はことさして変わらん。

「豚汁と味噌モツ、一つずつお願い！」

「私はスジ煮とフィッシュバーガー！」

「は～い」

ナスティが注文を聞いて、代金を受け取る。彼女が振り向かずとも、よそわれた料理が出された。それぞれの鍋の前には、お玉を片手に装備《そうび》した奥さんたちが、待ってましたとばかりに待ち構えとるからのぅ……儂はやることがないわい。魚のフライもルルナルーがやってくれとるし、バーガーの仕上げはマルシュが担当しとる。

「おぉそうじゃ。ルーチェに頼もうと思ったことがあってな」

「むぁーにー？」

答えたルーチェはフィッシュバーガーを頬張《ほおば》っとった。

「味見だよ。皆に頼まれたんだもん。ね、ルージュ」

ごくりとパンを呑《の》み込んでから釈明《しゃくめい》するルーチェは、同じように隣で食べとるルージュに同意を求めた。ルージュがこくんと頷いとる。奥さんたちは、

「ルーチェちゃんが食べてる姿は、お客さんを呼べるから」

「そうなのよね。あんまり美味しそうに食べるんで、私まで食べたくなるの」

と口々に言ってくれた。

「儂が頼もうと思ったことも宣伝じゃから、皆考えることは同じかのぅ」

「何するの？」

儂は出店の裏に回り、【無限収納《インベントリ》】から薄板と染料《せんりょう》を取り出す。どの店を見ても文字だけで料理を宣伝しとるのが、気になったんじゃよ。

「絵を添《そ》えたらお客さんも選びやすいかと思ってな。ルーチェ、描《えが》いてくれんか？」

「いーよー。豚汁とかの絵を描けばいいの？」

「入ってる野菜の絵もあると、尚《なお》のこと良さそうじゃ」

板の前に蹲《うずくま》ったルーチェは、石で大雑把《おおざっぱ》に下絵を描き始める。ルージュも爪で器用に板に線を引き、魚を描いておった。

ルーチェとルージュに看板を任《まか》せて、儂はロッツァと一緒に明日の為の仕込みじゃ。クリムもお手伝いをするつもりらしく張り切っておるよ。

一時間ほど過ぎ、看板は乾燥《かんそう》待ちになった。ルーチェもルージュも満足気《まんぞくげ》な顔をしとる。草木から搾《しぼ》って煮詰《につ》めた染料じゃが、変な臭《にお》いはしとらん。これなら他の店の邪魔《じゃま》にもならんはずじゃ。

「アサオさん、豚汁の残りが半分くらいだよ。今のうちに作ったほうがいいかも」

「はいよ。表は任せたから、裏で仕込むとしようかの」

顔を見せた奥さんを表に戻し、儂は時間経過するアイテムバッグから土鍋を取り出す。これには昨日から昆布《こんぶ》を仕込んであってな。時間の止まる【無限収納《インベントリ》】と使い分けができるから、儂にとっては便利なもんじゃ。

魔道コンロに寸胴鍋《ずんどうなべ》を載《の》せ、適当な大きさに切った豚肉を炒《いた》める。いちょう切りにしたニンジン、ダイコンなども一緒に炒め、土鍋から昆布ダシを移せば、あとは煮込むだけじゃ。アクを取りつつ、じっくり煮込む。味噌を溶《と》いて、醤油で味を調《ととの》えれば完成じゃ。

「アサオさん、出来た？　あと少しで終わっちゃうけど」

「今出来たとこじゃよ。重いから儂がそっちに運《はこ》ぶぞ」

仕上がった豚汁をコンロに置き、ほぼ空《から》になった寸胴鍋を回収する。

「美味しくて具だくさんだから嬉《うれ》しいって！　作り方を知りたいって言うお客さんもいたわよ」

温かい汁物は好評のようじゃ。レシピに関しては、商業ギルドに問い合わせてもらおう。

「モツ煮も売れてますよ～」

「アサオさーん、トマト味の追加お願ーい」

「これでいいかの」

一度、裏に戻って鞄《かばん》から寸胴鍋を取り出す。それを持ち込み、店の中で鍋を入れ替え、また裏に引っ込んだ。モツ煮は味を馴染ませる時間がいるのでな。昨日までに作って【無限収納《インベントリ》】に仕舞ってあるんじゃよ。足りなくなる前に先手《せんて》を打って、豚汁と併《あわ》せて作り置きを始めるか。

「そういえば、フライは足りとるんか？」

「……魚は任せて」

「マルシュが頑張《がんば》ってるから、大丈夫だよ。ボクもまだまだいけるしね！」

慣れた手つきで三枚おろしを作るマルシュと、フライ鍋の前でにかっと笑うルルナルーはまだ元気なようじゃ。

「疲れたら言うんじゃぞ。あとで祭りを回るんじゃからな」

「はーい」

「……分かってる。まだまだ平気……だからもっと頑張る」

より一層気合《きあい》を入れて、手早く魚を開くマルシュじゃった。


昼を少し回った頃、儂は相変わらず店の裏で仕込みをしておる。順調に売れ続けておって、客足が途絶《とだ》えんそうじゃ。

皿の数に余裕はあるが、空《あ》いた分を積《つ》み重《かさ》ねておくのは見栄えが悪くてな……祭りの運営に枚数を確認してもらったら、すぐに洗っておる。店によっては宣伝としてそのままにしとるそうじゃが、儂の考えとは違うのぅ。皿は多く積むより、綺麗になってたほうが良いからな。

どの店も似たような盛況《せいきょう》ぶりらしいから、祭りとしてはまずまずの滑《すべ》り出しだと思うぞ。

クリムが運んできてくれた皿を《清浄《クリーン》》で綺麗にしていたら、脇《わき》から声がかかった。

「ねぇねぇ。それって何してるの？」

顔を上げれば、ルーチェより少しばかり大きい子供たちがおった。狐耳と狸耳の男の子が一人ずつ、黒い羽根の女の子が一人に、後頭部をばっさり刈《か》り上げた子だけは性別が分からんのぅ。

「皿を洗っておるんじゃよ。そっちの鍋は熱くなってるから、触《さわ》っちゃいかんぞ。火傷《やけど》をしてしまうからな」

「「「はーい」」」

素直に言うことを聞いて、刈り上げの子以外の三人が元気な返事をしてくれる。刈り上げの子だけはじっと鍋を見とるが、何か気になるんかの？　背が足りないから、寸胴鍋の中は見えんと思うんじゃが。

「このお鍋からお腹《なか》が空《す》く匂いがする……」

「私もお腹空《す》いたー」

鼻をすんすん鳴らした男の子が呟けば、羽根持ちの女の子が反応した。背中の羽根をぱたぱたさせて少しばかりその身体《からだ》を浮かすと、寸胴鍋の中を覗《のぞ》きよる。今は豚汁を煮ている最中じゃから、味噌の香りに反応しとるのかもしれん。

「店で出しとる豚汁じゃよ。ちょいと味見してみるか？」

「「「「いいの？」」」」

全員がキラキラした目で、儂と寸胴鍋を交互に見ておった。手伝いで皿を運んでいたクリムも儂を見上げておる。儂は小皿に少しだけ豚汁をよそい、皆に振る舞う。儂も一緒になって味見をしたが、まだ味が馴染んでおらんかった。

「あと少し煮込んだら出来上がりじゃな」

「美味しーよ？」

「うん」

儂の感想を聞いて、狸耳と狐耳の男の子はこてんと首を傾《かし》げた。

「もうちょっとだけ美味しくなるんじゃよ」

「そうなの⁉　もっと美味しくなるんだ！　すごいね！」

ダイコンをはふはふ噛んでいた女の子は、熱さで涙目じゃが、驚きの声を上げておる。

刈り上げの子も目を見開いておった。

「良かったらあとでまたおいで」

綺麗になった小皿を子供らから受け取りながら伝えると、四人は儂のそばを離《はな》れて店の

表側へ出ていく。店の前からは、

「あ、これだ！」

「こんなにいっぱい入ってるんだね！」

と元気な声が聞こえてくる。看板も十分効果を発揮《はっき》してくれとるようじゃ。ひょいと裏から顔を出してみれば、子供らの声に釣《つ》られた大人が店の前に並んでおった。看板と子供の声は絶大《ぜつだい》な効果を発揮するもんじゃな。味噌の匂いも相《あい》まって、抜群《ばつぐん》な客引きになっとるのかもしれん。


そろそろ夕方になろうかという時間に、ルルナルーとマルシュが休憩《きゅうけい》から帰ってきた。奥さんたちにも交代で休みを取ってもらっとる。ナスティとルーチェ、ルージュはこれから休憩じゃよ。儂は主ということになっとるから、店を離れず適度に裏で休んでおる。客の前に出るわけではないから、気楽なもんじゃ。


ルルナルーとマルシュは、いくつか気になる出店を巡《めぐ》ってきたそうじゃ。食べやすい料理を提供している店が多めらしい。食べ歩きと考えれば、串焼きなども候補になったんじゃが……冷めても美味しいか、冷めにくいことに重きを置いて考えたからのぅ。うちの料理は食べやすいものではないが、この季節には合っとるじゃろ。

ただ、何軒かある高級店の出店は、普段店で出すものから単純に量を減らしたメニューを提供するだけで、何の工夫も対策もされていないんじゃと。なので満足感が全然ないとぼやいとった。味付けも儂のほうが好みと言ってくれとる。

奥さんたちは、それぞれが一軒《いっけん》から一品買って持ち寄り、品評《ひんぴょう》し合っておった。今後開く予定の自分たちの店の参考にできるかと考えとるようで、かなり真剣なもんじゃった。

「料理対決初日も、あと少しで終わるのぅ」

のんびり店の裏でスジ煮を仕込みつつ一服。ぼそりと呟いていたら、フライを揚げていた奥さんから声がかかる。何事かと店に出てみると、並んでいる客が、手に手に鍋やフライパンを持っておる。今日の晩ごはん用に買って帰りたいみたいじゃ。想定外の事態じゃが、にべもなく断《ことわ》って祭りに水をさすのもなんじゃしな……

「持ち帰りを希望するなら、鍋ごとに一皿単位でよそうから、こっちに並んでくれるか？」

並んでいる客に声をかけると、半数が儂の前に移動した。希望の料理を客が持参した鍋などに入れ、代金と引き換える。一度椀や皿に盛《も》ってから器に入れるので、客も納得の明《めい》朗《ろう》会計になって良かったかもしれん。

そんな応対をしたのが思った以上に好評だったらしく、夕方の時分は持ち帰りのほうが売れとった。明日からは、時間によって売り方を変えるかのぅ。持ち帰りの客に料理が行き渡る頃には、日が沈《しず》みきってしまった。その少し前から儂は《照明《ライト》》を出しておる。手元が見えんと何もできんからの。

『なかなか盛況だったな。あと二日で勝負の行方《ゆくえ》はどうなるか……明日からも頑張るのだぞ』

中央の櫓からクーハクートの声が聞こえ、ミータ少年の声も続く。

『大きなこんらんもなく、ぶじにおえられました。ありがとうございます』

『採点はここまでとなる。あとは勝負に関係のない営業だ』

何軒かの店舗《てんぽ》は名を売る為に営業を続けるみたいじゃ。昼間に見なかった顔触れがちらほら広場に現れとるから、ある程度の売り上げを見込めるんじゃろ。一部の店は酒も扱うようじゃな。

他の皆を先に帰し、ちょっとした雑用で店に残っていたら、昼間に来た子らが中央の櫓付近で遊んでおるのが見えた。周囲が暗いので、何をしとるのかまでは分からん。この辺りの屋台で一番明るいのがウチじゃから、自然とこっちに寄ってきおる。

「じいちゃんのところ、明るいねー」

「よく見えるー」

狸耳の男の子と黒い羽根持ちの女の子が、儂の《照明《ライト》》を見ながら嬉しそうに言う。それぞれが木の切れっ端《ぱし》を持っとるのぅ。狐耳の男の子は、鍋の蓋《ふた》らしきものを構えとる。刈り上げの子はおらんようじゃ。小首を傾げる女の子は、何も載っていないコンロと儂を何度も見比べとった。

「もう食べ物ないの？」

「今日はもうお終《しま》いじゃからな。また明日おいで」

にこりと微笑みながら伝えれば、元気に頷いてくれておる。

「で、今は何をしていたんじゃ？」

「棒でこれを叩いてた。暗いから音で遊ぶくらいしかできないんだもん」

狐耳の子が鍋の蓋を抱え上げ、狸耳の子がそれを叩く。カーンと乾《かわ》いた音がすると、子供らはゲラゲラ笑いよる。何が面白いんじゃろか？　箸《はし》が転《ころ》がっても面白い年頃なのかのう。

「何かの拍子《ひょうし》に棒が折れたり、怪我《けが》したりするかもしれんから、こんな遊びはどうじゃ？」

儂は【無限収納《インベントリ》】から大きな白い布を取り出し、隣の出店との間にピンと張らせる。高さが1メートル半くらいで長さが3メートルってところじゃ。今点《つ》いている《照明《ライト》》を消して、強めのを一つ出す。子供らを布の向こう、櫓側に立たせたら準備完了じゃよ。

両手を使い、いろいろな影を形作る。

「これはなーんじゃ？」

「鳥だ！」

「あ、僕が答えようと思ったのにー」

儂の問いに、即答する女の子。男の子は悔《くや》しがっとるみたいじゃが、声は弾《はず》んでおる。

「それじゃ、次は……」

「カニ！」

ぴょこんと飛び出した目と横歩きで分かってくれたようじゃ。《照明《ライト》》に近付いて影を大きくすれば、子供らはきゃっきゃと笑っておった。

「大きくなった。すごいね。なんで？」

手をカニのまま布に近付ければ、影はどんどん小さくなる。

「うわ、小さい」

布と《照明《ライト》》の真ん中辺りに戻り、今度は手を重ねて小指と薬指の間を開く。ついでにひと吠《ほ》えすれば——

「犬ー！」

「違うよ。狼だって」

楽しそうに笑いながら、子供らは答えを言い合っとる。

「あ、二匹に増えた！」

ふと隣を見れば、一人の女冒険者が立っていた。

「何か面白そうなことしてるね。混ぜてもらうよ」

「構わんぞ」

儂の手元を見て、すぐさま真似《まね》したらしいが、少しばかり形が違っておる。それがまた

いい具合のアレンジになっとるようじゃ。

「目ができたー」

儂が手の角度を変えると隙間《すきま》から光が通り、目になった。途端《とたん》に子供らの反応が良くなり、女冒険者も対抗して耳を付けてくる。

「こっちは狐《きつね》になったよ！　すごいね！」

「僕もやってみたーい！」

「私もー」

声がしたと思ったら、子供たちは布を叩き出す。三人しかいなかった子供らが、いつの間にやら倍の六人になっとった。自分らで楽しむのも良いが、答えてくれる者もおらんと楽しさ半減じゃろ。布の向こうに儂が顔を出すと、

「面白《おもし》れぇな！　飲みながら答えてやるよ」

軽装の冒険者が、適当な箱に座ってこっちを見ておった。他にも数人同じような者がおる。

「おー。なら勝負だ。先に三個当てたら、料理か酒を一つでどうだ？」

「乗った！」

酒の販売が始まってから、こんなに出来上がるほどの時間はまだ経ってないと思うが、楽しそうにやっとるから放置じゃな。子供らを脅《おど》すようなら止めるとしよう。

「じゃー、私がやるよー」

片手で拳を作り、その下に半開きの手を添えとる。人差し指と中指を少しだけ立てとるから……

「蝸牛《かたつむり》だな！」

「いや、ヤドカリだ！」

男らが我先にと答える。

「違うよー。正解は、わしゃわしゃ動く虫ー」

「がっはっは、なんだそりゃ？」

「当たる気がしねーわ」

不思議な答えに怒りもせず、豪快《ごうかい》に笑い飛ばした男らは、酒の器をぶつけ合っとるようじゃ。犬耳の女の子が《照明《ライト》》の前から退くと、今度は狸耳の男の子がぴょんと飛び込んできた。

「これは何でしょーか」

真《ま》っ直《す》ぐ立って、両手を左右いっぱいに広げておる。そしてその手から紐《ひも》を垂《た》らし、ゆらゆら揺《ゆ》らし始めた。

「トレントか？」

「ううぅ、あいつらにやられた傷が痛むぜ……」

「当ったりー！」

影絵というか、クイズ大会のようになってしまったな。まあ、子供らも楽しんどるようじゃから、構わんか。子供らだけでなく、あとから来た大人まで出題者になりたがったので、儂が帰るのは予定より大分遅《おく》れてしまった。帰る前に素面《しらふ》の大人に場を任せてきたので大丈夫じゃろ。子供らはあと少しで帰ると言っておったしな。

儂が帰宅したら、案《あん》の定《じょう》怒られてしもうた。なんでも、楽しいことを自分ら抜きでやったのがダメなんじゃと。明日、皆でやる約束をしたら許してくれたから、実のところはそんなに怒っていないんじゃろうな。

《 3　祭り二日目 》

今日は朝から皆で出店に行き、準備と併せて朝ごはんじゃよ。奥さんたちの希望で、おにぎりと玉子焼き、あとは豚汁になっとる。雲一つない快晴の下で食べとる間に、奥さんたちから役割分担を伝えられた。

昨日に引き続き、昼前はルルナルーとマルシュがフィッシュバーガーを作る。奥さんたちの配置もさして変えないようじゃ。なんとか今日明日で他の店を回り切ろうと、それぞれが行きたい店と時間を話し合って決めたらしい。

時間的に難《むずか》しそうならば祭りを楽しむほうを優先して構わんのじゃが、「それはそれ、これはこれ」と断られてしまったわい。儂は今日も裏で料理を作り続ける予定になっとるから、いくらでも代われるんじゃがな。

儂らが雑談しながら食事をしていたら、店の前から声がかかる。表を覗けば見慣れた顔触れじゃった。

クーハクートのところのメイドさんが三人。いつものメイド服ではなく、動きやすそうな服装をしとる。何しに来たのかと問えば、儂の手伝いと即答しよった。ヌイソンバのスジや内臓を使った料理は珍《めずら》しいから、何とか覚えたいんじゃと。屋敷の仕事が偶然にも二日続けて非番な今日と明日、儂のところの手伝いをしようと思い、来たそうじゃ……

「新《あら》たな料理……頑張ります！」

やる気漲《みなぎ》る目で見られたら断れんか。三人とも同じ目をしとるし。今日と明日は、従業員として雇《やと》えるように手配してやろうかの。

「クーハクートはまだ家におったか？」

「朝食を召《め》し上がっておりました」

長い黒髪を頬骨《ほおぼね》くらいの高さで縛《しば》り、二つのおさげを作る長身のメイドさんが答える。頭の上にある馬っぽい耳がぴこぴこ動いた後、儂のほうへ倒れた。

「《言伝《クルッポウ》》」

儂が何をするのか注視《ちゅうし》していたメイドさんは、飛んでいく魔法の鳩《はと》を目で追っとった。

ほんの二、三言なのであっという間じゃよ。返事が来るのもきっと早いじゃろ。

　そんなことを考えとる間に鳩が帰ってきた。儂の目の前で光の球になり、クーハクートの声が頭に鳴り響く。

『他の連中に贔屓《ひいき》だなんだとは言わせんから、任せた。料理を仕込んでやってくれ』

　少しだけ滑舌《かつぜつ》が悪いのは、食べながら答えたせいじゃろな。

「問題なさそうじゃから、儂の手伝いをお願いするかのぅ。そうすれば料理を覚えられるじゃろうて」

「ありがとうございます！　何からしましょうか？」

　音がするくらいの勢いで頭を下げた馬耳メイドさんの腰では、長い尻尾がぶんぶん揺れておった。他の二人も嬉しそうに笑みを見せる。

「とりあえず、一服してから始めよう。気負《きお》ってばかりじゃいかんでな」

「……はい」

　指摘されてほんのり頬《ほお》を赤く染《そ》める三人。儂の両隣《りょうどなり》に座るクリムとルージュは、かりんとうをぽりぽり食べながら頷いとった。

　皆で一服した後、それぞれの持ち場に分かれて準備を始める。儂の役割はここじゃからな。そのまま残っておるよ。儂の他には、ロッツァ、クリムとルージュ、あとはメイドさんが三人じゃ。

「分からんことは、儂かロッツァに聞いてくれ」

「「「はい」」」

元気な返事を異口同音《いくどうおん》でしてくれた。とりあえず下処理を教えようと、【無限収納《インベントリ》】からヌイソンバのスジ肉を取り出す。茹でこぼしと水洗いをやってもらおうかの。

その間の先生はクリムやルージュじゃが、あまり参考にならんかもしれん。スジ肉を茹でた熱湯《ねっとう》もざるに上げる際の熱気もすごいんじゃが、ルージュは全く気にしとらん。これしきでダメージを受けることがないから、避《さ》けたり怯《おび》えたりせんのじゃよ。普通なら火傷は免《まぬが》れんくらいなんじゃ……その辺りに配慮《はいりょ》しつつ、怪我などせんようにメイドさんたちには手伝ってもらっとる。

下処理が終わったスジ肉を切る段階になってからは、思わぬことが障害になりよった。スジ肉が硬すぎて三人には切れんのじゃ。ステータスの違いなのか、料理スキルの差なのかは分からん。

以前、クーハクートの屋敷に置いてきたヌイソンバの解体はできたそうじゃから、スキルの問題かのぅ……料理スキルを補《おぎな》う物として《風刃《ウィンドエッジ》》を付与した包丁を渡したら、多少手こずるくらいになってくれた。

三人ともがこの包丁を欲しがったので、給金の一部として渡す約束になったわい。魔法が付与された包丁なんぞ見たことないと言っておったが、金物屋で買った普通の包丁に、ちょいと付与しただけじゃよ。

　そうこうしているうちに、今日もクーハクートとミータ少年の宣言から祭りが始まる。

『さぁさぁさぁ、二日目の祭りが始まるぞ』

『みなさん、たのしみましょう』

　中央の櫓から二人の声が響き、それぞれの店から歓声が上がった。元気な呼び込みの声も聞こえてくる。店の裏にいる儂は、あまりの活気に思わず笑ってしまった。ロッツァやメイドさんも笑顔じゃ。クリムとルージュはよく分かっていないようで、首を傾げとる。

「あー。じいちゃん、今日は何するの？」

　声に顔を向ければ、狐耳の男の子が儂に手を振っておった。黒い羽根の女の子が隣に立ち、その他にも数人の子供らが儂を見ておるようじゃ。

「昨日の夜は面白かったよ。昼間にもあれできないの？」

　背中の羽根でぱたぱたと羽ばたき、儂の前に女の子が降り立つ。

「昼間にやってもあまり見えんな。それに儂は、料理の真っ最中じゃ」

　儂の答えに黒い羽根を持つ女の子だけでなく、他の子供らもしょんぼりしとる。

「アサオ様、次は何をなさいますか？」

　短髪のメイドさんが、ちらりと子供たちを見てから儂に声をかけた。

「スジ肉の煮込みを始めたからのぅ。次はモツ煮か、豚汁じゃな」

「でしたら豚汁を私たちで作りますので、指示をお願いします。自分たちで作ってみたいです」

一歩前へ出た馬耳のメイドさんが、両拳を握《にぎ》って儂へアピールする。子供らを気にする素振《そぶ》りを見せずに言っとるが、他の二人は苦笑《くしょう》しておるわい。儂の手を空《あ》けて、子供らの相手をさせるつもりで言ったわけではないみたいじゃ。

「大事なのは、ダシじゃよ。あとは具材の大きさを揃《そろ》えることか」

儂は時間経過するアイテムバッグから、昆布入りの鍋を取り出す。

「こんな具合に、前もって仕込んでおくんじゃ。できれば前夜から漬《つ》けておけるといいが、無理そうなら一時間でも三十分でも構わん」

ほんの少しだけ匙《さじ》で掬《すく》い、メイドさんたちは昆布ダシを口に含む。口腔《こうくう》内に広がる香りと味に、皆が目を見開きよった。

「優《やさ》しいのに、しっかり味を感じます……これは……」

「昆布のダシじゃ。海の中に生《は》えとる昆布という海藻《かいそう》を天日《てんぴ》で干《ほ》して、鍋に水と一緒に昨日から入れておいたんじゃよ。昆布が欲しいなら漁師に頼むか、自分らで獲《と》るとええ。儂はロッツァと一緒に潜《もぐ》ったぞ」

鍋の中を覗き、柔《やわ》らかく戻った昆布をじっと見るメイドさんたち。儂が説明すれば、軽くメモを取り、豚汁を作り始めた。野菜はほぼイチョウ切りで、これは何度もやっとるから問題なし。炒めるのも煮込むのも慣れた手つきじゃ。

「味見はロッツァにしてもらっとくれ。何が足りないかも教えてくれるじゃろ」

「「はい！」」

素直な返事を聞いて、儂は子供たちを見やる。きょとんとしておったが、

「いいの？」

狸耳の男の子が小首を傾げて問うてくる。小さいながらも、メイドさんたちの心配《こころくば》りを察せたんじゃな。

「ここから離れるわけにはいかんぞ？　この周りで走り回らず、皆で遊べるか？」

「「うん！」」

狐耳の男の子と、黒い羽根の女の子も、メイドさんたちに負けず劣《おと》らずな良い返事をしてくれた。儂は【無限収納《インベントリ》】から、かるたや面子《めんこ》、竹けん玉を取り出す。子供らに十分行き渡る数を出したから、取り合いの喧嘩《けんか》の心配もないじゃろ。

かるたも面子も一度遊び方を教えただけで、もう自分らだけで遊んでおる。数人の子は、前に開いたおもちゃ作りの場に来ていたようで、他の子に教えてくれとる。儂の仕事は、メイドさんたちの料理と、子供らを見守るだけになってしまったのぅ。

店の裏で遊んでいたら、子供らの歓声で他の子や大人が集まってきよる。幾人《いくにん》かの親御《おやご》さんは、一緒になって遊び始めた。

そうしてあれよあれよと増えていき、いつの間にか見えるだけでも二十人を超えておった。そのほとんどが、ここで遊んでから店で豚汁などを買って食べておる。図《はか》らずも、客引きの一翼《いちよく》を担《にな》っとるのかもしれん。店裏だからテーブルも椅子《いす》も足りんな……とりあえず【無限収納《インベントリ》】から数組取り出して並べておくか。

「ねぇねぇ。昨日みたいな、影の遊びってない？」

　黒い羽根の女の子が、トマト味のモツ煮を食べながら儂に聞いてくる。そっくりな顔をした女性が隣に座っておるが、母親かのぅ……羽根は持っていないようじゃが、きっとそうじゃろ。

「駆《か》け回らない遊びとなると一つくらいじゃが、天気が良いからできると思うぞ」

「っあるの⁉　教えぐぇっ！」

　噛んでいたものを慌《あわ》てて呑み込んで立ち上がった女の子は、母親に首根っこを掴まれておった。

「ちゃんと食べてから」

「……はい」

　たった一言で子供を制しとる……母親の力は絶大じゃ。儂らの話を耳にした他の子も、思わず立ち上がりかけて親御さんに抑《おさ》えられとるのぅ。

　数分の後、子供らは食事を終え、儂の前に半円に並んで座っておった。

「さて、食べたばかりじゃし、他の店の迷惑《めいわく》になってもいかん。なので、この場でできる遊びじゃ」

子供たちは期待の眼差《まなざ》しで儂を見つめておる。皆を立たせて、儂の横に並ばせたら説明開始じゃ。

「お日様を背にして、地面の影をじっと見るんじゃよ。なるべく瞬《まばた》きもせんでな」

儂に言われた通り、子供たちは影を見とる。親御さんたちは何をするのか分からんから、儂らを見てるだけじゃな。何人かは子供に付き合ってやっておる。

「強い日差しならあっという間にできるが、今ぐらいでも一分くらい見てればいけるじゃろ。そのまま視線を上げて空を見ると……どうじゃ？」

端《はた》から見れば、並んだ子供たちが空を見上げる不思議な光景じゃろう。

「何これ！　影が空にある！」

「影なのに白いよ！」

「変なのー」

驚いて隣の母親を叩く子、瞬きせずに空を見るままの子、ケタケタ笑う子と十人十色《じゅうにんといろ》な反応を見せてくれた。一緒にやっていた親は首を傾げとる。

「残像や錯覚《さっかく》を利用した遊びじゃよ。何度かやったら飽きると思うが、面白いもんじゃろ？」

空の影を追いかけようと飛んだ女の子を掴まえながら、儂は親御さんたちに説明する。

「不思議ー。追っかけてもどっか行っちゃうよ。あ、こっちに来た」

儂を振り返る少女は笑っておった。その様を見ていた皆も笑っとる。店の近くからも声がしたので見てみると、短髪のメイドさんが不思議そうに空を見上げとった。


子供たちの相手をした後、儂は店に戻り、料理を補充《ほじゅう》していく。今日も豚汁の売れ行きが快調じゃ。モツ煮はトマト味が好評で、残りが少しになっとるらしい。ならば次はそれを作るか。

「あのー」

儂が店の裏に戻ると声がかかる。顔を向ければそこには、カワウソのような顔をした老夫婦が、にこにこ笑顔で立っておった。

「何かの？　あ、店で何か不手際《ふてぎわ》があったんじゃろか？　そしたら申し訳ない」

「いえいえ、私たちでも食べられる柔らかいお肉と、温かいスープでしたよ。店員さんも元気で気持ち良い応対でしたし、美味しかったです」

笑顔を崩《くず》さず、奥さんのほうが答える。ゆっくり手を振って否定しとるし、問題はないかのう。

「少し相談があるだよ。肉は美味いが重いんだ。野菜をもっと食べたいんだが作れねぇだか？」

旦那《だんな》さんの喋《しゃべ》りは、大分訛《なま》りを感じるのぅ。

「野菜を主にした料理を希望されとるのか？」

「んだ。ねぇべか？」

目を細めたまま旦那さんは頷く。

「簡単なものならすぐにできるが……売り物でなく、儂らと食事を共にするのはどうじゃ？　それなら今から用意するでな」

「いいんですか？　手間を取らせるんじゃ……それに代金は払いますよ」

「あぁ、構わん構わん。儂はまだ食事をとっておらんからな。一人分用意するのも、三人分用意するのも変わらんて」

儂の顔を窺《うかが》う奥さんは、申し訳なさそうに眉尻《まゆじり》を下げておった。

「店で出す料理の仕込みの間に、ちゃちゃっと作るだけじゃし、問題ありゃせん」

二人に笑いかけ、儂は【無限収納《インベントリ》】からモツと野菜を取り出し、コンロの脇に並べる。

気が付くと、メイドさんたちがいつの間にか儂のそばに控《ひか》えておった。

「休憩はもういいのか？　ちゃんと休まんと、夕方まで持たんぞ」

「大丈夫です。しっかり休ませてもらいました。それより早くお手伝いさせてください！」

馬耳メイドさんは相変わらずやる気に満ちておるわい。残る二人のメイドさんも両手を力強く握っておる。

「モツは綺麗に洗ってあるから、茹でこぼしを頼む。二回もやれば十分じゃろ。少しばかり臭いが出るから、苦手《にがて》なようなら順番に交代するんじゃぞ」

ボウルごとモツを手渡し、三人に任せる。何かあればその都度《つど》指示を出す感じで平気じゃな。

さて、儂はカワウソの老夫婦と一緒に食べる昼ごはんを作るかの。

「適当に作るから、食べられそうなものだけ摘《つ》まんどくれ」

「ありがとうございますね」

「んだんだ」

こくこく頭を振りながら、二人は儂に答える。

肉を控えるとなると、野菜以外は卵やダシだけにして、油分はマヨネーズやバターまでかのぅ。

今回の祭り用に仕入れた野菜で、ささっと使えるのは……アスパラ、ジャガイモ、タマネギじゃな。あとはダイコンとニンジンもいけそうじゃ。

アスパラ、ジャガイモ、タマネギは蒸《ふ》かす。煮たり、茹でたりするのとはまた違う食感と風味が出るからの。

ダイコン、ニンジン、別のタマネギを大きめに切ったら、鰹節《かつおぶし》と昆布でとったダシで煮込む。こっちは和風ダシのポトフじゃよ。香辛料は何も使わず、ダシと野菜の味だけじゃから、胃に優しいメニューになるじゃろ。

儂は、少しばかり油分をとりたいのぅ。輪切りタマネギをばらして、オニオンリングにしてしまうか。薄く塩胡椒《しおこしょう》で下味を付けるだけで、あとから適当にケチャップなどを使ってもいいじゃろ。

「塩にバター、マヨネーズに醤油、柑橘類《かんきつるい》の果汁《かじゅう》もあるから、好きなのをかけて食べてくれ」

儂は蒸かしたアスパラなどを皿に盛り、老夫婦の前に並べていく。

「あと少しでポトフもできる。豚汁とは違ったスープじゃから、期待しとれよ」

コンロに載せた揚げ物鍋でオニオンリングを揚げる。ちょいと厚《あつ》めに纏《まと》わせた衣も、タマネギの甘さを引き出す為の工夫じゃよ。

裾《すそ》を引っ張られたのでそちらを見れば、ルージュがジャガイモを持って儂を見上げておった。

「それも揚げるんじゃな？」

こくりと首を動かし、上手《うま》いこと爪で大きさを儂に伝えようとしとる。１センチほどの太さじゃから、フライドポテトにしてほしいようじゃ。

ジャガイモをルージュから受け取り、皮付きのまま１センチ角の拍子木《ひょうしぎ》切りにする。水に晒《さら》して、でんぷんを落としてからざるに上げ、水をしっかり切る。

四個分のタマネギをオニオンリングに仕上げたら、そのままフライドポテトにとりかかる。オニオンリングを待つ間に水切りも済んでおるし、ジャガイモに小麦粉を塗《まぶ》したら、すぐさま油の中へどぼんじゃ。面倒でも何回かに分けて揚げれば失敗も減るでな。美味しいものの為なら、多少の手間は厭《いと》わんよ。

揚げとる間に、少しばかりニンニクをすりおろしてマヨネーズに混ぜておいた。ついでに柑橘の果汁も加えておけば、味を変えるには十分じゃろ。

ポテトも揚げ終わり、ポトフの鍋を見れば、こちらも良い具合になっとった。深皿にダシごとよそい、カワウソ夫婦の前に置く。野菜とダシの香りを吸い込んだ二人は、目を閉じながら頬を緩《ゆる》めておる。ダイコンをフォークで刺し、口へ運んだ旦那さんは、はふはふ言いながら噛んでおった。

「んめなぁ～」

「ええ、ええ。美味しいですね。優しいお味です」

二人がほっこりした顔で感想を言ってくれとる。その顔と言葉をもらえれば、作った者として満足じゃよ。

隣のテーブルを見たら、ルージュとクリムがオニオンリングを頬張っておった。クリムはいつの間に来たんじゃ？　二匹は器用にリングを摘まんでケチャップを付けておる。器からこぼさないのは本当に、上手いもんじゃな。ただ、口の周りにべったり付いてしまっとるぞ。儂と老夫婦は、クリムとルージュの顔を見て、笑ったのじゃった。

「美味しかったですね。お代はこれで足りますか？」

奥さんが懐《ふところ》から小袋を取り出し、銀貨をちらりと見せる。それを手渡そうと儂に差し出すが、

「料理対決をしとる最中じゃから、受け取るといろいろ問題になりそうでな……申し訳ない」

儂は頭を下げるしかできん。

「なら、これだべ」

旦那さんは折り畳《たた》まれた紙を儂に渡す。上質な紙に蝋《ろう》で封《ふう》がされておる。

「これは？」

「うちの店の場所が描いてあるだよ。今度来るだ」

言うだけ言って満足してしまった旦那さんを補う形で、奥さんが言葉を継《つ》いだ。

「お父さん、それだけじゃ分からないでしょう。ごめんなさいね。うちは『アワヤカワイ』という薬屋を営《いとな》んでます。何かご入り用でしたら、いらしてください。香草や薬草も扱ってますから」

儂が受け取った紙を指さし、奥さんは続ける。

「お顔を見れば分かりますが、これは念の為の証《あかし》です。地図も描かれているそれを見せてくだされば、いろいろ都合できます。大っぴらにできない品もありますので」

小声で教えてくれたということは、内緒のようじゃな。奥さんは柔らかな笑みを絶《た》やしておらん。

「それじゃ、帰るだ」

「ええそうしましょ。今度はお店に伺《うかが》ってもよろしいですか？」

上着《うわぎ》を羽織《はお》った旦那さんが立ち上がる。奥さんも椅子に置いていた鞄を肩から提《さ》げ、身《み》支度《じたく》を整《ととの》えた。

「構わんよ。普段の店は――」

「ボクが分かるよ！」

狐耳の男の子が、元気な返事と共に手を挙《あ》げよった。狸耳の子も隣におる。

「坊《ぼん》に教えてもらって店を見てから帰るべ」

「お願いできるかしら？」

「うん！」

子供らに連《つ》れられてカワウソの老夫婦は帰っていく。

「アサオ様、今のお二人はアワヤカワイのご夫婦ではありませんか？」

次の指示を仰《あお》ぎに来た短髪のメイドさんが、老夫婦の背中を見ておった。

「知り合いか？」

「カタシオラを含めた近隣《きんりん》の街で、一番腕の良い薬師のご夫婦ですね。数々の貴族からお抱えの話があったのに、その全てを断り市井《しせい》に残られたそうです」

「尊《とうと》い志《こころざし》の夫婦じゃな……ご利益《りやく》がありそうじゃから、拝《おが》んでおこうかの」

手を合わせて夫婦を見送る儂に、メイドさんは何も言わんかった。

「次の指示をいただいてもよろしいですか？」

「そろそろ日が陰《かげ》る頃じゃから、持ち帰りの準備をせんとな。料理はどのくらい残っとる？」

「モツ煮がそれぞれ十杯くらいだそうです。豚汁は先ほど出したので十分足ります」

即答してくれたメイドさんと一緒に、出店の近くへ歩く。子供らの遊びも終わっとるし、儂も自分の持ち場を守らんといかんな。

「ならモツ煮の仕上げじゃな」

コンロに載せられた寸胴鍋を覗けば、トマト風味のモツ煮が煮込まれておる。小皿に取り味見をしてから、儂は塩で味を調える。別のコンロの味噌モツ煮は丁度いい塩梅《あんばい》じゃった。

「じいじ、お兄さんが持ち帰りたいってお鍋持って来たよ」

ルーチェが店裏に顔を出す。隙間から見えたのは、職人ぽい小麦色の肌をした青年じゃ。

「モツ煮はどちらも出せるぞい。スジ煮はこれからになるでな。少し待ってもらえるか？」

「はーい。だそうですが、どうしますか？」

にんまり笑っとるから、青年が持ち帰りたいのはモツ煮のどちらかなんじゃろ。

「トマト味と味噌味をどっちも四人前！　鍋は二つあるから！」

店裏におる儂らにも聞こえるくらいの声で青年は答えよる。綺麗な滑舌で、ここでも注文を請《う》けられそうじゃわい。儂は煮込み終わった鍋を二つ表へ運び、空《から》の鍋を回収して裏へ戻る。

戻ってまずは、スジ煮を寸胴鍋で三杯分仕込みじゃ。

野菜や肉を切ったり、煮込んだりしている儂を見ているクリムとルージュは、手持ち無《ぶ》沙《さ》汰《た》にしておる。下処理と違って、手伝ってもらえることがないからのぅ。皿や料理を運ぶのも、嫌《いや》がる客がおるからできんし……儂が手を止めずに悩《なや》んでいたら、クリムとルージュはロッツァの背に立ちよった。

手伝えることがない時のロッツァは、しっかり休んでおる。その背に立った二匹は、不思議な動きをし始めた。くるくる回ったり、飛び跳《は》ねたりといろいろしとるが、これは踊《おど》りなんじゃろか？　首を傾げた儂に構わず、周囲で休んでいた子供らもクリムたちの真似をして動いとる。

子供らがきゃっきゃと笑っておったからか、ルーチェが顔を覗かせる。

「クリムとルージュは応援だね。じいじたちをお願いしたよ」

ルーチェに言われた二匹は、こくりと頷いてから跳《と》び上がった。なるほど、応援じゃったか。

子供らはロッツァの周りに集まり、皆で踊っておる。儂から見れば、ロッツァを囲んだ盆踊りかのぅ。楽しそうじゃし、埃《ほこり》が来る心配のない風下でやっておるから止めんでいいじゃろう。お隣さんも顔を出し、子供たちを見て笑っておる。

ルージュたちの応援が効いたのか、料理は無事に仕上がり、皆の腹を満たせた。今日は初日以上に客が並んでおった。それでもさして待たせなかったようで、不満の声は儂の耳に届いておらん。客の応対をしている奥さんたちからも聞こえんから、本当に出てないんじゃろ。

今日の営業が終わり、店の片付けも済ませば、また今夜も影絵の時間じゃった。お隣さんの出店との間に布を張り、あとは昨日と同じ要領《ようりょう》でお任せじゃ。

今夜はルーチェやナスティもおるそうなので、適当に【無限収納《インベントリ》】から料理を取り出して並べておく。儂は家に残してきたバルバルと紅蓮《ぐれん》ウルフの為に先に帰るがの。

帰宅した儂は、紅蓮ウルフに魚を渡し、バルバルとマンドラゴラの鉢《はち》に水を与える。皆が満足したら今度は儂の番じゃ。晩ごはんは、カワウソの夫婦と一緒に食べた野菜料理の残りじゃよ。

皆が帰宅するまでのんびり過ごす儂じゃった。

《4 料理対決最終日》

三日目の朝、皆と一緒に祭り会場へ出勤じゃよ。港の広場にはカナ＝ナとカナ＝ワが既《すで》に待っておった。儂らや奥さんたちよりも早いぞ。二人の顔からは、溢《あふ》れんばかりのやる気が感じられる。ただ、空回《からまわ》ると困るでな。逸《はや》る気持ちを抑える為にも、朝ごはんを一緒に食べるとしよう。

食後の一服をする頃には、二人とも程《ほど》よいやる気に落ち着いとった。軽く摘まめるものとして、漬物とかりんとうを茶請《ちゃう》けに出していたら、黒い羽根の女の子がいつの間にやら参加しておる。一緒に遊んでいた他の子や、親御さんの姿は見えん。

「おじいちゃんのところでお手伝いしたい」

「いーよー」

そんなやり取りをルーチェと既に済ませたらしい。奥さんたちも反対せんが、子供を働かせても平気なのか？　儂の疑問を察したらしいナスティが、

「大丈夫ですよ～。無理やり働かせるんじゃないですから～。自分でやりたいことを見つけるのも大事なんです～」

と教えてくれた。あ、そもそも儂はルーチェを働かせとるんじゃ……今更《いまさら》かもしれん。

「アサオさんが楽しそうに料理してるから、興味持ったんでしょ？」

「うん！　美味しいのを楽しそうに作ってたから！」

「私も！」

恰幅《かっぷく》のいい奥さんが女の子に質問して、二人して笑っておる。

視線を感じたのでそちらを見れば、昨日も店に来ていた女性が立っていた。

「あ、お母さん！　お手伝い頑張るね！」

女の子に返事はせんかったが、儂に向けて丁寧にお辞儀《じぎ》をしとる。

「ナスティ、この子はいくらくらいで雇えばいいんじゃ？」

「奥さんたちより少なくて大丈夫ですよ～。あとはどれだけできるかで～、アサオさんが決めてあげてください～」

折角こっそり聞いたのに、普通の声で答えられてしまったわい。秘密にせんで、皆にも知っててもらうべき案件なんじゃろか？

「それじゃ、何をする……いや、何をしてみたい？」

「んーと、お鍋！　その後は分かんない！」

両手の人差し指でこめかみを押さえた後、背中の羽根で飛びながら答えてくれた。それに釣られたルージュが、儂の隣で跳び上がる。クリムはかりんとうを食べながら、「ボクも？」と言いたげな顔で儂を見とる……儂が首を横に振れば、またかりんとうに意識を戻しておった。

「分かった。まずは料理を温めてみようか。火を使うから注意するんじゃぞ」

「はーい」

飛んだまま女の子は手を挙げる。

「あと、飛ぶのはなしじゃ。危《あぶ》ないし、鍋にゴミが入るかもしれん。食べられなくなったらいかんじゃろ？」

「……はーい」

しょぼんとしながらも、儂の言葉に素直に従《したが》う。感情の昂《たか》ぶりで無意識に飛んでしまうのかのぅ？　翼人《よくじん》の奥さんは今おらんし、あとで聞いてみるか。

女の子と一緒にコンロの前で三つの寸胴鍋を温める。鍋の中が見えんようじゃから、儂は適当な踏《ふ》み台を【無限収納《インベントリ》】から取り出す。焦《こ》げつかない程度に木べらで混ぜるだけなのに面白いらしく、にこにこ笑いながらやっておる。

「大《お》っきいねー」

自分の顔ほどの大きさがある木べらを使えるのが楽しいみたいじゃ。背中の羽根を揺らしながら、全身を使って豚汁をかき混ぜておる。女の子が落ちたり倒れたりせんよう、クリムが踏み台を押さえてくれとるので、安心して任せられるわい。

その間に儂は、スジ煮の寸胴鍋を大きく振って天地返しじゃ。これで思いついた。サトイモの煮《に》っ転《ころ》がしを作ろう。今から作れば昼に食べられるじゃろ。【無限収納《インベントリ》】からサトイモを取り出そうと鍋を置いたら、女の子と目が合う。その足元のクリムもじっと儂を見ておった。

「おじいちゃんすごい！　私にもできる？」

「重いからできんな。嬢《じょう》ちゃんの――」

「ワイエレだよ。じょうちゃんじゃないから」

頬をぷっくり膨《ふく》らませて、嬢ちゃんはそっぽを向いてしまった。

「その細い腕では持てん。その代わり、温め終わったら、ワイエレに野菜を切ってほしいんじゃ」

「はーい」

名前を呼び、次の仕事を頼んでみたら、ワイエレは機嫌《きげん》を直して笑顔じゃよ。手始めにダイコンを切ってもらう。ダイコンを10センチくらいの長さに切ってから皮を剥《む》けば、そんなに危険はありゃせん。もし皮が厚めに剥かれてしまっても、きんぴらに使えるからのぅ。

皮剥きが終わったら、十字に切って四つ割りじゃ。そこから薄く切ればイチョウ切りができる。儂が同じ動きをしながら教えたので理解が早くてな。失敗せずにできとるよ。

「これでいいの？」

自分で作ったイチョウ切りのダイコンを見せてきたので、儂はにこりと微笑んで頷く。

「上手じゃよ。これが豚汁に入るでな。頑張れ」

「うん！　いっぱい切る！」

包丁は大きいので果物ナイフを持たせたんじゃが、ワイエレには丁度良かったようでな。左手を猫の手にするのもしっかりやっとるし、集中しとるから怪我の心配はなさそうじゃ。

儂はワイエレを指導しながらサトイモを剥いていく。三人のメイドさんは、今日も仕込みの手伝いに来てくれた。昨日と同じで下処理からやってくれとるが、昨日一日でかなり覚えたようじゃよ。

「味見はロッツァがやってくれとるし、儂の教えることはほぼ終わってしまっとるのぅ」

ぼそりと呟いた儂に振り返った馬耳のメイドさんが、

「昨日の野菜料理を知りたいです！」

と言っとるし、一緒に作って今日の昼ごはんにするか。そう伝えたら、三人揃っていい顔になったわい。

あと屋台の屋根からマンドラゴラがこちらを見とるんじゃが、あれは風の女神《めがみ》が化けた姿じゃろ。八百屋《やおや》の親父さんのところのマンドラゴラは姿を消せるから、きっとそうじゃ。祭りで様々な人がおるとはいえ、さすがに目立つからやめてほしいんじゃがな……

儂は《浮遊《フロート》》を付与した座布団で宙に浮かび、屋根の上におる女神に背後からそっと近付き、確保する。店の前の列を見とるから、背中ががら空《あ》きじゃった。

「なっ!!」

屋根の上まで来るとは思わなかったんじゃろ、振り向いた顔は驚きに染まっておった。無表情なマンドラゴラといえど、中身が風の女神じゃから、表情豊かになっとるのかもしれん。

「マンドラゴラの真似をせんでも、火の男神みたいに人間に化けて来ればいいじゃろ」

「私はこの姿が得意なの！」

目を三角にして怒ってしまった女神は、儂の腕の中で身動《みじろ》ぎして、抜け出そうとしとる。儂らは今座布団で浮かんでおるから、暴《あば》れると危ないんじゃが……手加減してくれとるようで、落ちる心配はなさそうじゃ。一応、抵抗する姿勢を見せておるんじゃろ。

儂がマンドラゴラを抱えていても、皆からは不思議そうに見られん。珍しい魔物のはずなんじゃが、皆、親父さんのところの子に慣れすぎじゃよ。

「それも料理するの？」

ワイエレが儂を見上げとる。ここまで来たいのか、背中の羽根がぱたぱた揺れとった。

「この子は料理せんよ」

「テツダウー」

マンドラゴラの真似をする女神は右手を挙げ、ワイエレから見えん左手で儂をてしし叩きよる。

「だそうじゃから、ワイエレと一緒にやろうかの」

座布団ごと地面近くまでゆっくり下がり、そこから降りると、女神をワイエレに手渡す。

「プニプニなんだね」

女神の脇腹？　あたりを掴んだワイエレの感想に、マンドラゴラは目を見開き固まりよった。

「ちょいと特別なんじゃ。仲良くするんじゃぞ」

「はーい」

さっきまで野菜を切っていたテーブルへマンドラゴラを降ろし、ワイエレはまた果物ナイフを手に取る。ダイコンの次に切るのはニンジンじゃ。

「硬いから気を付けてな」

「左手を猫にしてからー、切る！」

ワイエレのナイフが、ニンジンの半分くらいのところで止まる。ぐっと力を込めるとまな板にトンと刃が当たった。

「硬いよー。でもがんばる」

「テツダウー」

気合を入れ直したワイエレの肩に、マンドラゴラの姿をした女神が止まる。

「ん？　ありがと」

ワイエレが先ほどと同じようにニンジンにナイフを当てると、今度はすぱっと切れた。女神の周りに風が吹いとって、その風が、ワイエレの腕を伝って果物ナイフにまで届いてるようじゃ。風魔法を纏わせて切れ味を上げたのかもしれん。ナイフに付与するのでなく、そんな手法もあるんじゃな。勉強になるわい。

「すっごいよ！　簡単に切れた！　ありがとー！」

満面の笑みでマンドラゴラに礼を述べるワイエレは、ニンジンをどんどんいちょう切りに仕上げていった。振り返った女神は、得意気《とくいげ》に儂を見ておる。

「よく切れるから気を付けるんじゃぞ。お前さんもありがとな」

「はーい」

「イイッテコトヨー」

胸を張って答えるその表情は、以前イスリールのところで見た拗《こじ》らせ女神と違《たが》わん。素直になれば可愛《かわい》いと思うんじゃが……時間をかけて固まった性格は変えられんか。

三人のメイドさんと一緒に、儂は昼ごはんを仕込み始める。大ぶりに切った野菜を蒸籠《せいろう》に入れて、沸《わ》いた鍋の上に置く。あとは蒸気《じょうき》に任せて、次はポトフじゃ。三人に教えながらと言っても、基本を知っとるからな。手順は先日と変わらんし、簡単なもんじゃよ。

オニオンリングやフライドポテトは子供らに人気《にんき》になりそうじゃから、多めに仕込もうかのぅ。あとロッツァの好きなうどんも作ろう。そして、うどんにはかき揚げじゃ。野菜の皮や切れ端などを使えば、食材を無駄なく使いきれて一石二鳥《いっせきにちょう》じゃろ。

儂は昼ごはんを仕立てながら、合間《あいま》合間に店の料理を補充する。天気の急変も、気温の上下もないもんで、料理の出方が読めるのは本当にありがたいわい。

昨日、一昨日《おととい》の傾向から、豚汁は一日中出とる。それに対して、スジ煮は夕方に、モツ煮は昼前後が一番売れておるぞ。それに合わせて料理を作れば、いろいろ無駄が出なくてな。万が一余ったとしても【無限収納《インベントリ》】に仕舞うだけじゃし、奥さんたちの晩ごはんにもできるしの。

「アサオさーん、スジ煮を二十杯分欲しいってー。こっちのだけだと少し足りないんだけど、出せますか？」

……昨日までの二日間と動きが違うのぅ。早速、予定外じゃよ。【無限収納《インベントリ》】に仕舞ってあるから、対応できるんじゃがな。儂は表に顔を出し、

「いけるぞ。おぉ、たくさん買ってくれてありがとさん」

翼人の奥さんに答えがてら、お客さんに礼を伝える。店先には真っ赤《まっか》な髪を短く刈り上げた青年がおった。その青年は獣人らしく、黒光りする牛の角が目を引くわい。気温がかなり低くなっておるのに半袖《はんそで》じゃ。作業着みたいな恰好《かっこう》じゃから、どこかの職人さんなのかもしれん。

「鍋はあるッス！　親方たちが食べたいってんで、買いに来たんス！」

にかっと笑う青年の歯が白く輝いておった。持っておるのは大ぶりの土鍋じゃ。

「こけたり、こぼしたりせんよう、注意するんじゃぞ」

「分かったッス！」

青年の腰では、真っ黒な尻尾が元気に振られておる。受け取った土鍋いっぱいにヌイソンバのスジ煮をよそい、中身を確認させてから儂は手渡した。代金は奥さんが先にもらってくれとる。

「ありがとうッス！　熱々で美味そうで、腹が激減《げきへ》りッスヨ！　親方！　待っててくださいッス！」

牛角の青年が鍋を抱えて帰ると、次々に持ち帰りの注文が入る。どうやら職人らに話が広がっておるらしく、それらしき若い青年や女性が鍋を片手に店に並んでおった。中には四人で来て、全種類を鍋いっぱいに持ち帰る強者《つわもの》までおったわい。祭りに来られない職人らには、持ち帰りが良い配慮だったのかもしれんな。他の店では熱々の料理を扱っとらんから、儂のとこに集まるんじゃろ。

その後も大口の持ち帰り注文が続発しとった。その為、昼ごはんの野菜料理とかき揚げうどんは、メイドさんたちに任せっきりになってしまったのぅ。ワイエレは、ダイコンとニンジンのいちょう切りが楽しいらしく、嬉々《きき》として続けてくれとる。ありがたいことじゃ。そのおかげで、豚汁もモツ煮も切らさずに提供できとるからな。

皆で代わる代わる昼ごはんを食べてからは、最後の追い込みとなる午後の営業じゃよ。他の店からは鬼気迫る《ききせま》ものを感じるが、儂の店と隣の店は変わらんな。

お隣さんは、どうやら儂と同じような考えで、勝ち負けにこだわってないんじゃと。普段のお客さん以外にも知ってもらえる機会くらいに考えてるようでな。無理せずいつも通りの営業を心がけておるみたいじゃ。儂も気張《きば》らんし、普段と変わらん。なので、皆も気負わず営業できとる。このまま祭りがはねれば万々歳《ばんばんざい》じゃ。

『さぁさぁさぁ、祭りも残すところあと半日――』

『いえ、にちぼつまでですから、よじかんです』

中央の櫓からクーハクートとミータ少年の声が聞こえよった。

『泣いても笑っても、結果は結果だ。だが、そんなことより美味い料理を大いに食べ、語らい、遊ぼうではないか！』

『みなさん、たのしみましょう』

クーハクートの煽り《あお》に、客も店員ものせられておる。座布団で浮遊しつつ上から覗いてみれば、活気も熱気も充満しておった。昼すぎでこれじゃ、結果発表の頃にはどうなることやら……

「儂らは今まで通り、変わらずやっていくんじゃぞ。無理も無茶もしちゃいかん」

「いいの？」

ワイエレが儂を見上げて聞いてくる。

「勝負の結果より、楽しむほうが大事じゃからな。儂らは料理を楽しく作る。それを美味しいと喜ぶお客がおる……それで十分じゃろ？」

「そーそー。私たちも少し休んでお店を見て回ろうよ」

ルーチェに誘われたワイエレが、目で訴《うった》えかけてきよる。

「行っておいで。昼までの給料を渡すから、大事に使うんじゃぞ」

「ありがと！」

儂の手を握り、ぶんぶん振り回すワイエレに、奥さんたちが笑っておった。来たばかりのマルシュも表情を緩めておる。隣に立つルルナルーも一緒じゃ。

ルーチェと共に休憩をとるカナ＝ナたちも店を巡ると思っていたんじゃが、儂の店から離れん。どうしてか聞いたら、

「ここで食べるから！」

「……です」

二人して答えてくれた。

カナ＝ナとカナ＝ワは、二種類のモツ煮とスジ煮、豚汁まで買うそうじゃ。今、昼ごはんを食べたばかりじゃろうに。

「まだあるから、無理に買わんでも――」

「じいちゃんに勝ってほしいから！」

「……です。それに自分たちで稼《かせ》いだお金を使うのです」

儂の言葉を遮《さえぎ》ってまで、目を輝かせて二人は話す。稼ぐだけでなく、自分が必要と思うところに使うのも、確かに大事じゃな。

「なら、ありがたく代金を受け取らんといかんのぅ」

二人から差し出された代金を奥さんに渡し、代わりに儂はお椀を四つ受け取る。それをカナ＝ナたちに手渡すと、少しはにかんでおった。

ルーチェたちが出掛け、残るはルルナルーにマルシュ、奥さんたちじゃな。この場で食べていく客と、持ち帰りの客が半々くらいになっとるから、料理の減りが思った以上に早いわい。店の裏で仕込んでる儂やメイドさんたちはフル回転じゃよ。

マルシュたちの作るフィッシュバーガーも相当数出ておるが、二人は悲鳴を上げることもなく客と魚を捌いておった。マルシュも柔らかな表情をしとるし、この三日間の営業は、ある種の修業になったのかもしれんな。料理をしながらでも、客の問いに答えとるからのぅ。老若男女、種族も様々じゃ。その応対をしとれば、否《いや》が応《おう》でも鍛《きた》えられるってもんじゃろ。

日が沈むまであと三十分。そんな時間でも客足が鈍《にぶ》らんわい。今はもうほとんどの客が持ち帰り希望じゃよ。

昨日や一昨日、広場で食べていった客らが、今は持ち帰りを希望して並んでくれとる。昼頃に来た牛角の青年も、また鍋を抱えて列に並んでおった。具だくさんの豚汁が飛ぶように売れ、寸胴鍋から消えていきよる。

そんな中、マンドラゴラな風の女神は、屋根の上で料理を貪《むさぼ》っておるよ。ワイエレが休憩中じゃから、手伝いはせんらしい。他の神へ持ち帰る気もないらしく、鍋を抱えて絶《た》えず口に運び続けておるわい。その重さで屋根が壊《こわ》れても困るので、儂の座布団を貸しておるんじゃが、徐々に高度が下がってきとらんか？　いや、そんなことより儂らは客の相手じゃな。

表の客応対を豚汁主体にして、奥さんたちが対応しとる。マルシュとルルナルーも頑張ってくれておるよ。儂はその他の持ち帰りを裏で直接注文されとるんじゃ。

そんな応対で、てんやわんやになっとる間に日が沈んだ。

『そこまで！　今日の前にいるお客で、対決の勘定《かんじょう》は終いだ！』

『はんばいはつづけてもらってかまいません』

威勢の良いクーハクートの声に、ミータ少年の柔らかい声が続く。広場にいる全員が櫓のほうを向き、歓声でもって応えておる。

「終わったのぅ」

「え？　もう買えない？」

儂の前におる冒険者っぽい女性が、鍋を片手に残念そうな顔をしておった。

「大丈夫じゃよ。まだたくさんあるからな」

ほっと胸を撫《な》で下《お》ろした女性は、儂に鍋を差し出す。

「トマトモツ煮を五杯分お願いね！」

「俺はスジ煮を三杯！」

ひょこっと女性の背後から顔を出したのは、ずんぐりむっくりな体躯《たいく》の男じゃった。

「慌てんで平気じゃ。スジ煮もモツ煮もまだ残っておるでな」

儂が指さす先には、コンロで温められている寸胴鍋が三個。それを見た客はにんまり笑っとる。

持ち帰りを待っていた客がいなくなるまで、小一時間かかった。他の店はもう帰り支度が済んでおるところまである始末じゃ。面倒じゃから【無限収納《インベントリ》】か鞄に仕舞うか……そんなことを考えていたら、櫓からまた声が響いた。

『皆の衆、結果が出たぞ！』

「お！　どこが一番だ？」

「ふっ、ウチに決まってる」

広場中央の櫓から聞こえるクーハクートの呼びかけに、様々な声が反応する。観客のガヤ音に混じって、随分《ずいぶん》と自信を持っとる店もあるもんじゃ。

「あ、あの人のところですか。確かに料理の出てる数が凄《すご》かったですよ」

背の高い奥さんにも聞こえたらしく、儂と一緒に視線の先に立つ一人の男を見ておった。料理人とは思えんくらいの小綺麗《こぎれい》な服に身を包んどる。所々に浮かぶ《照明《ライト》》や魔道具に照《て》らされた長い金髪を指で梳《す》き上げ、自分に酔《よ》っておるようじゃ。

「街のど真ん中に立つ高級店なんです。ほんの少ししかお皿に載ってないから、たくさん頼まないとお腹いっぱいになりません」

背の高い奥さんは話しながら若干憤《じゃっかんいきどお》っておる。

「見るからに裕福《ゆうふく》な客が、従者を使って買い漁《あさ》ってたわよ」

儂の隣に来た翼人の奥さんは、鼻で笑いながら呆《あき》れ顔で儂に教えてくれた。

背の高い奥さんがまた口を開く。

「うちの店やお隣さんのほうが、珍しいのかもしれません」

「皿や椀の数を稼ぐ為に、何杯も買わせるのか？　庶民《しょみん》の味方ではないのぅ」

「そんなもんよ、お貴族様相手の店なんて。でも負けるとは思えないけどね」

胸を張る翼人の奥さんに、他の者らも賛同しておった。

「皆が楽しめて、お客さんが美味しく食べてくれたなら、儂は結果なんてどうでもいいんじゃがな」

「負けたら私は悔しいわよ……確かに楽しかったけどね」

「そんなもんかのぅ。ま、クーハクートが今から言うから、聞けば分かるじゃろ」

皆で中央の櫓に注目すると、声が聞こえてくる。

『一位と二位は実に僅差《きんさ》だ！』

『たったきゅうさらでした』

「「「「おぉぉぉぉぉーーーー」」」」

ミータの言葉に観客がどよめいておる。

『二位はバイキング・アサオ！　一位はヴェルヴェロヴァだ！』

「よし、よし、よーし!!」

先ほどの男が身体を屈《かが》ませて地面に吠えておる。サラサラの金髪を振り乱し、

「見たか！　聞いたか!!　俺が庶民相手の店なんかに負けるはずがないのだ！」

今度は儂を指さしながら大音声《だいおんじょう》で観客へ宣言しおった。

『ただし、うたがわしいところがあります』

『そうなのだよ。買った料理を自分で食べず、従魔《じゅうま》の餌《えさ》にしたり、人に配《くば》ったりしているところを見たとの話があってな……』

「誰が食べようと自由だ！　それに売った後のことは客の自由のはず！　何がいけない？

この対決は勝つことが大事なんだよ！」

ミータとクーハクートに反論する男は、真っ赤な顔で今にも血管が切れそうじゃよ。唾《つば》まで飛ばしとるし、勝負に必死すぎて祭りを楽しめておらんな、ありゃ。

男を遠巻きに見ていた観客は、ほぼ全員が冷めた目をしとるよ。一部、男を支持しとる者らだけが大きく頷き、手を叩いておった。

『それに料理以外に何か付けてあったとも――』

「料理自体を赤字で提供していない！　違反《いはん》はしていないぞ！」

クーハクートの声に更に噛み付いておる。料理自体を冒涜《ぼうとく》しとる上、おまけに頼る商法はどうなんじゃろな……自分の料理に自信がないことの裏付けになってしまうぞ。

「ないですね～」

「うん、ありえない。『従魔にも食べさせてあげたい』からじゃないんでしょ？」

いつもの笑みを浮かべつつ、冷え切った目で男を見ているナスティに、ルーチェも頷く。カナ＝ナや奥さんらも同じじゃ。皆はおまけ付きの販売より、料理の扱いに納得がいかないんじゃろな。

「あれがあやつの本性《ほんしょう》なんじゃろ。この祭りで勝った後、何人が店に行くじゃろな」

「行かないでしょ。私なら行きたくないわ」

男を見ていた翼人の奥さんが、儂の言葉に反応しとる。鼻を鳴らしてから、蔑《さげす》みの眼差しを向けておった。

「俺の勝ちだ！　初代王者はこの俺だ！　称《たた》えろよ！」

金髪は両腕を大きく広げ、観客に強要する。男の店の従業員も周囲を見下《みくだ》すように見ておるが……周囲の空気は冷めきっておるのぅ。その雰囲気《ふんいき》を察した貴族は、もう姿を消しておった。

『それで満足か……所詮《しょせん》、その程度ということだ』

『これにてまつりはおわりです。りょうりがあるみせは、えいぎょうしてかまいません』

一人叫ぶ男の周囲には元からの味方しかおらんし、観客たちはもう離れておる。ミータの声に促された上、興味を失ったんじゃろ。まだ開いている店へ足を進めとるぞ。儂のところにも客が押し寄せてきよった。

「もう残ってない？　あれば食べたいんだけど」

どこかの出店の店員さんらしき女性が儂に聞いてくる。自分のとこの営業が忙しく、祭りの最中には食べられなかったんじゃと。

「煮込みはあと何杯分じゃろ？」

「まだまだ出せるよ！　なんならフィッシュバーガーだって作るさ！」

振り向いた儂に答えたルルナルーは、まだまだ元気なようじゃ。その隣に控えるマルシュもにこりと笑っておる。

「だそうじゃ」

女性に笑顔で答えると、表を皆に任せて儂はまた裏へ引っ込んだ。日が暮《く》れて、ぐっと気温が下がったからのぅ……温かい野菜料理と豚汁を仕込まんとな。

「じいじ、私たちの晩ごはんは？」

「お客さんに出す物と一緒に作るから、また交代でとってくれると助かるんじゃが。まだ頑張れるか？」

「大丈夫だよー」

「私だって負けませんよ～」

ルーチェとナスティは、自分の胸を叩いて答えてくれた。クリムとルージュも力強く頷いてくれとる。ロッツァはメイドさんたちと仕込みを既に始めておった。

「わたしはー？」

「ワイエレは影絵を頼めんかのぅ？　あれを見せたら皆が楽しめるじゃろ。儂らが料理しとる間、子供たちを任せたいんじゃ」

さっきまでマンドラゴラな女神を無言で抱《いだ》いていたワイエレは、ぱたぱた飛びながら聞いてきよる。もう帰してもいい頃合いなんじゃが、何かをしたくてうずうずしておるようじゃからの。なら頼むべきじゃろ？

それにいつの間にやら来ていた母親も、どうぞどうぞと身振り手振りで伝えてくれとるしな。

「さぁさぁ、私たちも食べるぞ」

「いいんでしょうか？」

櫓を降りたクーハクートとミータ少年も来ておる。

「いいのだ。祭りの終わり……即《すなわ》ち仕事が片付いたのだからな！」

「違います。終わってません。片付いてません」

クーハクートの背後から商業ギルドマスターのツーンピルカが顔を出し、苦言を呈《てい》しとる……

「祭りがはねたんじゃから、少しくらい勘弁《かんべん》してやらんか？」

すると、ツーンピルカは儂の言に苦笑《にがわら》いで応えてくれた。

「仕方ありませんね。では、私も温かい料理をお願いします……しかし、あんな結果でいいんですか？」

「構わんよ。皆が楽しめて、儂らの料理を美味しく食べてくれたなら、それで満足じゃよ」

儂の答えをある程度予想していたんじゃろな。ツーンピルカは柔らかい笑みを儂に向けるだけで無言じゃった。

《 5　結果の結末 》

料理祭りが終結《しゅうけつ》して早五日。クーハクートとミータは、連日儂の家に来ておるよ。

「で、ベロベロバア……じゃったか？　あの店に何かあったのか？」

儂と一緒に茶を啜《すす》るクーハクートに問うてみた。

「ヴェルヴェロヴァだな」

「おきゃくがこないようです」

店名を訂正《ていせい》するクーハクートの言葉を継いで、ミータが教えてくれる。かりんとうと緑茶をいたく気に入ったらしく、頬を膨らませて食べる姿は可愛いもんじゃ。

「先代の贔屓《ひいき》の店でしたが……祭りの時の態度がいけませんでしたな」

ミータ少年の従者であるひょろ高い男が、更に情報を付け加える。先代……クーハクートにこてんぱんにされた、『食通』を自称してた元貴族で、ミータの祖父のことじゃな。

「おまけ付きでなきゃ売れんような料理は、誰も食わんじゃろ」

かりんとうを貪るミータは首を大きく縦に振る。食べながらするのは危ないからやめるんじゃや。

「金をどれだけ使ったかで悦《えっ》に入る貴族や、価値を測《はか》る輩には良い店なのだろう？　去っていく者もいたがな」

クーハクートが悪い顔で笑っておった。

「そういえば、おまけは何を付けていたんじゃ？」

「これです」

口の中のものをごくりと呑み込んでミータが言うと、従者が鞄から木製のナイフやフォーク、陶器《とうき》のカップなどを取り出す。

「いい出来の食器じゃな。こりゃ、儂もあの店で料理を買えば良かったのぅ」

儂はフォークなどを鑑定《かんてい》しながら思わずそうこぼす。素材はエルダートレントじゃし、カップも機能美と装飾《そうしょく》のバランスが絶妙《ぜつみょう》じゃった。

「職人が怒り、もうヴェルヴェロヴァには卸《おろ》さんそうだ。客だけでなく、職人にまで見限られたら――」

「さきはありません」

首を横に振り目を閉じるミータは、悲しそうな顔をしておる。

「ところで、今回のきっかけになった、ミータの友達の爺《じい》さんの料理人は何位だったんじゃ？」

「ろくいでしたね」

「微妙《びみょう》だろ？　自分で言った『納得できる結果』になったであろう」

儂の問いへ、即座に答えるミータとクーハクート。空《そら》で答えておるし、聞かれることを予想していたようじゃ。

「ただ、やりなおすそうですよ」

「さすがに店まで来て修業《しゅぎょう》はできんだろうが、アサオ殿《どの》のレシピを学ぶらしい。『孫にきっかけを作ってもらったんだ、これ以上格好悪いところは見せられない』と言っておったから、先があるな」

料理人としての意地より、祖父としての矜持《きょうじ》か……まぁ、分からんでもないわい。儂もルーチェやクリムたちに求められたら、頑張ってしまうからのぅ。

「この祭りは良いこと悪いこと、どちらもあった。次回以降の課題だな」

「次回？　またやるのか？」

傾けた湯呑《ゆの》みをそのままにクーハクートを見たんじゃが、小僧の顔をしておった。

「こんな面白いことは続けるに決まっている。なぁ、ミータ」

「はい。まだまだまなぶことがおおいです。これからもおねがいします、アサオさま、クーハクートさま」

儂を見るミータの目は、一点の曇《くも》りもないキラキラしたもんじゃ。

「儂より、クーハクートに習うんじゃぞ」

「いえ、アサオさまもいだいなせんだつです」

ふんすと鼻を鳴らして答えよる。クーハクートを見れば、声を押し殺して笑っておった。

こうなることも想定しとったな。

「……ほどほどにな」

「はい！」

儂の答えに、ミータは元気な声を返す。

「時機があえば参加しようか。いつまた旅に出るか分からんから、そんな答えしか言えん」

「構わんよ。おぉそうだ、ならばこの街で居《きょ》を構え、旅先から帰る場所の一つにするのはどうだ？　郷里《きょうり》の他に家があってもいいだろう。カタシオラは大きな港もあるから便利だぞ」

「よいかんがえです！」

「私も賛成しますよ」

聞き慣れた声に顔を確認すれば、案の定ツーンピルカじゃった。いつもよりいくらか砕けた恰好をしとるが、今日は休みなのかのぅ。

「この物件を買ってもらっても構いません。別の物件でも、すぐに紹介できますよ」

「我《わ》が家の近くにも空《あ》き家があっただろう」

「それならば、うちのそばも！」

儂を置いてけぼりにして相談し始める三人はかなり乗り気なようで、本気の熱が感じられるぞ……買うかどうか決めるのは儂なんじゃが、その前に話を詰《つ》める気なんじゃろか。

小難《こむずか》しい話を避け、庭で遊んでいたルージュとバルバルが、紅蓮ウルフ二匹と一緒に帰ってくる。湯呑み片手に庭へ出て、儂は皆を出迎えた。

「お前さんらの名前も決めんとな。何がいいかのぅ」

「クリムたちと同じ、種族の名前は？」

知らぬ間に儂の背後へ立っとったルーチェが、茶を飲みながら提案しとる。

「どっちも紅蓮ウルフじゃから、文字るならグルフとレンウにでもせんと――」

「ウヮゥフ！」

雌《めす》の紅蓮ウルフが『レンウ』と儂が言った途端にひと吠えした。

「レンウでいいの？」

「ワフッ！」

ルーチェに聞かれて、またひと吠え。尻尾をぶんぶん振っておるし、気に入ったのかもしれん。雄《おす》のほうはグルフに反応せんから、別の名前を考えんとならんか。

「お前さんのほうが明るい赤毛じゃからな……儂の知る古い言い回しだと甚三紅《じんざもみ》あたりか。ジンザはどうじゃ？」

「ワウーーー！　ハッハッハッ！」

雄の紅蓮ウルフは元気に吠えてから尻尾を振り回し、儂とルーチェの周囲をぐるぐる回りよる。

「じゃあ、ジンザで決まり」

二匹の首筋《くびすじ》をわしゃわしゃするルーチェは、そのまま押し倒されておった。ルージュは儂の背からその様を見ておるし、儂の頭の上ではバルバルが震えとる。いつもの光景じゃな。

「ルージュたちみたいに柔らかい毛にならないかなぁ。じいじ、何かない？」

なんとか隙間から顔を覗かせたルーチェが、ジンザとレンウの頬を撫でておる。

「綺麗に洗って、ブラシで梳くくらいしか儂には思いつかん。髪ならナスティに聞けばいいんじゃが、どうじゃろな」

顎髭《あごひげ》をいじりながら答える儂の背後では、クーハクートたちがまだ侃々諤々《かんかんがくがく》と議論しとる。決まるまではもう少しかかりそうじゃな。

「おーい。儂らは一度ギルドに顔を出してくるぞ。まだ話し合うか？」

ルージュを背負《せお》ったまま儂は家の中へ声をかける。

「主役がいなくてどうする……いや、私たちで話を詰めるのも手か……」

クーハクートはぶつぶつ呟き、思案《しあん》しとるわい。ミータはその顔真似をしとるし、ツーンピルカは右手を顎《あご》に、左手を頭に当てて悩み顔じゃ。

「何を決めてるの？」

儂の隣から移動したルーチェは、クーハクートへ質問をぶつけた。

「アサオ殿にカタシオラに家を買ってもらおうかと思ってな。ルーチェちゃんはどう思う？」

「旅を続けるからいらないんじゃないかな。あ、でもここに帰る場所があっても困らないね」

頭をこてんと倒して答えるルーチェ。

「そうでしょう、そうでしょう。私たちと一緒に決めませんか？」

「いいよー」

ツーンピルカに促されたルーチェは、儂に手を振り三人の輪の中へ入ってしまった。

「それじゃ、儂らは行くか」

「ワフッ！」

レンウが答えてくれたので、儂は四匹を連れて家を出るのじゃった。

先日の祭りでまた顔が知られたらしく、すれ違い様に声がかかりまくる。背中のルージュや、頭に乗るバルバルにもじゃよ。

二匹の紅蓮ウルフは祭りに連れて行かんかったが、儂の両隣を静かに歩いておるから、誰も怖《こわ》がっておらん。首輪代わりの草木染めスカーフが、従魔の目印にもなっておるしのぅ。

商業ギルドと冒険者ギルド、どちらでも構わんのじゃが、ヌイソンバの皮や角の売却《ばいきゃく》もあるでな。今回は冒険者ギルドに顔を出すことにした。名前が決まったレンウとジンザの登録情報の更新を終えたら、素材売却の受付ではなくギルドマスターのデュカクの執務室《しつむしつ》へ通される。

儂の背に乗ったままのルージュの後ろ足は、いつの間にやらカナ＝ナとカナ＝ワに掴まれておった。随分、大所帯《おおじょたい》なまま案内されてしまったわい。

案内の青年が叩く前に、執務室の扉が開け放たれる。出てきたデュカクは青年に一言二言何か告《つ》げてから、両手を広げて儂を出迎えた。

「アサオさん、お祭りお疲れ様でした。美味しい煮込み料理になっていたあの肉も、ヌイソンバらしいですね。あんな安値で平気だったんですか？」

儂の連れの多さに驚きもしないデュカクは、右手をぎゅっと握ってきよった。人より大分強いその握力《あくりょく》を知るカナ＝ナたちの顔は、引き攣《つ》ってしまっておるわい。ただ、デュカクの握手《あくしゅ》に顔色一つ変えない儂のことは、恐れておらんみたいじゃ。

「ヌイソンバの内臓などを綺麗に処理して、煮込んで味付けしただけじゃよ。自分たちで狩《か》ったヌイソンバじゃし、内臓もスジ肉もこの辺りじゃ食べられとらんと聞く。ってことは素材や食材として売り値が付かん。それを使ってるから安く提供できるんじゃよ」

「そうなんですね。となると、処理に失敗するとあの味にはならないのか……素直にアサオさんのところで食べるとしましょう。で、今日は素材を売ってくださるそうですね」

デュカクは『自分で作る』という選択肢を消したんじゃな。お客を一人確保したと思おうかの。

ようやく手を放してくれたデュカクに促され、儂はテーブルを挟んだ向かいの席に座る。

「ヌイソンバの皮や角、あとは骨もじゃな」

儂は【無限収納《インベントリ》】から売る予定の素材見本を取り出し、テーブルに並べていく。肉を取り除《のぞ》いた後のアバラ骨などは、あまりにも大きすぎて料理に使えんかった。ダシをとるならモモの骨あたりで十分じゃよ。それも在庫はたんまり確保してあるでな。

「目玉や尻尾はありませんか？」

ヌイソンバの角を片手で掴み、品定めしとるデュカクは、欲しい素材を口にしよる。

「尻尾は残っておるぞ。ただ、付け根部分は料理に使うから出せん。先っぽだけでいいか？　あと頭はルーチェが取り込んだから、舌以外ないんじゃや。その舌も食材なんで譲《ゆず》れんな」

「十分です！　以前卸《おろ》してもらった素材を見た時から思っていたのですが、アサオさんは解体技術も素晴らしいです。それで目玉なども期待してたんですが……先に伝えるべきでしたね。いやぁ、失敗しました」

頼まれた尻尾も【無限収納《インベントリ》】から出してテーブルに並べる。

「あぁ、良い解体をされた素材は綺麗です。皆アサオさんを見習ってくれませんかね……」

「そんなにすごいの？」

「……ギルドの解体専門職員と良い勝負」

うっとり尻尾を眺《なが》め、頬ずりしそうなデュカクから目を逸《そ》らしたカナ＝ナが、カナ＝ワに聞いておる。儂を挟んで会話しとるから丸聞こえじゃ。儂の解体スキルはそれなりに高かったからのぅ……料理をすればある程度まで勝手に上がると思うんじゃが、どうなんかの？

「二人も習うといいですよ。自分で解体できると、その費用が浮いて懐が潤《うるお》います。それに魔物を相手取る時にも役立ちますから」

「確かにそうじゃな。どこを狙《ねら》えば効果的なのかが分かるのぅ」

「だったら習う！」

「……教えてください」

二人は効率を追い求める影人族《かげひとぞく》じゃったな。今まではどうしてたんじゃろか？

「儂としては、どこが美味しい部位か知るほうが大事じゃ」

「じゃ、それも！」

「……ぜひ」

座ったまま右手を挙げ、儂の顔を見上げるカナ＝ナと違い、カナ＝ワはぺこりと頭を下げよる。

「魔法以外でもアサオさんは師匠《ししょう》になりますね」

柔らかい声で話すデュカクは、二人の親のような優しい笑みを浮かべとった。

「儂らが旅に出るまで一緒に働くか？　ギルドでの償《つぐな》い労働を終えてからなら、今より店に来られるじゃろ。二人なら働くついでに解体の技術を覚えられると思うぞ」

「「うん！」」

にかっと笑うカナ＝ナたちの返事は、元気なものじゃ。

「丁度良いです。ギルドでの二人の懲罰《ちょうばつ》研修はあと数日で終わりますよ」

二人が歓声を上げる。デュカクは笑顔のまま儂らを見ておった。

ギルドからの帰り道、カナ姉妹も同行したので聞いてみたが、今までは解体などせずに、全部丸っとパーティメンバーかギルドに投げていたそうじゃ。ついでに魔物を退治する時も、威力《いりょく》の高い魔法を使うだけで、細かくどこを狙うかなんて考えたことがなかったそうじゃよ。

帰宅した儂らを出迎えたのは、湯呑みで乾杯《かんぱい》するルーチェたちじゃった。儂とは別に出掛けていたナスティも参加しとるし、ルルナルーやマルシュ、店で働く奥さんたちの姿もあるぞ。

とりあえず儂が取り掛かるのは昼ごはんの支度じゃ。何に盛り上がっておるのかは、食べながら話を聞くとするかのぅ。

皆の分の昼ごはんを作り終えてから、妙に盛り上がっとる輪の中へ儂は入る。

「で、何をそんなに楽しんでおるんじゃ？　酒は出しとらんはずじゃが……」

「じいじ、ここ買おう」

満面の笑みで儂に飛びついたルーチェが、そう言いよった。ツーンピルカもクーハクートも、酔っぱらったように歓声を上げておる。ミータだけは落ち着き払って湯呑みを傾け、ちびちび茶を飲んでおるようじゃ。

奥さんたちは儂の作った昼ごはんに群《むら》がっとるな。マルシュとルルナルーが手伝ってくれたんで、フィッシュバーガーが主役じゃよ。あとは簡単な魚介《ぎょかい》のスープとサラダになっとる。

「もう少し大きな家や、我が家の近くも薦《すす》めたのだが――」

「ここがいいの。ロッツァやクリムが安心できるんだもん。それにすぐ魚を獲れるのがいいよね」

クーハクートは儂らのことを考えた上で、欲張って自分が来やすい環境《かんきょう》を作ろうと言ったんじゃろな。少しばかり儂から目を逸らしておるし、正解みたいじゃ。で、ルーチェは家族が一番大事で今のままに決めたと……

「いつ旅に出るかも分からんのに、それでもいいのか？」

「まだ次行くところ決まってないし、変な人……もいるけど、会わなければいいだけだしね」

両のこめかみに指を当てて悩むルーチェじゃったが、それも一瞬。すぐにぱっと笑っておる。

「となると、留守《るす》の間に家を任せられる者がいないといかんな。誰も住んでいない家は、あっという間に痛むからのぅ」

儂の話を耳にした恰幅のいい奥さんがすっと手を挙げ、

「私たちの隠《かく》れ家《が》に！」

と答えたが、翼人の奥さんに窘《たしな》められておった。

「皆が知ってるお店じゃ隠れてないし、住まなきゃダメなの。それに私たちも店を出すんでしょ？」

「それじゃ、そのお店をここで――」

「尚更《なおさら》ダメ。アサオさんがいる間はアサオさんの家とお店。それとも旅に追い出すの？」

背の高い奥さんまで来て、忠告してくれとる。

「開く店は自分たちで探《さが》すんじゃろ？　気持ちは嬉しいが、追い出されるのはのぅ……」

儂がわざとらしく困り顔で答えれば、皆が笑ってくれたわい。恰幅のいい奥さんのフォローにもなったじゃろ。

「あ、あの時計の人たちじゃダメ？　じいじの仲間みたいなもんだし」

「時計？」

ツーンピルカがルーチェの言葉に反応する。

「うん。カタシオラに来る途中でじいじに買ってもらったの。これだよ」

ルーチェが懐中《かいちゅう》時計を取り出して見せると、ルーチェに負《お》ぶさっていたルージュも、ペンダント風に仕立てられた時計を差し出す。普段は毛皮に入り込んでおって、見つからんからのぅ。

「これはっ！　ローデンヴァルト時計店の物じゃないですか！　お知り合いなんですか？」

目を見開き、二つの時計を交互に見続けるツーンピルカは、声を震わせておった。その脇からクーハクートが覗き込む。

「おぉ、綺麗な細工《さいく》だな。華美《かび》な装飾はされておらんが、実に美しい。私も一つ欲しいものだ」

「わたしもです」

ミータも一緒になってかぶせてくる。

「貴族のお前さんたちなら、難《なん》なく買えるくらいの値段じゃぞ」

「ただ時計が欲しいのではなく、腕の良い職人と知り合うことが大事なのだよ。貴族の立場を利用して無理矢理作らせる輩《やから》もおるが、アサオ殿を通して頼めば、時計を作る以外にも良い関係まで築《きず》けるだろう？　それは金や物には換《か》え難《がた》い……いや、換えられん」

「そうです。わたしには、そんなつながりがひつようなんです」

クーハクートの指導を受けているミータの目は、熱を帯《お》びておった。

「もしカタシオラに移住してもらえるなら、こんな嬉しいことはありません！　商業ギルドも支援《しえん》致しますよ！」

ツーンピルカも儂に迫《せま》る勢いじゃった。

「分かった分かった。とりあえず聞くだけはしてみるから待っとれ、《言伝《クルッポウ》》」

三人を手で制しつつ、儂は光の玉に話しかけ、そのまま鳩を飛ばす。鳩が砂浜の上を飛んでいくと、入れ違いにロッツァとクリムが戻ってきたので、事情を話して聞かせる。

「アサオ殿、何かあれば我が走るぞ？」

「それはまた今度じゃ。二人の返事次第では頼むから、その時はよろしくな」

獲ってきてもらった魚や貝を受け取り、昼ごはんを渡す。熱々の魚介スープを美味しそうに頬張るロッツァとクリム。食べたらまた海に行くらしい。今度は海藻集めの予定なんじゃと。

皆もひと通り食事を終えると、湯呑みを傾け一服じゃ。妙な盛り上がりも収まり、心静かにのんびりしとる。

「普通に飲んでるけど、これって高級品よね……」

「じいじがくれるんだから、気にしない気にしない」

翼人の奥さんは湯呑みの中をじっと見つめておった。各々の好みに合わせて、コーヒーも紅茶も振る舞っておるからのぅ。ギルドに卸す物は別としても、ここでくらいは気軽に飲んでほしくてな。儂の仕入れ値ならもっと安くしてもいいんじゃが、そうすると今までのコーヒーなどは値崩《ねくず》れを起こしてしまうからの。わざわざ敵を作らんでもいいじゃろ。

儂が緑茶を広めておるのは、ヴァンの村のシオンたちの後押しの為じゃ。あそこの村人たちが頑張れば、カタシオラで普通に飲める日も来るはずじゃからな。

「アサオさ〜ん、植木鉢が動いてますよ〜」

バルバルを頭に乗せたナスティが儂に声をかける。日向《ひなた》ぼっこの最中だったらしく、横になりながら庭に置かれた素焼きの植木鉢を指さしとった。

先日、街の外へ遊びに行った時、草の魔物であるエノコロヒシバに頭を齧《かじ》られていたマンドラゴラがおってな。それを助けた際、お礼にともらった種を蒔《ま》いた植木鉢が、やっと動きを見せてくれたか。親父さんとこのマンドラゴラがもう少しと言っておったし、そろそろ生まれてもいい頃合いじゃが……生えると、生まれる。どっちが正しいんじゃろな……

そんなことを考えながら植木鉢に近付いたら、揺れが収まった。更に近付いても動かん。じっと様子を見ていると、植木鉢はまた細かく揺れ始める。儂が再び植木鉢へ近付くと、またもやぴたりと止まった。離れればまたカタカタ揺れる。そんなことを何度か繰り返していると、ルージュが植木鉢を抱えて儂のそばへ持ってきてくれた。

鉢の中を見れば、真ん中辺りの土がもぞもぞ動いておった。ぴたりと動きが止まった数秒の後、中央から緑の茎《くき》が伸《の》び、はらりと開き四葉《よつば》になる。開いた葉は植木鉢いっぱいに広がっとるぞ。真ん中には蕾《つぼみ》らしきものもあるのぅ。

「芽吹《めぶ》きましたね～。まだ本体は出てこないんですか～？」

ルージュの抱える植木鉢を、その上からナスティが覗いて首を傾げとる。

「やっと芽吹いたばかりじゃからのぅ。いきなり四葉とは驚きじゃが、身体が育つまでまだかかるんじゃろ。儂らはのんびり待つだけじゃよ」

ルージュがそっと植木鉢を下ろしたので、儂は《浄水《ウォータ》》で葉を濡《ぬ》らす。ナスティの頭に乗っていたバルバルもぴょんと飛び降り、四葉と一緒に水浴《あ》びをしておる。

「随分待たせますね～。期待値上がっちゃいますよ～」

いつものののんびり笑顔で植木鉢を見下ろすナスティは、その爪で鉢の縁《ふち》をとんとん叩いておった。

「親父さんとこのマンドラゴラが来たら、またなんか言うじゃろ。この子の先輩になるからの」

「マタセタナー」

噂《うわさ》をすれば何とやら……早速姿を見せよる。親父さんはおらんから、また一人で来たんじゃな。

「サムイノカ？　タップリコエロヨー」

マンドラゴラは植木鉢の横っ腹をぺしぺし叩き、四葉に話しかけておる。

「もう少し温めるほうがいいのか？」

「チガーウ。アットスコシー、フトリタイミタイー」

くるくる回り、儂に答えるマンドラゴラ。太りたい……脂肪《しぼう》を蓄《たくわ》えてからってことなんじゃろか？　それとも純粋《じゅんすい》に育ちが足りんってことなのか……分からんな。マンドラゴラは機嫌良く回るだけで、それ以上話そうとせんし、素直に待つしかなさそうじゃ。

「ミーズ、ジャバジャバ♪　ゴクゴクウマー♪」

四葉、バルバルに混じり、マンドラゴラまで、儂の《浄水《ウォータ》》を浴びておる。

ずんと頭に重さを感じて目をやれば、風の女神が乗っていた。

「オヤツヨコセー」

儂の髪を掴み、軽く揺すっとる。

『セイタロウさん、今から引き取りに行きます』

念話が入ったと思ったら、真っ黒な髪をした主神イスリールが庭木の陰から現れよった。

クーハクートたちは一切気にしとらん。しかし、神様がこうもぽんぽん降りてきて平気なのかのぅ？

「帰りますよ。セイタロウさんも忙しいんですから」

「はい！」

風の女神はマンドラゴラの姿のまま、背筋《せすじ》を正《ただ》して返事しとる。真似てたマンドラゴラの口調《くちょう》もすっかり鳴りを潜《ひそ》めてしまったようじゃ。

「折角来たんじゃから、とりあえず一服せんか？　ちょいと聞きたいこともあったでな」

儂の提案に困ったような顔をしたイスリールだったが、こくりと頷いてくれた。儂と一緒のテーブルに着いて茶を啜る。イスリールの膝《ひざ》の上には、風の女神が乗っておる。茶請けのかりんとうを出しておるが、気軽には手を出せんか……

「儂が聞きたいことへのお礼じゃよ。気にせず食べてくれ」

にこりと笑いながら勧《すす》めると、二人はやっと手を伸ばす。

「お茶と一緒だとまた違いますね。美味しいです。ね？」

「ハーイ」

女神はお茶と一緒に緊張を呑み込んでしまったのか、またマンドラゴラの真似に戻っておった。

「ローデンヴァルト夫妻をこの街に呼ぼうかと思ってな。住処《すみか》を変えても二人の加護《かご》は大丈夫かの？」

「問題ありませんよ。加護は本人たちに与えてますから。ついでに家は勿論《もちろん》のこと、土地にまで加護を与えてますけどね」

湯呑みから口を離し、儂に答えるイスリール。

「となると、家ごと移したほうが良さそうじゃな。工房もそのままなら、勝手も変わらんじゃろ。丸ごと【無限収納《インベントリ》】に入ったりせんかのぅ……」

「入りますよ？　生き物を仕舞えないだけで、他に制限はありませんから。セイタロウさんのスキルは、僕が仕立てた特別製なんですもの」

儂の疑問に、イスリールは胸を張る。

「……儂の【無限収納《インベントリ》】は何でもありじゃな」

「ジブンダッテ、ナンデモアリジャナイ」

かりんとうを摘まむ女神は、呆れたような眼差しを儂に向けておった。

「……そう。神を餌付《えづ》けしてるんだもの」

いつの間にやら、土の女神がイスリールの隣に控えておる。そういえばナスティたちはどうしたんじゃ？　儂が周囲を見回していると、

「あ、念の為に人避けの結界を張ってますよ」

イスリールが、ふふんと得意気な顔をしておった。彼が抜け目ないとは、何か変な感じじゃな。儂の中のイメージじゃと、少し抜けたところがあるからのぅ。

「もしかして容量の制限もないのか？」

「そうですね。セイタロウさんに制限は設《もう》けていません」

……やりすぎなのは抜けてると言えるかもしれん。イスリール、土の女神、風の女神と共に茶を啜っていたら、《言伝《クルッポウ》》が帰ってきよる。ローデンヴァルト夫妻の答えが返ってきたようじゃ。

『ご迷惑でないならお願いします』

夫のイェルクではなく、妻のユーリアの声じゃった。戻ってくるまで時間があったから、二人で相談して検討したんじゃろ。その上で返ってきた答えじゃ。それならば、なるたけ早く動いてやるべきじゃな。

「決まりましたか。セイタロウさん、よろしくお願いしますね」

「なあに、儂らから言い出したんじゃ。イスリールの加護もあるし、二人なら問題ないじゃろ。この街なら気の良い者も多いでな」

儂が席を立つと、土の女神が寂《さび》しそうな顔をする。風の女神も似たような顔じゃ。

「人避けがまだ効くなら、のんびりしていけばいい。ルーチェやナスティは前に会っておるし、話し相手になるじゃろ？　二人なら菓子や軽食も用意できるしの」

「いいの⁉」

「……の？」

目を輝かせる二人の女神は、期待に満ちた目を儂に向けた後、イスリールを見ておった。

「……今日だけですよ。セイタロウさんに――」

「ありがと！」

「……感謝！」

イスリールが話し終わる前に儂へ感謝を述べ、二人はルーチェたちを呼びに行ってしまいよる。残された儂とイスリールは苦笑いじゃよ。

「……お互い若い子には苦労しとるな」

「ですね」

儂らは顔を見合わせ、ぷっと吹き出し笑い合ってしまった。

「そういえば、水の男神は来ないんじゃな」

「あの子は難しいですね。どんなに変装しても、この街には彼の眷属《けんぞく》やその一族が溢れ返ってますのでバレます」

ひとしきり笑った儂の問いに、笑顔のままイスリールは答えよる。

「そうか。なら土産《みやげ》で我慢《がまん》してもらうしかないのぅ。あとは儂が神殿を通る時に渡すくらいじゃな」

「そうなりますね。神殿から神殿への移動は、あの子たちなりに考えた転移方法ですから、使ってあげてください」

にこりと微笑みながら言うイスリールは、親のような心持なのかもしれん。

「今日はこれを持ち帰ってあげてくれ」

フィッシュバーガーや煮込み料理を【無限収納《インベントリ》】から取り出し、儂はイスリールに手渡す。女神二人はきっと甘味を確保するじゃろうから、それならば食事をと思ってな。

「ありがとうございます」

礼を述べるイスリールを残し、儂はツーンピルカのもとへと歩を進める。家ごと引っ越《こ》させると伝えたら目を丸くして、固まっておった。とはいえ、工房のことを考えれば仕方ないからのぅ。

納得したツーンピルカが、不動産担当と相談してくれるそうじゃ。二人と家を運ぶのはその間にやれば大丈夫そうじゃよ。

動き出したツーンピルカをよそに、ミータとクーハクートは大はしゃぎじゃった。時計店と凄腕《すごうで》職人の引越しに喜ぶ二人を放置して、儂はロッツァのおる波打《なみう》ち際《ぎわ》へ移動じゃ。

「ロッツァ、ローデンヴァルト夫妻のところへ走れるか？」

「問題ない。腹ごしらえも済んでいる……今からでも出られるぞ」

力強く頷くロッツァの背では、クリムが跳ねておる。

「馬車は【無限収納《インベントリ》】に仕舞っておくから、往《い》き道は全力で走れるぞ。帰りは二人が馬車に乗るでな。少し速いくらいで頼む」

「分かった」

「クリムも一緒に行く――」

話しとる最中にクリムは儂の背に飛び乗る。

「みたいじゃな」

クリムを背負ったまま、儂は家の中へと戻る。中でわいわいやってる奥さんたちに店を任せると伝えれば、威勢の良い答えが返ってきた。やる気もあるし、問題はなさそうじゃ。

イスリールたちのところへ顔を出すと、ルーチェとナスティがおる。植木鉢やレンウたちのことをナスティに頼んだら、二つ返事で引き受けてくれた。ルーチェも一緒に来るかと思ったんじゃが、皆と一緒に店をやるらしい。儂がいなくても大丈夫なところを見せたいんじゃと。孫が離れていくのは、嬉しくもあり寂しくもあるのう。

クリムを背に、儂は街道《かいどう》を走っておる。その隣ではロッツァが爆走《ばくそう》じゃ。背後に上がる砂煙《すなけむり》が、洒落《しゃれ》にならん大きさになっとるぞ。ただ、以前ヴァンの村へ走った時より少しばかり遅《おそ》いな。

「むぅ、アサオ殿はまだ余裕か……」

「もっと速めるなら魔法を使うが、どうする？」

「頼もう！」

唸《うな》っていたロッツァに《加速《クイック》》をかけたら、ぐんと速くなりよった。

儂らは走り続け、日が暮れたところで夕飯にした。希望を聞けば、しっかり肉と米を食べたいんじゃと。ならばと儂が作ったのは、ヌイソンバ丼……濃《こ》いめの味付けにした牛丼じゃよ。付け合せは漬物と根菜の味噌汁だけじゃが、なかなか良い献立《こんだて》になったわい。

日が昇《のぼ》って朝ごはんを終えれば、儂らはまた走り出す。今日はクリムも走るらしく、《加速《クイック》》をかけてやった。ロッツァや儂には劣るが、思った以上にすばしっこいぞ。腕力がぐんぐん伸びとるルージュと違い、クリムは俊敏性《しゅんびんせい》が伸びておるのかもしれん。二匹とも魔法の訓練をしておるし、強くなっとるんじゃな。

日が傾き出した頃、儂らはローデンヴァルト時計店へ着いた。イェルクとユーリアは既に荷造《にづく》りを済ませており、手持ちは何もないそうじゃ。馬車に積むのも、アイテムボックスである鞄と箱だけじゃな。それらと一緒に二人が馬車へ乗り込む。ロッツァの走る速さは、二人の様子を見つつ決めるとしよう。

二人が馬車から見学する前で、儂は時計店を【無限収納《インベントリ》】に仕舞う。何も残らず、綺麗さっぱり更地《さらち》になってしまったわい。

儂だけ先に帰り、家を設置しようかと思ったが、向きのこだわりや調整があるかもしれんからやめた。何もない所にいきなり家が現れるだけでも驚かれるじゃろし、それが向きを変えたら更なる騒ぎになるかもしれんからのぅ。その辺りはツーンピルカが差配しとると思うが、万が一を考えておかんとな。

夫婦の乗る馬車を曳《ひ》くロッツァは、実に軽快な走りを見せておる。《結界《バリア》》と《浮遊《フロート》》のおかげで夫妻は共に酔っとらん。これなら日が暮れるまでにかなり進めそうじゃよ。

日が暮れて野営の時間になったので、皆で一緒に晩ごはんじゃ。今日は先日の祭りで作った煮込み料理かの。イェルクやユーリアにもヌイソンバを味見してほしくてな。

旅の疲れも見せず、皆が揃ってもりもり晩ごはんを食べておる。不安や心配な様を微塵《みじん》も感じさせんイェルクたちなら、何の問題もなくカタシオラまで行けるじゃろ。

《 6　時計店は、ご近所さん 》

普通の馬より格段に速いロッツァと、揺れのない馬車での旅は快適だったらしい。三日後、カタシオラに着いた時も二人は元気なもんじゃった。

イェルクとユーリアの家は、儂の家から三軒隣に建て……いや、置かれた。万が一を懸《け》念《ねん》していたイスリールの加護も、問題なく効果を発揮しておる。儂は鑑定で確認したし、イェルクたちには細かいところまで見てもらったんじゃ。水や火も問題なく使えとるよ。悪意ある者が近付けん仕様《しよう》も継続《けいぞく》らしいが……これは儂には分からん。

なので、レンウとジンザの散歩道に、この家を含んでもらった。レンウたちはご近所さんにも可愛がられておるから、二匹だけで歩いてても心配ないんじゃよ。逆にこの辺りの治安維持に役立ってるそうじゃ。

引っ越しも済んで落ち着いた今日は、祭りの時に出会ったカワウソ夫婦の店に行こうと思ってな。薬を扱う店と言ったら、家族は誰もついて来んよ。ただ、クーハクートのとこのメイドさんの一人が同行したいそうで、今日はその子と一緒になった。

「薬屋に用があったのか？」

「いいえ。アサオ様の行くところ、珍しい食材ありと言われてましてて。それで是非《ぜひ》ご一緒したかったのです。同行のお許しをいただきありがとうございます、アサオ様」

メイドさんは儂に丁寧に頭を下げる。額《ひたい》に短い角があるから、獣人か魔族なのかもしれんな。

「……薬屋に食材があるかのぅ？」

儂の呟きを聞いてか聞かずか、メイドさんはにこにこ笑うのみじゃった。

地図を頼りに歩く儂らは、迷《まよ》うことなく店に着く。詳細なものではなかったが、要所要所を押さえた地図は分かりやすいものじゃったよ。

「ごめんください。オーサロンド家の者です」

「はーい、少し待ってくださいねー」

メイドさんが店の戸を開けながら声をかけると、奥から返事が聞こえる。

「………はいはいはい。お待たせしました。何が欲しいのかしら？」

暖簾《のれん》をくぐって出てきたのは、カワウソの奥さんじゃった。そして儂を見つけて、

「あら、先日の料理人さんじゃないですか。いらっしゃいませ。お父さん、お父さーん」

にこりと微笑み、主人を呼ぶ。

「何が欲しいのかしらね。疲労回復薬？　眠気覚《ねむけざ》まし？　それとも感覚が鋭《するど》くなる薬？」

奥さんは言いながら小瓶をカウンターに並べていく。前二つは問題ない薬じゃろうが、終いのは売っても平気なのかのぅ……

「誰か来たんか？　おぉ、あんたか。なした？」

店の奥から、親父さんがひょっこり顔を出す。暖簾が頭にかかり、手ぬぐいを載せているようじゃった。

「折角紹介状をもらったから、来てみたんじゃよ。病《やまい》も怪我もしとらんが、珍しい物を扱っていると聞いたしの」

「んだか。ここんとこだと、仕入れたのはこれだ」

カウンターの下にしゃがみ、一抱《ひとかか》えほどの木箱を持ち上げて儂に見せてくれる。中身は焦げ茶色をした種子のようじゃ。一粒が一尺くらいあるぞ。

「……カカオかの？」

「んだ。精力剤と媚薬《びやく》の材料になるだ。いるか？」

儂を見ながらも手を止めん親父さんは、慣れた手つきで鉈《なた》を振るい、硬い殻《から》をぱかっと

割っておる。白いねばねばしたものに包まれた中身が出てきよった。

「乾燥、焙煎《ばいせん》、粉砕《ふんさい》をせんと使えんじゃろ」

「んだ。よく知ってるだな。そこまでやったのが、これだ」

茶色い塊《かたまり》と真っ白い塊……あとは粉末になったカカオも鍋でカウンターの下から取り出され、儂の目の前に並べられた。

「ここまで処理してあるなら、砂糖《さとう》などを加えれば菓子に使えるのぅ。値段次第じゃが、これは欲しいぞ」

「材料なら高くねぇ。調合するのが難しいんだ」

カウンターの上でそれぞれを混ぜ、ささっと液体に仕立てる親父さん。

「それなら仕入れようかの。液体になったのも頼めるか？」

「分かっただ。作るからちぃと待つべ」

儂と話し終わると、また親父さんは奥へ引っ込む。親父さんとのやり取りを無言で見ていた奥さんは笑顔じゃったが、メイドさんは狐につままれたような顔をしておった。

「アサオさんは薬の知識もおありなの？　あの人がいきいきしていたわよ」

「薬のことはよく分からん。これが、儂の知る食材と同じようでな、それで頼んだだけじゃよ。詳《くわ》しい作り方や混ぜ方は知らんから、そこは親父さん任せじゃ」

「あらそうなのね。それでこっちの塊と粉はどのくらい買ってくださるの？　どれも

100ランカ30万リルになるのだけど」

奥さんは話しながら、無駄のない動きで量《はか》りや器を用意しておる。親父さんにとっては安いようじゃが、儂の卸すコーヒー豆の五割増しと思うと高いのぅ。ただ、ここでしか買えんし、仕方ないじゃろ。

「店に来ればいつでも買えるんかの？」

「頻繁《ひんぱん》には入荷しないですよ。今回のも一年ぶりですからね」

「高価になるのもやむなしじゃな。それぞれ1万ランカで頼めんじゃろか？」

「ありがとうございます。お父さんの作るものも1万でいいかしら？」

奥さんの問いに儂は頷く。

「お父さんに伝えてくるわね。ちょっと待ってて」

暖簾をくぐり、奥さんが消えていくのを儂は見送る。奥さんがいなくなると、今まで固まっていたメイドさんが動き、小声で耳打ちしてきよった。

「アサオ様、媚薬が必要なんですか？」

「いらんよ。さっきも言ったが、菓子に使うんじゃ」

「お菓子に媚薬……カカオがお菓子になる……」

ぶつぶつ呟くメイドさんは、カウンターに置かれた二色の塊と粉をまじまじと見ておる。

「お父さんが調合したものも同じ値段でいいそうよ。アサオさん、気に入られたのね」

再び戻ってきた奥さんは、にこにこ笑っとる。

「1億2千万リル……」

メイドさんは暗算《あんざん》したようで、金額を口にして目を見開いとった。

「白金貨ですまんのぅ。確認してくれるか？」

カウンターに袋を置いて中身を見せると、奥さんは受け取ってくれる。

「はいはい、問題ないですよ。あと、お父さんの調合は一度じゃ終わらないけど平気？」

「まとめて使うわけでもないから、のんびりやってくれれば大丈夫じゃよ」

調合に時間がかかるのは当然じゃからな。焦《あせ》らせて不良品を作るのは、誰も彼もが損するだけじゃ。

「なら、私が量るものを先渡しね」

奥さんが二色の塊を量り、小箱に詰めてくれる。粉は瓶詰めにしてくれたわい。それを受け取り、儂はすぐさま【無限収納《インベントリ》】へ仕舞う。小分けにしとらんから、仕舞うのも早いもんじゃ。

奥さん、儂、メイドさんの三人で一服していたら、旦那さんが調合し終えた200ランカを持ってきてくれた。それも受け取り、儂は仕舞う。その後、親父さんも含めた四人でのんびり一服したのじゃった。

全く急いでおらんから、儂の注文は後回しで何の問題もない。それより、怪我や病のほうが大事じゃ。その辺りを儂から話すと、親父さんも納期に納得しておったわい。

《 7 酸《す》っぱい魚 》

空は雲一つなく晴れとる。なのに暖《あたた》かく感じん。冷え込みが一段と強くなってきたわい。それでもルーチェたちは元気に砂浜を駆けておる。こっちでも子供は風の子なんじゃろか……

「アサオ殿、この魚を美味く食べたいのだが、何とかならんか？」

朝食を終え、浜で遊ぶルーチェたちを見てのんびりしていた儂を、クーハクートが訪ねてきた。彼は短髪のメイドさんが抱える銀色の魚を指さしとる。見た感じはブリかのぅ。

「《駆除《リドベスト》》を使える子もいるんじゃから、刺身じゃダメなのか？　焼き物にしたり、煮物にしたりしてもいいじゃろ」

「なんというか……酸っぱいのだ」

魚から酸味《さんみ》を感じたら傷《いた》んでおると思うんじゃが、鮮度《せんど》が悪いようには見えんな。そういえば、日本《あっち》にいた頃も、ブリに少しばかりの酸味を感じたことがあるから、それのことか？

「《鑑定《エヴァルア》》」

メイドさんの抱えるブリを鑑定しても、『脂ののった魚。生、焼き、煮る、揚げると、どの手法でも美味しくなります』と良いことしか書かれとらん。

「気になるほどなのか？」

クーハクートは無言で頷いておる。メイドさんも同意するように目を伏《ふ》せた。

「とりあえず料理してみるのが良いじゃろ。貸してくれるか？」

「お願いする。私はそれを見ていよう」

「私もご一緒します。アサオ様の手捌きはとても参考になりますので」

魚を受け取り、台所へ場所を移すと、二人は儂のあとを付いてくる。期待に満ちた目で、拳まで握っておるよ。

出刃《でば》包丁で魚の頭を落とし、腹を裂《さ》く。ハラワタを取り出したが、酸っぱい臭いはせんのう。中骨に沿《そ》って刃を入れ、三枚におろす。皮を引き、柵取《さくど》りした身は綺麗な薄桃色じゃ。背の柵《さく》を薄く削《そ》ぎ切りにして、口へ一切れ放り込む。薄いのに歯を弾く身は、噛みごたえもあるわい。言われたような酸味は薄《うっす》ら感じるくらいじゃった。

「……言うほどの酸味はないぞ？」

「そうなのか？　昨日食べた時は思わず顔を顰《しか》めたのだが」

薄く削いだ身をまな板から取り、クーハクートは恐る恐る口へ運ぶ。

「む？　昨日のとは違う……なぜだ？」

首を傾げるクーハクートに促され、メイドさんも味見をしとる。

「……違いますね。アサオ様が捌いたからでしょうか」

「普通におろしただけじゃよ。もともとの魚の差かもしれん。獲った後の扱いによって、味にかなりの違いが出てしまうからのぅ」

「そうなのか？」

もう一切れ摘まむクーハクートは迷いなく食べておるし、メイドさんも二切れ目に手を出しとる。腹身と背身による違いというわけでもなさそうじゃ。

「傷んでおらん酸っぱいのに当たったら、焼くのがいいじゃろな。味噌に漬けたり、柑橘類の果汁と一緒に食べたりすれば気にならんと思うぞ。ダイコンと一緒に炊くのも美味いが……あれはアラでできるしの」

料理をいくつか提案すれば、クーハクートとメイドさんから期待の眼差しを向けられる。

「あと何匹か買ってくるのだ。是非、今夜にでも食べよう」

「かしこまりました」

クーハクートの指示にメイドさんが頷き、家から飛び出す。

「これを持ち帰れば良くないか？」

「アサオ殿に教えてもらった後、我が家でも食べられるようにする為だ。指導してもらうのに現物は必要だろう？　我が家のメイドたちは、アサオ殿に習うことを楽しみにしているのだ。こんな機会を逃すわけにはいかん」

にこりと笑うクーハクートからは迷いを感じん。メイドさんが戻るまでの間に、儂はアラの下処理だけ済ませておくかの。また買ってくるなら、今あるものはやってしまったほうがいいじゃろ。鮮度が良くても、生臭《なまぐさ》さが出てしまうのがアラじゃからな。早ければ早いだけいいはずじゃ。

頭や中骨を水洗いし、その後、湯引きとなる。で、ぬめりや血合いも取り除けば終わりじゃよ。

「お、そうだ。イッポンガツウォがもうすぐ来るぞ。昨日、漁師がジャナガシラの群《む》れを見つけたそうだ」

「儂はどっちも知らん。どんな魚なんじゃ？」

「ジャナガシラはこのくらいで、鋭い歯と背びれを持つ」

クーハクートが肩幅《かたはば》くらいに両手を広げとる。

「そしてその群れを狙うのがイッポンガツウォ。私の背丈《せたけ》を超える大きさだ」

「魚……なのか？」

首を捻《ひね》る儂にクーハクートが笑う。

「魔物と思えなくもないが、魚として漁師が獲っているぞ。しかも美味い」

「美味いのか。なら頑張るしかないのぅ。ん？　漁師がやっているなら、儂が獲らんでもそれを買えばいいじゃろ」

疑問を口にした儂に、クーハクートは言葉を付け足す。

「と思うが、そうでもない。獲れる漁師の数が少なくてな。冒険者に声がかかるほどだ」

手の平《ひら》を上にして両腕を広げ、大げさな所作《しょさ》を見せよる。

「それにアサオ殿ならば、自力で獲れると思うのだが――」

「獲ろう」

返事した声の主はロッツァじゃ。クーハクートの目線の先、儂の後ろにおった。更にその後ろに、戻ってきた短髪メイドさんが、ブリを五匹抱えて立っておる。

「そのジャナガシラとやらも美味いのだろう。でなければイッポンガツウォも狙うまい」

「ロッツァ殿の言う通り。さっぱりしたイッポンガツウォと違い脂の多い魚で、焼くと絶《ぜっ》品《ぴん》だ」

ロッツァの言葉にクーハクートがうんうん頷く。メイドさんも力強く頷いておるのぅ。

「……漁師の邪魔にならんよう、ベタクラウにでも漁場を聞かんとな。儂らはおこぼれにあずかるだけじゃから」

「うちの子にも手伝わせてやってくれ。護衛《ごえい》ばかりで、アサオ殿に料理を習えんと言っていたからな。ほれ、アサオ殿から魚の角を譲ってもらった子だ」

クーハクートが指さす先には、短刀を携《たずさ》えたメイドさんが立っとる。儂が台所から少しだけ顔を覗かせると、彼女はぺこりと頭を下げておった。

短髪のメイドさんにも頼まれたし、儂は頷くだけじゃ。その様を見たロッツァがルーチェたちへ報告に行くと、砂浜からは歓声が聞こえよる。

明日以降のイッポンガツウォ漁に先立って、昼ごはんからブリ料理で宴会となったのじゃった。勿論、メイドさんたちには料理法を教えたし、手伝ってもらったぞ。

短刀のメイドさんも他の子と同様、魚を捌くのは上手じゃったし、料理を覚えるのも早そうじゃよ。家事を主に担当する者らには全く敵《かな》わんと、本人は謙遜《けんそん》しておったがの。

《 8　ジャナガシラ 》

今日はバイキングの日なんじゃが、儂はロッツァと共に漁師のベタクラウのもとを訪れておる。店は皆がやるからと言ってくれたから、安心して任せておるんじゃ。

「アサオさんも獲るんだろ？　今年はジャナガシラが豊漁《ほうりょう》だから、イッポンガツウォも多いと思うよ！」

溢れんばかりに魚が盛られた籠《かご》を担《かつ》ぎながら、ベタクラウは儂に話しかけておった。特《とく》徴的《ちょうてき》な鋭い歯とひれが見えるこの魚が、ジャナガシラなんじゃろ。

「捕《つか》まえるのに怪我の心配があるんだけど、美味いんだこいつらは。あ、アサオさんならどんな感じにするんだい？」

籠を下ろしもせず、まだぴちぴち跳ねる魚を一匹掴んで、儂に見せてくる。鋭い歯を気にすることもなく、下あごを持ってぐいと広げておるわい。

「脂がのってて、焼くと美味いと聞いたが違うのか？」

「それは勿論！　その他にもアサオさんなら美味いのに仕上げてくれるんじゃないかと思ってね」

受け取った魚は、頭から尾の先までの長さが二尺くらい。胴体は丸まると太り、それでいて鋭い針のようなひれが身を守る。アンコウにカサゴのひれが付いた感じかのぅ。カサゴなら刺身もいけるし、唐揚《からあ》げでも美味そうじゃ。アンコウなら鍋じゃな。

「捌いてみんことには分からん。とりあえず何匹か仕入れられるか？」

「ならこれを持っていきなよ。アサオさんのとこに夜食べに行くから、それを代金ってことで」

担いでいた籠を儂に押し付けながらベタクラウは笑っておった。

「それじゃ儂のほうがかなり得にならんか？」

「ジャナガシラは安いんだ。それにベタクラウの食べる量を考えたら……爺さんのほうが損するぜ」

儂らのやり取りを見ていた魚人《ぎょじん》の漁師が、ベタクラウに代わって答えよる。漁師は呵々《かか》と笑っとるし、バツの悪そうな顔をしとるベタクラウを見るに、本当のことなんじゃろな。

「そんなに食べたかのぅ……？」

「アサオ殿は、我らの食事量を見慣れて、感覚がずれたのかもしれんぞ」

……ロッツァの言う通りかもしれん。ルーチェとロッツァはかなり食べるからのぅ。ナスティも身体が大きいから結構な食事量じゃし。

「安くて美味い魚は大歓迎じゃ。まずは料理してみんといかんから、多めに買っていこう」

「だったら、これもどうだい？　俺がさっき獲ったばかりだ」

魚人の漁師が抱えた籠を儂に見せる。まだ仕分けの途中らしく、いろんな魚が混ざっておった。

「ひと籠で四千リル。どうだい？」

「もうひと声欲しいのぅ……三千」

儂は顎髭をいじった後で、指を三本示す。

「仕分けもしてないし、間をとって三千五百だ」

「決まりじゃ」

懐から代金を出し、漁師へ手渡す。儂は籠を受け取り、鞄へ仕舞う。イッポンガツウォの漁場を聞こうと思ったんじゃが、思わぬ仕入れができたのぅ。

漁師やベタクラウの話によれば、沖に出ずともイッポンガツウォは獲れるんじゃと。ただ、なるべくなら沖合でやってほしいのが本音《ほんね》みたいじゃ。魔法などを使う冒険者たちに近場でやられると、漁に支障《ししょう》をきたすらしい。となると儂らも沖へ出るかのぅ。

他の漁師たちにも話を聞いて帰宅した儂とロッツァは、混雑《こんざつ》しとる店を避けて浜辺で相談じゃ。

「儂の《浮遊《フロート》》があれば沖でも問題ないじゃろ？」

「とは思うが、不測の事態に備《そな》える必要はある。全員では行かず、我らの他は二名までにしよう。泳ぎと潜りの力量を考えれば……クリムかルージュだな」

ロッツァの判断は妥当《だとう》なんじゃろ。一緒に海で漁をする機会があるでな、しっかり実力を把握《はあく》しとるからのぅ。

「儂は小舟でもって、皆の支援にまわるつもりじゃ。漁はロッツァに一任じゃよ」

ロッツァは大役を任されたと感じたのか、力強く頷いておる。

店は混雑しとるが呼ばれることもなかったので、儂は浜でジャナガシラを調理し始めた。

歯やひれは、下手《へた》すると怪我するくらいの鋭さじゃ。ただそれ以外は普通の魚じゃよ。ウロコは小さく、ぬめりも少ない。とりあえず三枚におろして皮を剥いだら、脂のりがもの凄いわい。包丁がぬるぬるになってしまっとる。

薄造りを味見したが、口の中は風味豊かな脂でいっぱいじゃ。醤油にも一度で油膜《ゆまく》が張ってしまっておる。こりゃ、軽く炙《あぶ》って脂を落とすべきかもしれんな。

皮を剥がずに霜降《しもふ》りにしたら、程よく脂が落ちてさっぱり食べられた。刺身にする時は、炙りか霜降りに決まりじゃな。

クーハクートたちの勧める塩焼きも作る。腹を裂き、内臓を除いて塩を振るのみ。焼いてる最中に落ちる脂で、炭が大炎上してしまった。切り身をフライパンで焼いたほうが安全かのぅ。ただ、燻《いぶ》されておるから、風味も良くなるんじゃよな。難しい選択になりそうじゃから、両方作ってしまおうか。

煮付けは身より頭を選んだ。梨割りにして、醤油と酒、砂糖で炊いたら、完成じゃ。アラ汁も作れば、ひと通り出来た。

作っている最中から、儂の周囲には人垣《ひとがき》が出来ておった。そして、全部の料理が仕上がった今は、ロッツァの姿も見えんほどに集まっておる。

「アサオさん、それはバイキングじゃ食べられないの？」

常連客の女冒険者が、指を咥《くわ》えて儂を見ておる。

「すまんのぅ。儂らの晩ごはんにしようと試作してたんじゃよ。匂いだけで我慢させるのも悪いから、試食程度で良ければ――」

言い終わる前に人垣から歓声が上がった。誰一人、我先に近寄ることもなく、並んで待っておる。

試食の結果は、好みの差はあれど、どの料理も好評じゃった。

晩ごはん用に、儂は再びジャナガシラを仕込む。今度は匂いが漏《も》れることのないよう

《結界《バリア》》の中で料理しておるよ。

バイキングの営業もつつがなく終わり、晩ごはんにしようかという頃、酒瓶を四本抱えたベタクラウが顔を出した。ジャナガシラ料理を一口食べては酒を飲み、二口食べてはまた呷《あお》る。

「どれも美味いが、頭の煮付けは最高だったね！　酒以外だと飯ってのにも合う！」

ベタクラウは上機嫌に酒を飲み干し、煮付けの汁を白飯にかけて〆《しめ》の一杯にしよった。空《あ》いた酒瓶を器用に掴んで帰る足取りは、ふらつくこともなくしっかりしたもんじゃった。

《　9　魚獲り　》

店を開かん今日は、朝から海に繰り出す。イッポンガツウォとジャナガシラの漁のことは、ベタクラウが帰った後で皆に話してあったので、

「いってらっしゃーい」

「たくさん獲って来てくださいね～」

と、ルーチェとナスティに笑顔で送り出してもらったわい。

ロッツァの背に儂が立ち、儂の前後をクリムとルージュが挟んどる。ベタクラウに頼んで手に入れた小舟には、クーハクートのところのメイドさんが乗っておるよ。櫂《かい》付きの小舟なんじゃが、ロッツァに曳いてもらったほうが早くてな。舵《かじ》だけ彼女に任せて、動力は

ロッツァになっておる。転覆《てんぷく》を懸念して《浮遊《フロート》》と《結界《バリア》》を付与しておいたんじゃ。なので沈みはせんじゃろ。

「気分はどうじゃ？」

首を回し、メイドさんの乗る舟を見てみると、

「風が気持ち良いです。自分で泳ぐより、そして舟を漕《こ》ぐより断然《だんぜん》速いですね」

乱れる髪も気にせず、上機嫌で答えよる。いつも通り短刀を腰に提げておるが、あれを使って漁はできんと思うんじゃがのぅ……あと気になるのがメイドさんの耳じゃな。

「魚人じゃったのか？」

「ええ。なので、水辺の戦闘は得意ですよ。今回の漁は、大船に乗ったつもりでお任せください！」

ヒレのような耳をピンと立て、仁王《におう》立《だ》ちの上、胸を張っとる。バランス感覚も良いらしく、一切身体がブレておらん。

「トビー、頑張ります！」

両の拳を天に突き上げ、高らかに宣言しよった。

「心配は必要なさそうじゃな。儂は皆を支援するから頑張るんじゃぞ」

「はい！」

トビーは大きく頷き、力強く答える。それから三十分ほど沖へ進むと、ロッツァが泳ぐ

のを止めたのじゃった。

「ここだな。イッポンガツウォは分からんが、ジャナガシラは大量にいるぞ」

海中に沈めていた顔を上げ、ロッツァはそう告げる。首を向けた先には、海面付近に集まる海鳥の群れ――いわゆるトリヤマが出来ておった。

「……海鳥が撃《う》ち落とされておらんか？」

「ジャナガシラの吐く水は、《水砲《ウォーターガン》》と同じくらいの威力です」

そんなことする魚は魔物じゃろ……気合の入った顔をしとるトビーは、武者震いまでしておるよ。

「皆はどうやってジャナガシラを獲るんじゃ？」

「我は潜る」

ロッツァがはっきりと口にする。儂の前後からクリムとルージュも海に降り、頷いておった。

「トビーは――」

「同じく潜ります！　魚如《ごと》きに負ける私ではありませんから！」

鼻息荒《あら》く答えよる。ささっとメイド服を脱《ぬ》ぐと、肌にぴったり貼《は》りついた水着のような格好になりよった。短刀もひと纏めにして小舟に置いてあるわい。

「ならば、儂以外に《浮遊《フロート》》はいらんな。《堅牢《スタウト》》、《強健《ハーディ》》」

儂が小舟に乗り移り魔法をかけると、皆して海に漂《ただよ》い出す。

「怪我をするでないぞ。あと無理もしちゃいかん」

皆がこくりと頷き、海中へ消えていく。儂は小舟でマップを確認じゃ。

誰も彼もが、儂の予想を遥《はる》かに超えた速度で海中を進んでおる。真っ直ぐジャナガシラの群れに進むのはロッツァのようじゃ。その左右をクリムとルージュが追っとる。トビーはクリムより先に行っておるな。

トリヤマの下でトビー、クリム、ルージュが円を描いておる。相変わらず鳥は撃ち落とされ、その数を減らしとるわい。トビーたちの動きは一切止まらん。攻撃を受けておらんはずはないから、全部避けているのかもしれんな。《結界《バリア》》をかけるべきじゃったか……いや、泳ぎの邪魔になってしまうかもしれんし、《加速《クイック》》を選ぶところか……

儂が思案しとると、海面に大きな水柱が立ち、ロッツァが回転しながら飛び出した。ありえんくらいの数のジャナガシラを一緒に巻き上げ、共に海面へ落ちていく。落ちたロッツァを中心にまた水柱が起きて、儂の乗る小舟に向かって大波が押し寄せる。

「やりすぎじゃろ……」

波に直角となるよう船首《せんしゅ》を整え、

「《堅牢《スタウト》》」

【無限収納《インベントリ》】から取り出した宝石を小舟に押さえつけて、付与しておく。マップを見るに、クリムたちに問題はなさそうじゃ。ならば、儂は自分の身を守らんとな。

二度、三度と大波が過ぎ去る。そして、先ほどまでの静かさを取り戻した水面を見れば、ロッツァたちはジャナガシラを集めていた。

「アサオ様！　大漁ですよ！」

トビーは満面の笑みでジャナガシラを持ち上げておる。少しばかりバツの悪そうな顔をしているのはロッツァじゃ。クリムとルージュは協力して、ジャナガシラを儂のほうへと押し集めておった。

「……すまぬ。完璧《かんぺき》なお膳立《ぜんだ》てをされたので、少しばかりはしゃいでしまった」

「気持ちは分かるが、気を付けるんじゃぞ。怪我しとらんか？」

「角度を調整して落ちたから大丈夫だ」

しょんぼりしているが、ロッツァは儂から目を逸らさず答える。

「ロッツァ様の真似は私にはできません！　さすがソニードタートルですね！」

儂らのそばまで泳いで戻ってきたトビーは、興奮《こうふん》さめやらぬ感じで瞳を輝かせておった。羨望《せんぼう》の眼差しをロッツァに向けておる。

「お前さんたちにも怪我はないか？」

「はい！　間近《まぢか》で見られて感動です！」

儂の問いに答えるトビーじゃが、少しばかりずれておるわい。体験型の見世物《みせもの》に参加したような感じなのかもしれん。

　皆が集めてくれたジャナガシラは、三百匹を超えていた。トビーの持ち帰る分もしっかり確保したが、食べきれんくらいあるのぅ。

　儂らは場所を変えつつ、三度同じ漁を行ったが、全員怪我をせんかったよ。儂の【無限収納《インベントリ》】に仕舞われたジャナガシラは、最終的に千匹を超えたのじゃった。

　それから都合、四度の漁を済ませた儂らは今、昼ごはんを食べておる。小舟に儂とトビーが乗り、ロッツァの背にクリムとルージュじゃ。皆が笑いながらおにぎりを頬張っとる。誰一人疲れた顔をしとらんが、大丈夫なんじゃろか？

「疲れておらんか？」

　儂の心配をよそに、皆は首を横に振る。

「楽しいです！　護衛とはまた違う充実感に、私の心は満ちています！」

　両手におにぎりを持つトビーは、気持ちいい食べっぷりを見せておった。普段の物静かな様子からは、今の姿は全く想像できん。それくらいの活発さじゃよ。

「それにこの『おにぎり』が素敵ですね！　主食とおかずが一緒にとれるなんて……本業の時にも使えますよ！」

　具材まで辿《たど》りついたおにぎりの中身を、儂に見せておる。おかかの醤油和《あ》えが一つに、ツナマヨが一つじゃ。

「白飯に合う、合わないもあるから、何でも入れられるわけではないがのぅ。汁気《しるけ》の多い物などは、握るのも一苦労じゃし」

「それでもクーハクート様に提言するだけの価値があります！」

ぱくぱく食べ続けたトビーは、最終的に六個食べきりよった。ロッツァたちから見れば少ないが、女性としてはかなり多いじゃろ。

昼ごはんを終えてから、皆でまたジャナガシラ漁をする。イッポンガツウォはまだ見つからん。

「ロッツァ、少し試したいことがあるんじゃが、やってみてもいいかのぅ？」

「む？　アサオ殿、また何か思いついたのか」

近くのトリヤマを探すロッツァは、自身が曳く小舟に座る儂へ振り返る。ロッツァの背に乗るクリムとルージュは、儂を見ん。大海原でトリヤマを探し続けておるよ。トビーも儂の後ろで舵をとりつつ、後方を見回してくれとる。

「失敗したらすまん」

「その時はまたやればいいだけだ。我らは何をすればいい？」

小さく笑うロッツァが、恰好良く言い放ちよった。

「昼前と変わらん。ジャナガシラたちを囲むところまでを頼む」

「心得た」

とる。

「分っかりました！」

ロッツァとクリムたちが頷き、トビーは元気な声で返事をして、ビシッと額に手を当てとる。

二十分ほど海原を進むとトリヤマが見つかった。規模としては今までの半分くらいじゃが、実験するには丁度いいじゃろ。

儂は《堅牢《スタウト》》と《強健《ハーディ》》を皆にかける。《結界《バリア》》もかけようと思ったんじゃが、やはり泳ぎの邪魔になると言われてな。今回もナシじゃよ。

マップで皆の位置を確認しながら、儂はトリヤマと魚群《ぎょぐん》の動きを見る。程よい大きさになったところで、

「《結界《バリア》》」

クリムたちの輪の中を球形に囲んでみたんじゃ。予想通りジャナガシラたちは、《結界《バリア》》を越えられん。捕《と》らわれた海水の中をぐるぐる同じ方向へ泳いどる。

「この後はどうするのだ？」

海の中から顔をひょこっと出したロッツァが首を傾げた。

「《浮遊《フロート》》」

儂が《結界《バリア》》ごと海水に魔法をかけてみると、成功したわい。直径十メートルの透明《とうめい》な水槽の出来上がりじゃ。《結界《バリア》》に包まれた海水が宙に浮かび、その中でジャナガシラが

泳ぎ続けとる。ただ、生き物じゃから【無限収納《インベントリ》】には仕舞えんな。

「生きたまま運ぶのか……アサオ殿は何でもありだな」

「ふわぁぁぁ、すごいです！　キラキラ光ってますよ！」

何とか言葉を紡《つむ》いだロッツァと、感嘆《かんたん》しつつ《結界《バリア》》に触《ふ》れようとするトビー。近付いたトビーにジャナガシラは口を広げ、水弾を放とうとしておる。ただ、《結界《バリア》》を貫通するほどの威力はなく、水流を乱すくらいじゃった。

「酸素だけ確保してやれば、生け簀《す》がわりに使えそうじゃ」

「維持し続けることは可能なのか？」

「それは大丈夫じゃろ。効果が切れる前に上掛けするだけじゃ」

宙に浮く球体を見上げるロッツァの目の前で、儂は再度ジャナガシラを海の中に沈めてみる。海水の入れ替えの為に、一回り大きな《結界《バリア》》をかけ、今までのものを解除《かいじょ》すれば、一匹も逃がさず完了できた。

「問題なしじゃな。ただ、これを何度もやるのは大変かもしれん」

「ならば、我らは先ほどまでと同じ漁をしよう」

儂に答えるロッツァを尻目《しりめ》に、クリムとルージュは波間に漂いつつ《結界《バリア》》を突《つ》いて遊んでおった。

「私もまだまだ頑張ります！」

生け贄を見ながら拳を握ったトビーは、小舟に上がってくる。

その後、ロッツァに曳かれて進む小舟に座り、儂はジャナガシラを運んだ。ロッツァたちがトリヤマを探し、漁をすること四回。日が傾き出したので、儂らは帰路《きろ》についた。

帰宅した儂らを出迎えたルーチェは、ぷかぷか浮くジャナガシラを見て笑いよる。クーハクートは顎が外《はず》れんばかりに口を開いておったし、ベタクラウは興味深そうに球体状の海水を眺めとった。

トビーの分のジャナガシラは、クーハクートと一緒に来ていた馬耳メイドさんへ渡した。アイテムバッグいっぱいに仕舞わせたが、それでも全体の二割にすら届いておらん。単純に頭数で割ればいいと思ってたんじゃがな……残りはまた今度にするかのぅ。

生きたまま運んできたジャナガシラは、庭の隅《すみ》に作った生け簀に移した。クリムとルージュが主となって、ナスティと一緒に《穴掘《ディグ》》で岩をくり貫《ぬ》いてくれたんじゃよ。儂が前に作った貝用の生け簀より、数段立派なものに仕上がっとる。

水の入れ替えは必要じゃが、それは《結界《バリア》》を使ってできるからの。クリムたちは生け簀を作れるくらい器用に魔法を使えるようになったんじゃな。感慨深《かんがいぶか》いものがあるわい。

さて、生きたままのジャナガシラで今夜も魚三昧じゃ。

皆で刺身や焼き魚に舌鼓《したつづみ》を打っていたら、トビーがおにぎりの美味さと機能性を力説しよった。

儂らはジャナガシラのみしか獲れんかったが、ベタクラウによると別の場所で数匹イッポンガツウォが上がったそうじゃ。

これから数日、大物狙いの漁師はイッポンガツウォを追うらしい。かきいれ時と気が立ってるみたいで、あまり近付かんほうがいいとまで言われたわい。まぁ、儂らは漁師のおらん沖合で獲ると決めておるし、気にせんでいいじゃろ。

《 10 イッポンガツウォ 》

今日も儂は海へ出て、イッポンガツウォを目指す。

「ジャナガシラを追えば、そのうち出くわすさ」

とはベタクラウの言葉じゃが……どんな見た目なんじゃろか？　ロッツァも見たことないと言っておったし、勿論儂も知らん。漁に出た面子《メンツ》だとトビーしか既知《きち》の者がおらんのぅ。

「大きいですよ！　長さも太さも私の二倍はあります！」

儂がトビーを見れば、両手を広げてくるりと回り、手を上げてからぴょんと跳ぶ。まだ砂浜におるのに、昨日と同じでいつもの大人《おとな》しさは鳴りを潜めておった。

「何より長い角？　が凶悪《きょうあく》です！　でも硬くないので得物《えもの》に加工できないんですよ。残念で仕方ありません」

以前渡した魚の角で作った短刀をさすりながら、トビーは少しだけ目を伏せる。

長い角のある魚か……イッカクは海獣じゃし、カジキのような見た目かのぅ？　ただカツオと言っておるし、分からんな。

「とりあえず、今日も安全に漁をしような」

「うむ」

「はい！　怪我なく帰って、美味しいごはんを食べましょう！」

クリムとルージュもトビーに釣られて、右足を上げとった。


ロッツァに曳かれて進むこと二時間。ジャナガシラの群れは一つしか見つからず、その群れにイッポンガツウォが迫ることもなし。今日はかなりのんびりした漁になっておる。

それからも沖を進み続けた儂らの前には、小さな島……いや、大小の岩山が二つ並んどる。ほぼ半日泳いでくれたロッツァは、

「疲れはないが、腹が減った。アサオ殿、昼にしないか？」

盛大《せいだい》に腹を鳴らしながら儂を振り返った。時間的にも良い頃合いなので、皆で昼ごはんじゃな。儂らに続いてロッツァも岩山に上陸した。そこそこの傾斜《けいしゃ》があったが、海から跳び上がれるロッツァの前では障害にもなりゃせん。

皆の希望で、昼はヌイソンバの焼肉丼にした。茶で一服していたら、視界の隅で大きな

魚が飛び跳ねる。遠目にちらりと見えただけじゃが、驚くほどの大きさじゃよ。

「アサオ様！　今の見ましたか⁉　あれがイッポンガツウォです！」

右手に摘まんだかりんとうで、魚が沈んだ辺りを指し示すトビー。左手は湯呑みを掴んでおる。

「随分と長いクチバシみたいなのが付いていたのぅ」

「はい！　あれで獲物を一突きです！　昔見たイッポンガツウォは、十匹のジャナガシラを刺してましたよ！」

儂らが話しとる間にそろりと海へ入ったロッツァに曳かれ、イッポンガツウォを追う。クリムとルージュは、ロッツァの背で前方を視認しとる。儂とトビーの役目は小舟の上からの左右の確認のようじゃ。

「左方向にトリヤマ！」

「分かった」

ルージュが指し示す先をトビーが伝え、ロッツァが方向を変えていく。

「《結界《バリア》》、《浮遊《フロート》》」

転覆避け程度の付与しかしとらん小舟を、魔法で強化して儂らごと浮かせる。クリムたちの目線と同じ高さまで上がると、相変わらず海鳥がジャナガシラに撃ち落とされているのが見えた。その右奥からは青黒い背びれが、猛然《もうぜん》と迫っておる。

トリヤマの数十メートル手前で背びれが消え、ほんの数秒の間を置いてイッポンガツウォが海中から飛び出す。ジャナガシラを串刺し、軌道上《きどうじょう》にいた海鳥まで貫き、また海へ沈んでいった。

飛んでいたイッポンガツウォは、本来の大きさになったロッツァよりは小さいが、今まで見てきたどの魚も足元に及ばん大きさじゃった。胴体から尾までで三メートル、クチバシまで含めれば四メートルはあるじゃろ。

「行くぞ！　アサオ殿、クリムとルージュを頼む！」

ロッツァが言うなり、曳いていた小舟を切り離す。クリムとルージュは儂のもとへと跳び上がったので、上手いこと捕まえる。儂らは中空からロッツァのイッポンガツウォ漁の見学じゃな。

「《堅牢《スタウト》》、《強健《ハーディ》》、《結界《バリア》》」

「これで負けはなくなった！」

吠えたロッツァは、イッポンガツウォを追いかけ潜っていった。

眼下に広がる水面では、無事なジャナガシラが海鳥を襲っておる。どうやら、ジャナガシラと海鳥は双方を餌と認識して、やり合っとるみたいじゃよ。そのどちらもがイッポンガツウォの餌なんじゃな。儂らはイッポンガツウォを狙っておるから、この場の食物連鎖《れんさ》の頂点になるのかもしれん。

そんなことを考えていたら、クチバシが真っ直ぐ空に突き立った。儂らの目の高さを大きく超えて、またジャナガシラと海鳥を捕獲《ほかく》しておる。その下から、ロッツァが回転しながら襲いかかった。

ソニードタートルとイッポンガツウォの対決は、水中ではなく空中で決着しよった。落ちるイッポンガツウォと昇るロッツァ。ロッツァの顎が、イッポンガツウォの頭を食いちぎる。海面に叩きつけられたイッポンガツウォが、水面を真っ赤に染めていく。

「アサオ殿、こやつ美味いぞ！」

ロッツァは食いちぎった頭を咀嚼《そしゃく》しておった。クリムとルージュが羨望の眼差しを向け、トビーは大口開けて呆《ほう》けておる。

儂は他の魚や魔物たちに掠《かす》め取られんよう、海面に漂うイッポンガツウォを《結界《バリア》》で覆った。頭はロッツァに食べられたが、味のお墨付《すみつ》きを得たからのぅ。

「《結界《バリア》》ごとこっちに運んでくれ。折角の美味い魚も、血抜きに失敗したら不味《まず》くなってしまうからのぅ」

「分かった。この角はどうする？」

頭を食べきったロッツァが、角を咥えておった。

「刺突《しとつ》剣みたいじゃが、使えんのじゃろ？」

「はい。半日ほどでぼろぼろと崩れていきます。なのでそのまま使うことも、素材にすることもできないんです」

一応ロッツァから受け取り、軽く振ってみたが軽いもんじゃ。とりあえず【無限収納《インベントリ》】に仕舞って持ち帰るか。

ロッツァが一度沈んでから浮かび上がる。その背に乗ったイッポンガツウォの《結界《バリア》》を解き、儂は尻尾を掴んで持ち上げた。《浮遊《フロート》》のかかった小舟が落ちるかと思うほどの重量じゃ。頭側から海面へ血が滴《したた》っておる。血が出なくなるまでそれを続けて、イッポンガツウォを【無限収納《インベントリ》】に仕舞う。海に落ちた血は海水に溶け込まず、波間を漂っておった。

「《清浄《クリーン》》」

儂が唱《とな》える前にロッツァがやってくれる。血の匂いに釣られて魔物たちが来たら面倒じゃからの。ただ効果が薄いようじゃ。水の中の血だけを綺麗にするなんて、そうそう都合良くいかんか……全員で《清浄《クリーン》》を使ってなんとか血の匂いも色も消せたので、儂らは次のトリヤマを探すことにした。

「あと数匹は食べ……獲りたいな」

味を思い出し、唾液《だえき》を呑み込むロッツァが言い直しておる。その背に乗るクリムとルージュは、「次はボクたち」と言わんばかりに小舟に乗る儂を凝視《ぎょうし》しておった。

「倒すだけなら私でもきっとできます。ただ、美味しい状態でとなると……お手伝いに徹《てっ》します！」

トビーの言葉にクリムとルージュが頷いとる。儂もトビーと同じでお手伝い枠《わく》じゃ。

「前方に海鳥だ！」

ロッツァが声を上げたので、クリムとルージュが前を向く。儂はまた小舟をロッツァの上まで浮かせる。トビーと一緒に左右の確認をしとるが、今回はイッポンガツウォは見当たらん。

「右にも海鳥がいます！　イッポンガツウォはいませんけど！」

「左も同じじゃ。トリヤマが二つ……いや、三つあるのぅ。一番近いのはロッツァが見つけたやつじゃな」

「正面《しょうめん》のジャナガシラをアサオ殿の漁で頼む。その後、左に転進する」

速度を緩めずロッツァが話す。儂が準備をしている間に、ロッツァは右寄りにジャナガシラへ向かって進んでくれておった。投網《とあみ》のように《結界《バリア》》を放ち、儂はジャナガシラを一網打尽《いちもうだじん》じゃよ。

儂の具合を確認したロッツァは身体を大きく左に傾け、次のトリヤマ目がけて進んでいく。

「背びれを二つ発見しました！　イッポンガツウォです！」

右前を指さし大きな声を上げるトビーは、左手をぎゅっと握ってぶんぶん上下させておった。

「ロッツァが単騎で一匹。クリムたちで一匹になるが大丈夫かの？」

やる気に満ちた皆は儂の言葉に頷くのみ。ならば儂のすることは支援だけじゃよ。

「《強健《ハーディ》》、《堅牢《スタウト》》、《加速《クイック》》」

「ありがとうございます！」

ロッツァの背に飛び移ったトビーが礼を言う。小舟を切り離したロッツァは、更に加速してイッポンガツウォたちに向かうのじゃった。

二匹のイッポンガツウォは、目指す群れが違うらしく離れておる。

近めのトリヤマにトビーたちが飛び込む。ロッツァは更に奥の群れ目がけて猛進《もうしん》しておった。

トビーたちに視線を戻すと、既にイッポンガツウォ漁が始まっとる。先ほど見た時と同じで、イッポンガツウォは群れの手前で沈んだ後、クチバシに数匹のジャナガシラを刺したまま、真下から飛び出しおった。クリムがその背びれに取り付き、トビーは胸びれに何かしておる。ルージュは尾びれを掴んで齧っとるようじゃ。

皆に邪魔されたイッポンガツウォは海面に頭から落ちることが出来ず、腹を強《したた》かに打ち付けておった。魚が入水に失敗するとは珍しいのぅ。

再度飛んだイッポンガツウォの胸びれは、遠目に見ても分かるほどずたぼろにされとった。クリムは背びれから場所を移し、頭を爪で攻撃しておる。ルージュの口からは尾びれが生えとる……海中で噛み千切《ちぎ》ったんじゃろか。イッポンガツウォが跳び上がれたのを思うと、浮上するぎりぎりでやられたのかもしれん。

尾びれのなくなったイッポンガツウォは海面でじたばたしておったが、それも数秒で収まった。クリムたちの勝ちのようじゃ。儂は風を吹かせてクリムたちのそばへ向かう。

爪に付いたイッポンガツウォの肉を舐《な》めたクリムが、満面の笑みを見せておる。尾びれを噛むルージュも同じような表情じゃった。トビーは自分の手のひらを見てから、イッポンガツウォをぽんと叩く。

遠くに水柱が上がり、先ほどと同じ音が聞こえてくる。ロッツァのほうも終わったようじゃな。

「お疲れさん。怪我はないな？」

「はい！　アサオ様のおかげです！」

輝く目で儂を見るトビーは、群がってくるジャナガシラを叩きのめしておった。

儂らはその後もトリヤマを探しながら、イッポンガツウォを追い求める。一匹当たりにかかる時間が短いので、休憩時間が割と多くてな。ロッツァは泳ぎっぱなしなんじゃが、疲れはないそうじゃよ。ただ、夜ごはんにこってりした料理を希望してきた。泳ぎ続けてカロリーを消費しとるし、希望を聞いても構わんじゃろ。

ロッツァの報告じゃと、イッポンガツウォの頭は適度な脂があったらしい。今現在【無限収納《インベントリ》】にはイッポンガツウォが五匹入っておるし、食べてみるかのぅ。

カブト焼き……は時間がかかるから、梨割りにして炊くか。目の周りのゼラチン質も美味しそうじゃし。尾やヒレは食べられんが、カマの部分は大丈夫じゃろ。頭に脂があるならカマはクドイかもしれんが……柑橘の果汁と醬油ならいけるはずじゃ。あとは腹身を刺身と炙り刺身じゃな。

儂が夕ごはんの献立を考える間に、トビーは船上でジャナガシラを二尾捌いておった。《駆除《リドベスト》》をかけておったし、自前のアイテムボックスから醬油まで取り出しておる。

クリムとルージュにもおすそわけで、一尾分を渡してくれた。残りは儂とトビーの分なんじゃと。ロッツァは泳ぎながら、ちょいちょい小魚を食《は》んでおるからいらんようじゃ。

「妙な気配がある。アサオ殿、注意してくれ」

白波を立てながら進むロッツァが、小舟に乗る儂を見ずに言ってきた。《索敵《レコナ》》とマップには……一個だけ赤点が出ておる。

「まだまだ距離《きょり》があるぞ？」

「以前出会ったことのある魔物だ。口だけで我の数倍はあり、何でも喰《く》らっていた」

ロッツァの顔は見えんが、苦々《にがにが》しい口ぶりじゃ。

トリヤマを見つけたので首をそちらへ向け、泳いでいく。その先に赤点があるな。

「……名前しか知りませんが、メガマウロンドでしょうか？」

刺身を食べながら、魔物の名を口にするトビー。クリムとルージュは刺身を食べつつ、首を傾げておった。ダンジョン生まれのお前さんたちは、魔物の名前を言われても分からんからのぅ。

「幾重《いくえ》にも歯が連《つら》なっていた。何より、我も姿を全て見ていないのだ。大きな口が目の前に突然現れ――」

ロッツァの言葉の最中、マップに載る赤点が急激《きゅうげき》に儂らに接近し、トリヤマの真下が盛り上がる。海が山のように膨らみ、何かが飛び出した。

はじめは、海面に白い円が貼り付いたように見えた。よく見ると、それはずらりと並んだ歯じゃった。巨大な口が海面と水平に空へ舞い上がり、素早く閉じられる。海から生えるそれは、直径二十メートルくらいじゃろか……儂が見ていると、また海の中へ沈んでいく。

大量の海水と一緒に、ジャナガシラ、海鳥が目の前から消失しよった。なのに一切、波が押し寄せて来ん。音の消えた海に漂いながら、儂らは無言で事の成《な》り行きを見守るだけじゃった。

「あは、あは、あはははは」

トビーが乾いた笑いを上げておる。歯をがちがちと鳴らし、身体は大きく震えておった。

クリムとルージュも動かず、固まっておるようじゃ。

「……あれだ」

ロッツァが声を絞《しぼ》り出す。

「メメメメ、メガ、メガマウロンドですよ！　私生きてます！　アレに出会って私生きてます!!」

トビーが身体の震えを抑え込み、大きな声で自分に話しておる。現状を言うだけじゃが、それでも鼓舞《こぶ》する効果があるらしく、何度も何度も続けとった。

「ありゃ、倒せんな」

「アサオ殿でも無理か？」

驚いたような顔でロッツァが儂を振り返る。

「真下から一瞬で持ってかれるんじゃ、対処できんじゃろ。即死罠《わな》よりタチが悪いぞ」

なんとか動いたクリムが儂の太腿《ふともも》あたりに飛びつく。その後ろから、少し遅れてルージュも飛びかかってきた。クリムを踏み台にして、儂の胸へ飛び込んできよったわい。

儂はマップを見るが、影もない。今まで見たどの魔物よりも大きく、圧倒的な力じゃな……

「帰るか」

「はい！　帰りましょう！　すぐ帰りましょう！　そしてクーハクート様にお伝えしなけ

れば！」

　儂が言うと、トビーもしがみ付いてきた。儂の右腕をがっしり抱えるトビーは、捲《まく》し立てるように言葉をぶつけてきよった。クリムとルージュも絶えず首を縦に振っとる。こくこくというより、ぶんぶんと音が出るほどにの。

「またあれが出てくる前にここを離れんとな。あんな魔物がおるとは……海は、世界は広いのぅ」

「あれを見てそんなことを言えるのは、アサオ殿くらいだぞ。悔しいが我は絶対に敵わん」

　ロッツァは首を後方へ振り、身体を回す。小舟に乗る儂は、皆に身体を抱えられとるので動けん。

　クリムとルージュを落ち着かせる為に、それぞれの背中をさすってやる。しばらくすると二匹は場所を変えた。ルージュは儂の背中に、クリムは儂の前じゃ。

　トビーは怖い気持ちより興奮が勝っているらしく、儂の右腕を抱える力が落ちんかった。あれ以降、言葉は発しておらんが、鼻息荒くあわあわしとる。ロッツァも気が急《せ》いていたんじゃろ。二時間とかからず家に帰れたわい。

　今日の成果をクーハクートに渡してお開きじゃ。あの大口は明日にでもベタクラウへ報告しよう。

ロッツァの希望通りの夕ごはんを作ったら、いつも通りの食べっぷりじゃったから、もう落ち着いたようじゃ。クリムとルージュもしっかり食べておったしの。

《 11 今日は休み 》

メガマウロンドとの遭遇《そうぐう》から数日経った今日は、イッポンガツウォ漁も店も休みじゃよ。たまにはのんびりせんと疲れてしまうからのぅ。メガマウロンドの件は、とりあえず冒険者ギルドや商業ギルド、漁師たちには伝えてある。

昔から「いるらしい」と話には出ていたんじゃと。ただ数十年の間、目撃情報もなかったので、半信半疑《はんしんはんぎ》だったそうじゃ。そこに上がってきた儂らからの報告。念の為、街全体で情報共有をしようという話になったみたいでな。朝ごはんを食べ終え一服していたら、ギルド職員のマルとカッサンテが来よった。

担当するギルド会員に通達している最中で、あと数軒回ったら終わりらしい。緊急《きんきゅう》案件として、明け方からずっと走り続けていたそうじゃよ。麦茶で一息つかせてから、次に向かわせたわい。全部が終わったらまた寄ると言っておったし、昼ぐらいまでには終わるじゃろ。

「じいじ、ナスティさんと一緒に買い物行ってきまーす」

「お昼までには帰りますね～」

二人は手を繋《つな》いで出掛けよる。店の名が知れるのと同時に、家族皆の顔も知られてのぅ。儂以外の者も市場で値引きしてもらっとるらしい。

幼いなりで礼儀正しいルーチェと、のんびり口調のナスティは、年配の店主たちに大人気なんじゃと。なのでちょくちょく顔を見せに行ってるそうじゃ。かりんとうなどを手土産として持参しとるから、片一方だけに負担《ふたん》がかかっているわけでもないしの。

クリムとルージュが庭の隅で日向ぼっこを始め、ロッツァは甲羅干《こうらぼ》しじゃな。バルバルはレンウたちと一緒に散歩じゃし……家に残るは儂と植木鉢くらいじゃ。

「草もないし、水やりだけじゃな」

「アシター？　アサッテー？」

しゃがみこんでいた儂の肩口に親父さんとこのマンドラゴラが乗っておった。返事をするように植木鉢の中の四葉が揺れておる。

「アサッテダッテ。マタクルー」

儂の肩から降りたマンドラゴラは、とてとて走って行ってしまった。

「ふむ。明後日《あさって》か。となると今日は……お、そうじゃ、チョコを試作せんと」

「チョコと聞こえて！」

ユーリアが家の陰から顔を覗かせる。

「イェルクは仕事で、私は今日オフなんですよ。アサオさん、チョコを仕入れたんですか？」

少しばかり太めな奥さんも顔を出した。その後ろには翼人の奥さんがおる。

「アワヤカワイで仕入れたんじゃよ。この辺りでは薬らしいぞ」

「あー、昔はそうだったらしいですね。本で読みました。ってことは調合しないとダメなのかな？」

皆で庭から厨房《ちゅうぼう》へ入る時、ユーリアは首を捻りながら呟いとった。【無限収納《インベントリ》】からチョコの材料を取り出し、テーブルへ並べていく。奥さんたちはどれも見たことがなかったらしく、興味深そうに眺めていた。

「……ちなみにアサオさん、これって高いんじゃないですか？」

「まぁ、そうじゃな。とはいえ、儂が欲しくて買ったものじゃから、気にせんでいいぞ。何度か試しておるんじゃが、儂は作り方なぞ知らんでな。上手くいかんのじゃ。ユーリアはどうじゃ？」

「私も細かな比率などは知りません。でも料理と調合のスキルがあるから、きっとできると思います！　何よりチョコが食べたいです！」

ユーリアは、今まで聞いたことがないほどの力強さで言い放つ。右の拳は固く握られておった。そしてぷるぷる震えとる。

「なら任せようかのぅ。ユーリアなら味も知っておるし、安心じゃな」

にこりと笑いかけ、儂は一切合切《いっさいがっさい》を任せる。足りない物があれば、その都度言ってもらえばいいじゃろ。奥さん二人も気になっとるようじゃし、ユーリアの手伝いをしてもらおう。その間に儂は、昼ごはんを仕込むか。

イッポンガツウォの頭を梨割りにして深鍋へ……入らんか。適当にぶつ切りするしかないのぅ。切り直した頭を二つの深鍋へ入れ、火にかける。一つはひたひたに水を張り、もう一つには水を使わず、酒のみを入れる。アクを取りつつ、じっくりことこと炊いていけばカブト煮になるじゃろ。

水煮の鍋は塩味にして、酒で炊いたほうは醤油じゃな。あ、味噌煮の分を忘れたわい……次回の楽しみにしておこうかの。

小振りなイッポンガツウォを【無限収納《インベントリ》】から取り出し、五分の一くらいを切り身にしたら、残りはまた仕舞う。切り身はもうカジキにしか見えんな。となるとフライが美味そうじゃや。

食べやすい短冊状《たんざくじょう》に切ったら、塩胡椒をして小麦粉とパン粉を纏わせる。皆の昼ごはんじゃから大量じゃよ。

イッポンガツウォフライで大皿に山を築き、タルタルソースも準備万端《ばんたん》。今日はピクルスを使ったタルタル以外に、生野菜を使った物も用意しておる。どうも甘酸《あまず》っぱいピクルルスを苦手とする子がちらほらいてな。その子らの為と、味に変化をつける為じゃよ。

儂は普段ナスティが使う鉄板で作ったジャナガシラの半身焼きに味噌ダレを回しかけ、鉄板の上で野菜と混ぜ合わせて焼いていく。鮭《さけ》のちゃんちゃん焼きと同じ要領でやってみたが、美味そうじゃ。ニンニクやショウガ、酒を合わせた味噌ダレが、滲《にじ》み出た脂とよく絡んでおる。

昼ごはんの支度を終えると、示し合わせたかのようにルーチェとナスティが、マルとカッサンテと一緒に帰宅した。日向ぼっこを終えたロッツァたちは、ひとまとまりで待機しとるし、ユーリアたちも匂いに釣られ表に出てくる。イェルクに至《いた》っては、レンウたちが連れてきおった。

皆が揃ったので楽しく昼ごはんじゃ。ちゃんちゃん焼きの評判が一番のようで、あっという間に食べ尽《つ》くされたわい。儂が作るのを忘れた汁物の役割は、カブト煮が担っておった。煮汁の味は濃いと思ったが、お湯で薄めると丁度良いんじゃと。

食事を終えた皆は、茶を啜りながら休んでおる。甘い匂いを嗅《か》ぎ取ったルーチェは台所を気にしとるが、チョコはまだ出せん。ユーリアも納得しておらんようじゃしの。スキルも知識もあるから、そう遠くないうちに日の目を見るじゃろ。それまでは我慢じゃ、我慢。

《12　どぼんちょ》

あれから幾日《いくにち》か過ぎたが、チョコにはまだ届かん。ただ、それなりに飲めるココアは仕上がった。これもユーリアの努力の賜物《たまもの》じゃよ。

「甘ーい」

「香りも甘いですね～」

たっぷりのホットミルクで粉ココアを溶き、ルーチェとナスティが飲んでおる。「あと一歩足りない」が儂とユーリアの感想なんじゃがな……

大分寒くなったというのに、二人は庭の日向で、長椅子にほぼ仰向《あおむ》けになっておるわい。行儀《ぎょうぎ》が悪いんじゃが、今日は休みじゃ。そう口うるさく言わんでもいいじゃろ。

チョコ関係はユーリアに任せたので、儂はオーブンで作れる菓子類を試作しとる。ドライフルーツや、木の実を使ったクッキーにビスケット。あとパウンドケーキ以外のケーキも作れるようになったんじゃ。

先日、ステータスにものを言わせて、食材をただがむしゃらにかき混ぜていたところに、クーハクートが現れてな。その時に以前見た『ただ回転するだけの魔道具』を思い出したんじゃよ。あれを製作したのはクーハクートが懇意《こんい》にしている者らしく、儂の頼みも聞いてもらった。

その職人は儂が頼んだ器具を面白いと思ってくれたそうで、早速作ってくれたわい。そこで出来たのがハンドミキサーじゃ。他にもフードプロセッサーや、ジューサーなども仕上げてくれてのぅ。台所に調理家電ぽいものが揃ったのが嬉しくてな。思わずシフォンケーキを作ってしまったんじゃよ。元々、シフォン型は金物屋の親父さんに頼んであったしの。

「じいじ、これ美味しいよね。ふわふわだし」

「柔らかいですよ～」

「アサオさん、私より上手よね」

紅茶のシフォンケーキを摘まんで、ルーチェとナスティが笑っておる。ユーリアは感心してくれたわい。婆さんが好きで、シフォンケーキは何度も作っていたからのぅ。牛乳を使う他、緑茶、紅茶、コーヒーでアレンジもできるし、飽きがこないかもしれんな。

ワイエレたちお子様隊が店の手伝いに来ていることもあって、クッキーやビスケットも量産できるんじゃよ。型抜きは子供たちが喜んでやってくれるからの。ワイエレは切り出しクッキーを何枚も作っとる。市松模様《いちまつもよう》や渦巻《うずま》き模様のクッキーは、見た目の珍しさも手伝って大人気なんじゃよ。

子供らが手伝いをしたら、儂はおやつをあげておる。現金を掴ませるのは控えたいと親御さんたちから言われてな……現物で与える分にはいいんじゃと。なので自分たちで作ったクッキーやケーキを与えておるんじゃ。喜色満面《きしょくまんめん》で手伝いをして、おやつを頬張る子供らを見てると、儂まで嬉しくてのぅ。

儂が子供らと作るお菓子は、奥さんたちの参考にもなっとるみたいで、一生懸命《いっしょうけんめい》覚えておったよ。初めての店じゃし……いろいろ試したいんじゃろ。儂は聞かれたら答えるくらいで、あまり口出しせんことにしておる。

「じいちゃん、このクッキーって牛乳に入れても美味しいんだね！」

ホットミルク入りのカップに焼き立てクッキーを浸《ひた》したワイエレが、きらきらした目で儂を見ていた。ワイエレの少し後ろに立つ犬耳の子は、恐る恐る真似しとる。ぱあっと輝くその子の顔を見た他の子も真似し出す。

ルーチェとナスティも真似して、シフォンケーキをコーヒーに浸そうとしておった。

「あ、ダメ。これは口の中で合わせるのが一番よ」

ユーリアが一口大に切ったシフォンを口へ運び、コーヒーを啜る。口の中で合わさった二つの味と食感に頬を緩めた。その様を見たルーチェたちも同じことをして、笑顔になるのじゃった。

「ね？　そのままコーヒーに浸《つ》けちゃうと、食べるの大変なの。あれは、クッキーとかにオススメよ」

背中の羽根をパタパタさせ浮かぶワイエレを見て、ユーリアが微笑んでおる。

「じいじ、クッキー頂戴《ちょうだい》」

「私も～」

焼き立てのものと冷めて味が馴染んだクッキーを両方皿に盛り、三人の真ん中にあるテーブルへ置く。バターをたっぷり使ったビスケットのほうが儂は好みじゃな。しかし、自分で作っておいてなんじゃが、クッキーにしろビスケットにしろ砂糖とバターをたくさん使うのぅ。

「……食べすぎたら太りそうじゃな」

儂が三人のそばを離れながら呟いたら、大人の二人に一瞬睨《にら》まれた。ルーチェは気にせず食べ続けとった。

「アサオさん、それは言っちゃダメ……」

「動けば平気ですよ～」

ユーリアの視線は痛いものじゃった。ナスティはいつもの雰囲気に戻っておるが、儂から視線を外しておる。

「美味しい物は太りやすいもんじゃよ。適度に食べて、楽しむ。何事も過ぎたらいかん」

「デスヨネー」

儂が持つクッキーの皿から、一枚宙に浮いていく。いつの間にやら儂の肩に風の女神がおった。相変わらずマンドラゴラの物真似をしとる。

「女神様でも同じですか……」

マンドラゴラを見るユーリアが、ぼそりと呟く。女神の変身は、ユーリアの《鑑定《エヴァルア》》にも見抜かれておるようじゃった。

《 13　むっちむち 》

『パリンッ』

店を開ける準備をしていたら、庭から何かの割れる音がした。音のしたほうへ見に行ってみれば、植木鉢が割れておる。そして、真っ白な身体をした何者かがそこに佇《たたず》んでおった。

真《ま》っ二《ぷた》つになった鉢の残骸《ざんがい》と少量の土……マンドラゴラらしきそれは、その上に立っておるが、身体ははち切れんばかりに膨らんどる。

マンドラゴラだと思うんじゃが、見た目が儂の知るものとまるで違うわい。球根というより、森の主ドリアードに似ておるか？　ただし、上下を潰《つぶ》された感じになっとるが……頭は四葉のままじゃった。

じっと観察しておると、目が合った。何か話すかと思えば、鉢のかけらで顔を隠してしまった。ただ、身体は隠し切れんし、ちらちら顔を覗かせておるから、その都度視線が交差しとるよ。

儂の背に負ぶさるルージュがするすると下りると、音も立てずにマンドラゴラに飛びかかってしまった。

「来《こ》んといてー」

そう言って素早く横回転したマンドラゴラが、飛んだルージュの下を潜り、儂の足元まで一瞬で詰め寄る。見た目と違ってなんて俊敏さじゃ。動けるむっちりボディってやつか？

目標に逃げられたルージュは、着地と同時に儂へ向けて駆けた。マンドラゴラは儂の背を駆け上がり、頭の上にちょこんと乗る。

「嫌やー」

まだ二言じゃが、親父さんとこのマンドラゴラと違い、言葉にたどたどしさがないのぅ。だが、妙な訛《なま》りで喋っとる。ルーチェと同じように儂の影響かもしれんな。

ルージュが儂の背中に貼り付くと、マンドラゴラは今度は儂の腹側に移動する。儂の前後を絶えず動く二匹？　はそのまま追いかけっこをしておった。

二匹が数分そんなことを繰り返していると、物音を聞きつけたルーチェが顔を出し、

「じいじ、どうしたの？」

と言いながらルージュを抱えるまで、儂はもみくちゃにされておったよ。おかげで儂の上着はズタボロじゃ。身体にダメージはありゃせんが、見た目が悲惨《ひさん》なことになっとるわ

い。普段使いのものじゃったが、こりゃもうダメそうじゃな……

「あらあら～」

ナスティが儂の背後から手を伸ばし、ひょいとマンドラゴラを摘まみ上げる。ルージュが離れて気を抜いていたマンドラゴラは、

「あ、あかーん」

為《な》す術《すべ》なくぷらーんと持たれてしまっておった。まるで猫のようじゃ。

「ルージュ、ダメでしょ。面白そうな子だけど、じいじがボロボロになっちゃったよ？」

抱えたルージュを儂に向けて、現状を見せるルーチェ。そこでやっと気が付いたのか、ルージュはぺこりと頭を下げた。

「それで～、この子が植木鉢の子ですか～？」

「みたいじゃよ。儂も音がしてから見に来たんで、確証《かくしょう》はないがの……頭の四葉と割れた植木鉢から、外れてはないと思うんじゃがな」

「おとん、助けてー」

身体をじたばた揺らすマンドラゴラは、文字通り儂に手を伸ばす。足まで伸ばし、何と腕に絡みつきよった。本体はナスティに摘ままれたままなので、数メートルは伸ばしておるぞ？

「いや、おとんじゃないじゃろ。儂の娘はこっちに来ておらんからのぅ」

「水くれてたん、おとんやろ？　それにウチが最初に見たんはおとんや」

餌付《えづ》け？　それとも刷《す》り込《こ》みじゃろか？

「ギャー、千切れるー」

叫んだマンドラゴラに驚いたナスティが手を緩めると、伸ばした手足を縮《ちぢ》めながら儂へ近寄ってきた。そのまま右腕にしがみつき、するする腕を上ると儂の頭を後ろから抱える。てこでも動かんという意思表示かの？

「ウマレター？」

声のした足元を見たら、マンドラゴラがおった。儂の後頭部におるものを見て、

「デッカイネー」

と笑っておる。そのマンドラゴラが手足を伸ばしてくるくる回ると、四葉もしがみつくのをやめ、儂の頭の上で回り出した。頭にずしりとくる重み……今までのマンドラゴラのどれと比べても全然違う、超重量級のそれじゃ。

儂の周囲を回りながら移動するマンドラゴラは、割れた鉢のかけらと残った少しばかりの土のそばで立ち止まる。

「タベスギー」

「美味しかったんやもん。しゃーないやん」

ぴたりと回転を止めた四葉は、へたくそな口笛《くちぶえ》を吹きながら答えよった。

「そういえば、明らかに土が足りんな……土まで食べたのか？」

「デリシャース？」

「デリシャスやった！」

残りカスになった土を食《は》むマンドラゴラが、首を傾げながら儂の頭の上のに聞いておる。少しばかり頭が揺れたから、四葉が胸でも張っておるんじゃろ。不安定な頭上で何をしておるのやら……

両手を上げて四葉を挟み、儂の目の前へそっと下ろす。気を付けんと腰をやるくらいの重さじゃな。これを片手で摘まんだナスティを褒《ほ》めるべきか、食べすぎ気味のこの子を注意するべきか……食事を与えてたのは儂じゃから、悪いのは儂かのぅ。

「なぁなぁおとん。コレ皆家族なん？　ぎょうさんおるんやな」

儂の右手をてしてし叩き、見上げながら問うてきた。

「家族じゃよ。マンドラゴラは友人じゃな」

「トモダーチ」

マンドラゴラは綺麗なバク宙《ちゅう》をしてしゅたっと着地すると、顎に手を当てポーズを決める。キランッと擬音《ぎおん》がつきそうなくらいの見事なもんじゃった。

店の仕込みもある程度の目途《めど》が付いたらしく、今度はルルナルーとマルシュが顔を出す。その後ろから奥さんたちもついて来ておった。

「あら、新しい子？　デカイわね」

太めの奥さんが我先にと口を開く。

「姉さんと一緒や。おとんのくれる水が美味しくて、飲みすぎてもうた」

ぽりぽり頭を掻《か》き、四葉マンドラゴラは照れ笑いする。その後、ぽんと腹を叩いて音を響かせておった。スの入った鈍い音ではなく、中身の詰まった良い音じゃ。

「あら、言うじゃない」

「いひゃい、いひゃい」

奥さんにむにーっと口を広げられた四葉は、手足をばたつかせとる。にっこり笑う奥さんじゃったが、目は鋭いままじゃ。それでも込めた力は弱いらしく、四葉にダメージは入っておらん……あ、HP《ヒットポイント》が1だけ減りよった。

「ゆるひふぇー」

「私が太いのは分かってるの。もう言わないでね」

「ふぁい！」

びしっと四葉が敬礼《けいれい》をすると、奥さんは手を放してくれた。ぺこぺこ頭を下げてから、四葉は儂へ振り向く。

「おとん、痛いわー。姉さん怖いわー」

「女性に体重と年齢の話はしちゃいかん。しっかり覚えておくんじゃぞ。ただ、姉さんと呼んだのは正解じゃな」

　こくりと頷いておるから理解してくれたようじゃ。

「そういえばお前さんたちに雌雄《しゆう》はあるのか？」

「ナイヨー」

　親父さんとこのマンドラゴラが答えてくれた。大きく跳ね、儂の頭にしゅたっと着地しよる。

「オユホシー」

　頭からすぐさま飛び下り、今度は台所へ駆けていく。目指すは寸胴鍋か土鍋じゃろ。視線を向ければ翼人の奥さんが、鍋に蓋をかけておった。あれは湯ではなく、料理が入っておるんじゃな。

「こっちに用意するから、戻っておいで」

「ハーイ」

　儂が呼びかければ、トテトテ戻るマンドラゴラ。

「おとん、うちもや」

　儂の右手を叩き、四葉はにぱっと笑う。

　土鍋を二つ【無限収納《インベントリ》】から取り出し、コンロの上へ置くと、まだ水も注いでおらんのに入りよった。四葉は身体の大半がはみ出とる。四葉を持ち上げ、土鍋から寸胴鍋に入れ直した。

火をかければ、

「イイユダナー」

どこから取り出したのか、マンドラゴラはタオルを頭に載せておる。四葉も真似してボロボロになった儂の上着の端切《はぎ》れを額に当てておった。

「沁《し》みるわー」

おっさんのような声と仕草をしよる。

「あ、じいじ。名前はどうするの？」

「ルーチェの弟か妹みたいなもんじゃからのぅ……いや、魔族と魔物のどっちになるんじゃ？」

「魔族と呼ぶには、能力的にまだ足りんな」

砂浜から様子を見ていたロッツァが呟く。

「となると従魔で登録じゃな。首輪……は無理じゃろうから、儂の腕輪で四葉を纏めておくか。あれなら虫や植物の魔物に襲われんし、丁度いいじゃろ」

木材ダンジョンで手に入れた神樹《しんじゅ》の腕輪を取り出し、寸胴鍋に浸かる四葉の葉を腕輪に通す。されるがまま、儂に身を委《ゆだ》ねておるが、これはのぼせとらんか？　覗き込んで顔色を見ても、よく分からん。身体はつやつやで、四葉は鮮《あざ》やかな緑になっとった。

「で、名前は？」

寸胴鍋を覗きながらルーチェが聞いてくる。

見た目は大根で言うと、聖護院《しょうごいん》か桜島《さくらじま》じゃからのぅ……古めの野菜の呼び名となると……

「スズナ、スズシロ、カブラあたりが候補じゃな。種族でこだわりがあるなら、儂が名付けんでもいいしの」

儂が指折り案を出してたら、寸胴胴からはみ出てた四葉がぴんと立ちよった。

「どーする？」

ルーチェに問われた四葉が、ゆらゆら揺れながら顔を出すと、

「……カブラかな。なんか可愛いやんか」

そう言って、また湯に沈んでいく。

「だってさ。アサオ・カブラに決まりだね」

儂を見上げたルーチェは上機嫌で笑っておる。ルージュたちとはまた違う弟妹《ていまい》……のようなものが出来た気分なのかもしれんな。

ほかほかに温まった親父さんのとこのマンドラゴラは、湯気《ゆげ》を立てながら帰っていく。《隠れ身》を使ったようじゃが、湯気で居場所がバレバレじゃ。とはいえ動きは素早いし、湯気を気にする者もおらんじゃろ。

　カブラの顔色は、若干透《す》き通っておった。これ、茹だってしまったんじゃなかろうか……？　念の為《鑑定》《エヴァルア》で確認したが、状態異常にはなっとらんかった。今は、腹巻のように巻かれたタオルごとルーチェに抱えられておる。このまま商業ギルドで従魔登録じゃな。

　鍋に残ったマンドラゴラの煮汁は、料理研修に来ていたメイドさんにプレゼントじゃよ。以前の物より濃い煮汁なので喜んでおったわい。

　商業ギルドに行ったら、ツーンピルカのところへ通されたので挨拶しておく。彼によると、まだ数日イッポンガツウォが獲れるらしいから、あと数匹捕まえようかのぅ。コーヒーをまた仕入れたいとも言われたな。アワヤカワイで大金を払ったし、コーヒーを卸して現金を補充しておくべきか。

「マンドラゴラのカブラさん」

「なんや？」

　ツーンピルカに名前を呼ばれて、カブラは即座に返事をする。

「アサオさんの新しい家族ですか？」

「そうや」

　カブラの答えに難しい顔をするツーンピルカ。

「……これ、魔族で通りますよね？」

「ロッツァが言うには『まだ足りん』そうじゃよ」

ツーンピルカは眉間《みけん》に皺《しわ》を寄せ、つるつるの頭を右手でさすりながら話す。

「普通に会話と意思疎通《そつう》ができる。それだけで十分だと思いますよ」

「おっちゃん、そない褒めても何も出えへんでー」

照れ笑いを浮かべて、テーブルの上でくるくる回るカブラは嬉しそうじゃ。

一応、従魔登録をしておいてもらい、儂らは商業ギルドをあとにする。寄り道することもなく店に戻り、いつも通りの営業じゃよ。カブラは来た客らと会話を楽しんでおる。客も珍しい存在との交流が面白いようじゃった。

《 14 狙われたマンドラゴラ 》

「やれ！」

まだ薄暗い軒先《のきさき》から男の声が聞こえた。小さい声じゃったが、儂の耳にははっきり届く。ステータスのおかげじゃろな。それに《索敵《レコナ》》がちゃんと働いてくれたから、既に起きておるしのぅ。

「《虚弱《フィーブル》》」

家へ取り付こうとしていた者らに魔法をかける。扉を開けるのにも苦労するくらいにしてやったでな。身支度を整えてから向かっても問題ないじゃろ。

いつものローブなどを身に着け、儂は帽子を被《かぶ》って庭から表へ出る。くるりと周囲を回って通りへ出たら、男が蹲って金髪を地面に広げておった。他にも四人おったが、こやつらは帽子や布で頭部を覆っとる。

「レンウとジンザがいない時を狙ったのか？」

ローデンヴァルト夫妻が可愛がってくれるので、昨夜から二匹は出払っておってな。近隣の家族にも人気で、たまにお泊りさせてもらっとるんじゃ。

「《照明《ライト》》」

不用意に近付くのは危険じゃから、周囲を明るくしてみる。《索敵《レコナ》》に他の反応はなくても念の為じゃよ。

「《束縛《バインド》》」

男たちをひと纏めに縛り上げるが、ろくに抵抗せん。少しばかり《虚弱《フィーブル》》を強くかけすぎたのかもしれん。儂と男らを《結界《バリア》》で包み、《虚弱《フィーブル》》だけを解除すると、金髪に睨まれた。

「何をする！　こんなことをしてタダで済むと思っているのか！」

「家族の誰かに用事かの？　それにしたって訪ねる時間ってもんがあるじゃろ」

地面に寝転んどるのに威勢だけは一人前じゃ。眼光鋭く、視線には恨《うら》みが籠《こ》もっとるわい。

「マンドラゴラを渡せ！　あれはお前なんぞが扱うべき食材じゃない！」

唾液《だえき》を撒《ま》き散《ち》らしながら捲し立てる。下敷《したじ》きになってる者が嫌そうな顔をしとるが……

こやつからは見えんか。

「カブラは食材ではない。家族じゃ」

ん？　となると、親父さんとこの子も危険か？

儂が八百屋のほうを見ると、

「もう手遅れだ」

得意げに鼻を鳴らす金髪じゃが、顔は土で汚《よご》れとる。よくよく見れば、覚えのある顔じゃった。

「ベロベロバア……じゃったか？」

「ヴェルヴェロヴァだ！」

瞬間湯沸《ゆわ》かし器よろしく、顔を真っ赤にしとる。額に青筋《あおすじ》も立っておるし、血圧が高そうじゃ。

「で、名乗ってくれた犯人さんよ、何が手遅れなんじゃ？」

「マンドラゴラは確保――」

金髪の視線の先には、《結界《バリア》》の上でくるくる回るマンドラゴラがおった。わざわざ《隠れ身》を解いて、見せつけるように踊っとるよ。

「ムダムダー」

《結界《バリア》》を解いたら、儂の頭に着地して手を振っておる。人差し指で「ちっちっちっ」とやっとるようじゃった。儂の頭から降りたマンドラゴラがとことこ歩くのを目で追うと、その先に何かの塊があるようじゃ。《照明《ライト》》を向けると、それは縛られた人じゃった。

「お前さんがやったのか？」

「デスヨー」

胸を張るマンドラゴラ。縛られた人は傷だらけになっておる。蔓《つる》や蔦《つた》でなく、茨《いばら》で縛っておるから当然じゃな。それにあちこち擦《こす》れた跡《あと》があるから、ここまで引き摺《ず》ってきたみたいじゃ。

「ハタケモ、ジブンモ、マモルー」

縛られて塊になった者の上に、マンドラゴラが仁王立ち。

「正当防衛じゃな」

「セートーボーエー」

意味はよく分かってないようじゃが、とりあえず儂の言葉を繰り返しとる。

儂らのやり取りを呆然《ぼうぜん》と見ていた金髪は、いつの間にやら白目を剥いておった。他の者は意識はあれど、儂らから視線を外しておる。

「面倒じゃが、警備隊《けいびたい》へ届けるか」

「ダネー」

マンドラゴラに目をやれば、頷いてくれた。

「それは我がやっておく。アサオ殿は《浮遊《フロート》》だけかけてくれ」

振り向けばロッツァが来ておる。くーくーと規則正しい寝息が聞こえよるから、ロッツァの背ではカブラが熟睡《じゅくすい》しとるようじゃ。

「どうせ説明する必要があるんじゃ、一緒に行けばいいじゃろ」

マンドラゴラがずるずる塊を引き摺ってから、儂の肩に乗る。縛られた男が「痛い、痛い」とうるさいからのぅ。金髪たちと一緒くたにして《浮遊《フロート》》じゃよ。

警備隊に襲撃犯《しゅうげきはん》を全員預《あず》けて、取り調《しら》べをお願いする。《記録《レコード》》と《真贋《オーゼン》》を見せたから、受けてくれた警備隊も経緯《けいい》を理解してくれた。

「あやつは食材と言っておったが、お前さんは美味いのか？」

「シラナーイ」

肩に乗るマンドラゴラに聞いたが、首を捻っておる。

「希少《きしょう》な食材だと聞いたことはある……が、言葉を交わした相手を食べようとは思わんな」

隣を歩くロッツァは渋《しぶ》い顔じゃ。

「襲われんように何か対策してみるかのぅ。しかし適当な魔法を知らん……ロッツァはどうじゃ？」

「我も知らん」

「シラーン」

両手を上げるマンドラゴラ。そうそう上手い話はないようじゃ。

儂らは親父さんのとこにマンドラゴラを送り届け、家路《いえじ》につく。やっと白《しら》んできた街には、パンの匂いが広がっておった。

「おとん、朝ごはんまだー？」

ロッツァの背で寝ぼけたカブラが、手を上げとる。儂とロッツァは顔を見合わせて笑うのじゃった。

《 15 海の矢 》

家が襲われた後、儂らは何事もなく普通に暮らしておる。一応、確認の為に何度か警備隊に協力はしたが、それだって儂だけじゃよ。その結果、ベロベロバアの店は取り潰しになるんじゃと。店に客として来たベタクラウが教えてくれてのぅ。それもついでに伝えるだけじゃったが……

「いけ好かない店だったねぇ。魚を卸しても買い叩くし、最悪だったよ」

肩をすくめ、苦虫《にがむし》を噛み潰したかのような顔をしておったわい。

「そんなことより、私らの漁の護衛を頼めないかな？　ちょいと厄介な魔物がいてさ」

「護衛なら冒険者に頼むべきじゃな」

厨房で中華鍋を振りながら答える儂を気にせず、ベタクラウは続ける。素揚げにした野菜とジャナガシラの唐揚げを、甘酢あんと和えておるんじゃ。

「厄介だけど味は抜群だよ」

「行く！　ロッツァ、お願い！」

串打ちされたジャナガシラを塩焼きするロッツァに、炭火焼き鳥を返していたルーチェが頼む。美味い魔物という言葉にばっちり釣られてしもうたな。

「我は構わんが、まだ魚が生焼けだ。明日以降でもいいのか？」

ロッツァが儂らを振り返った。その背に乗るクリムとルージュは首を傾げとる。

「あぁ、平気だよ。今日は店をやる日だろ？　今から料理を減らすと……暴動《ぼうどう》が起こるんじゃないかな」

ベタクラウの背後で客が頷いておるわい。悲しそうな目、殺気立った目といろいろじゃが、ロッツァの前にも、ルーチェの前にもかなりの数が並んでおるし当然か。

「じゃ、明日だね！　ささ、今日はじゃんじゃん焼くよー」

「「「おー！」」」

皆が皿を掲《かか》げ、歓声を上げよる。

「俺は塩で三本！」

「私は二切れ頂戴！」

二人の焼き場は大盛況じゃ。勿論、儂のいる厨房も活気に沸いとる。話す最中に豚汁の寸胴鍋は入れ替えられとるし、キノコの炊き込みごはんも客の前に並べられた。

ナスティのステーキもいつも通り人気じゃよ。絶妙な焼き加減に、冒険者たちはおかわりを繰り返しておる。そして夕方まで店を開き、無事に本日の営業は終了となった。


一夜明けた今日は、朝からベタクラウのところを訪れておるよ。挨拶を済ませ、ベタクラウの舟に寄りそう形でロッツァと共に港から出る。

「三十センチくらいのヅダって魔物なんだけど、刺さるんだ」

「刺さる？」

ロッツァの背に乗る儂が顔を向ければ、ベタクラウはにかっと笑って、

「飛んでくるんだよ。魚が海の中からこう、舟に向かってさ」

櫂《かい》を持ち上げた。海面から空をなぞるように水が舞っておる。

「小さいイッポンガツウォと言えるかね。刺さると痛いなんてもんじゃないよ」

儂に見せた左の腿《もも》には、銃弾で撃ち抜かれたような跡が出来ておった。

「そろそろ来るから守って頂戴《ちょうだい》。私は潜るから」

言うなり舟を止め、ベタクラウが海に入る。

「《堅牢《スタウト》》、《結界《バリア》》」

それを追いかけ、儂は魔法をかけた。

「海中なら負けないけど、海に入る時と舟に上がる時が危なくて。じゃ、行ってくる」

一度顔を見せただけで、もうベタクラウの姿は見えんくなる。《索敵《レコナ》》で周囲を見ると、真っ赤に染まっておった。潜っていったベタクラウの周囲も真っ赤なんじゃが、赤い点はどれ一つとして彼女に追いつけておらん。

代わりに波間で漂う儂とロッツァに狙いを定めたらしく、全方位を囲まれたわい。

「今日の獲物は儂らなのかのぅ」

「だろうな」

青い魚体が宙を舞い、儂の目の前数センチを通り過ぎる。ロッツァの鼻先を掠めた者もおったようで、顔を左に向けとったよ。

「《結界《バリア》》」

儂が自分らを《結界《バリア》》で囲うと、途端にヅダが突き刺さりよる。貫通できるほどの威力はないようでな。ただ、魚が空に留《とど》まる光景は不思議なもんじゃ。

「無数におるぞ」

「アサオ殿、下からもだ」

海中を覗いたロッツァが首をもたげる。今や、ヅダが刺さっていないのは《結界《バリア》》の頂点付近のみになっとる。

「突き刺さっても死にはせんな」

「なら焼いてはどうだ？」

儂が話すとロッツァは振り返る。

「《岩壁《ストーンウォール》》、《炎柱《フレイムピラー》》」

《結界《バリア》》を解くのと同時に魔法を放つ。今や、ヅダは狙いどころと思ったんじゃろ。海にぼとぼと落ちる者の間を縫《ぬ》うように、海中から次々飛び出しておる。しかし、儂の周囲には燃える壁《かべ》。ヅダは頭から突き刺さり、こんがり焼けておった。

「我が提案したこととはいえ、守りながら料理とは……」

鼻を鳴らすロッツァは、盛大に腹も鳴かせておる。

念の為、海中にも《岩壁《ストーンウォール》》を展開させておるんじゃが、そちらは炎を纏えんからのぅ。

突き刺さったヅダごと海底へ沈んでいっておるよ。

執拗《しつよう》に儂らを狙うヅダの群れは、引くことを知らんようでな。一時間くらい続けても、《索敵《レコナ》》の反応が消えん。海上なのに、周囲に漂うのは焼き魚の匂いじゃ。焼けたそばから【無限収納《インベントリ》】に仕舞うが、空《あ》いた場所にまたヅダが刺さりよるからの。既に数百の焼き魚が収容されとる。

「こりゃキリがないぞ。ベタクラウが漁を終えたら帰ろう」

丁度、こちらに戻って来とるようじゃしの。

「アサオさん、腹が減ったよ！」

儂とロッツァから離れた後方、乗ってきた舟にベタクラウが上がっておった。

「護衛じゃなくて、漁……いや料理しちゃうって、何してんのさ」

呆れたように笑いながらも、ベタクラウは周囲に漂う焼きヅダの香りに腹を鳴らしておる。

漁を切り上げて港へ帰る間も、背後からはヅダが襲ってきとった。ただそれも数分舟を走らせたらやんだ。あの群れの縄張《なわば》りを出たんじゃろ。

港に戻った儂らは、焼きヅダを昼ごはんとした。一服した後は、また違う漁場に向かうそうじゃ。そこもヅダの縄張りなんじゃと。

「こりゃ、焼きヅダ以外も考えんとならんな」

儂の呟きに、ロッツァとベタクラウが大笑いしておった。

《 16　汚れた手 》

ベタクラウの護衛でヅダを狩るのは三日続いた。

三日目ともなれば、さすがに生のヅダが欲しくてのぅ。生傷《なまきず》を作るかもしれんが、ヅダを手掴みで捕まえて三枚におろしたんじゃよ。

はじめは少数を《結界《バリア》》で隔離《かくり》しておったが、その後、《岩壁《ストーンウォール》》に突き刺さったヅダを確保する方法に変えたら、非常に効率良く数を集められたんじゃ。

しかも焼いたり凍《こお》らせたりしたヅダより、三枚おろしや開きのほうが味がグンと向上しておった。

護衛料は、ベタクラウが獲った魚や貝で払ってもらったんじゃ。足りない分は、今後の仕入れ代と相殺《そうさい》されることになっておる。

三日連続の漁を終えた儂とロッツァは、翌日の今日を休みにしてもらえた。どうにも皆が、儂とロッツァに負担をかけすぎたと気にしたようでな。店は開けとるが、ありがたくのんびりさせてもらっておるよ。

なので儂はカブラと二人で街を散歩することにしたんじゃ。カブラがとてとて歩く様は、道行く人に人気でな。声をかけられたり、何かしらもらったりして、度々《たびたび》足を止めておるよ。屋台で買った串焼きと、もらったパンなどで、儂らは軽めの昼ごはんを済ませた。

馴染みの仕入れ先への顔出しを終えた今は、袋や布を扱う通りを歩いておる。

「おとん、なんか臭《くさ》ない？」

カブラが急に儂を振り返り、鼻を鳴らしながら言いよった。儂には何も感じられんのじゃが、カブラが顔を顰めておるからのぅ。儂は風上《かざかみ》におるから疑《うたが》われたんじゃろか？

「儂はこいておらんぞ」

「ちゃうちゃう。誰もすかしたと思ってへん。こっちや」

すんすん臭いを嗅ぎながら、カブラは儂を案内する。二度、三度と角を曲《ま》がると、民家が立ち並ぶ辺りに入り込んだ。木を主体にした似た家屋《かおく》ばかりじゃから、一般市民が生活しとる区画なんじゃろ。

更に小道を進み、カブラの足が止まったのは立ち入り禁止の立看板の前じゃった。周囲に民家はなく、奥には街の外壁《がいへき》があって行く手を遮っておる。その手前、看板の少し先に沼が見えるのぅ。儂の視界には油膜や汚物《おぶつ》は入っておらんが、黒に近い灰色をしとる。ヘドロ溜《だ》まりなんじゃろか?

「肥《こ》え溜《だ》めでもなさそうじゃし、水が溜《た》まって淀《よど》んだんじゃろ」

「おとん、なんかおるで。苦しそうな感じと臭《にお》いや」

カブラの言葉と同時に沼の表面が細かく波打ち、さざめき出す。段々と波が集まり、大量の手を形作った。肘《ひじ》から先が無数に生え、それぞれが蠢《うごめ》き、儂らを手招《てまね》きしとるようじゃわい。そんな気色《きしょく》悪い光景が目の前に広がっとる。これが金色ならば、稲穂《いなほ》が揺れるように見えたかもしれん。

「《索敵《レコナ》》」

マップを確認したが、大量の手は赤ではなく黄色になっとった。となると、何かしらの状態異常に陥《おちい》っとるんじゃな。

「《鑑定《エヴァルア》》」

思わず鑑定結果を二度見してしまったぞ。この無数の手は『水源の精霊』なんじゃと。カタシオラを含めた周辺の土と水の汚れを、長年請け負っていたそうじゃ。一手に引き受けた結果、穢《けが》れてしまったらしい。

それでもこの地に住まう者を守る為、必死に汚れや臭いが漏れないよう耐えておったみたいじゃよ。それで状態異常の黄色を示しておるのか。

「おとん、楽にしてあげられへん？」

儂を見上げるカブラは悲しそうな顔をしておった。

「《治療《バナシア》》」

一番近くの手に魔法をかけると、灰色の手が透き通っていく。が、すぐにまた汚れてしまった。

「原因である汚れを何とかせんとダメか……なら、少しばかり本腰を入れて《清浄《クリーン》》」

沼が灰色から茶色に変わり出す。《清浄《クリーン》》を延々《えんえん》かけ続ければ、色は更に変わっていきよった。濁《にご》った茶色から澄《す》んでいき、終いには透明になる。生えていた手も、今や向こうの壁が透《す》けて見えるほどじゃ。

「《治療《バナシア》》」

仕上げに沼全体に魔法をかけると、手が崩れ水に溶け込んでしまう。

「お、お、おとん。楽にって言ったけど、消すのはダメやろ」

あわあわと手を揺らすカブラじゃったが、その後ろで沼は池になりよった。

透き通り、水底からは水が湧いているようじゃ。

「これで治《なお》ったかの？」

『はい。ありがとうございました』

鈴《すず》のような声が響く。水面には大事な部分だけ隠したマッチョな男が立っておった。儂に見せびらかすようにポージングまでしておる。

「……ちゃうやろ。そこは見目麗《みめうるわ》しいヒトの出番――」

『この筋肉は美しいぃぃぃぃッ‼』

両の拳を握りしめ、大胸筋《だいきょうきん》を細かく揺らすマッチョ精霊。

「体力があったから、我慢できたんじゃな」

『はい！　鍛え上げた筋肉は裏切りません！』

肩甲骨《けんこうこつ》周りの筋肉をアピールしながら儂を振り返り、精霊はきらりと歯を覗かせる。

許容《きょよう》範囲を超えたらしいカブラは、儂の胸にしがみつき精霊を見ようともせん。ぎゅっと目を閉じ、顔を押し付けておる。

「これはアカン。チェンジや……こんなん見てたら……」

ぶつぶつ呟くカプラは震えておった。

『水源まで浄化《じょうか》していただき、ありがとうございました！　これでまた守れます！』

声と見た目が一致しない精霊に見送られ、儂らは沼だった池をあとにする。

震えるカブラを抱えたまま、儂はのんびり帰った。家に着くまでの間に、カブラも多少は気を持ち直してくれるじゃろ。

儂が帰宅するなり、奥さんから声を掛けられた。

「おかえりなさーい。アサオさんにものすごい美少年のお客さんよ。どこで知り合ったの？」

見れば、星でもちりばめたかのように、自《みずか》らの周囲をきらきら輝かせる美少年――水の男神が椅子に腰かけておる。確かにこれじゃ、変装と言えんし、眷属たちにバレるじゃろ……マンドラゴラになれる風の女神が特殊《とくしゅ》なのかのぅ……しかし、奥さんには見破《みやぶ》られておらんな。

とりあえず太めの奥さんは、絶世《ぜっせい》の美少年を案内したせいで鼻息荒いだけみたいじゃや。

「前に少し用事があってな。その時、顔見知りになったんじゃよ」

「お世話になってます」

軽く会釈《えしゃく》した水の男神の髪が、はらりと解《ほど》ける。それだけでも絵になっておった。奥さんたちだけでなく、食事をしてる客らも息を呑んでおるしな。神だと知らなくても、美麗《びれい》な少年で話題になってしまうじゃろ、これは。

「とりあえずここでは落ち着かん。中に入ろう」

「はい」

男神を連れて家の中へ入るが、儂らはずっと目で追われておる。老若男女問わず魅了《みりょう》してどうするんじゃ……

ルーチェやナスティは気付いとるようで、儂のあとを追いかけようとする客を引っ張り出しとったよ。家の中でも落ち着けない気がするのぅ。

『セイタロウさん、そのまま少し待ってください』

声が聞こえたと思ったら、儂らの周りが白い靄《もや》に包まれる。目の前が開けると、そこはイスリールと会ういつもの場所じゃった。

「おとん、ここどこー？」

儂の腕から降りたカブラが、周囲を見回しておる。初めての場所じゃから、儂のそばを離れようとはせん。それでも興味が勝ったらしく、きょろきょろ首を動かしとるよ。

「セイタロウさん、風や地の女神が迷惑をおかけしてすみません」

「いや、構わんよ。手伝いもしてもらっとるしの。その対価で菓子をあげとるだけじゃからな」

困り顔のイスリールに、儂は笑顔を見せる。

「カミサマ……なんか？」

「そうじゃよ。イスリールは主神様じゃ」

儂の両足の間から顔を見せ、イスリールを見上げるカブラ。儂はそれをひょいと抱え上げ、イスリールの顔に近付ける。

「おとんは呼び捨てなんやね」

「イスリールにそれでいいと言われておるからのぅ」

「ええ、セイタロウさんは特別です。ボクの茶飲み仲間なんですから」

イスリールは片目を閉じ、イタズラっぽい笑みを浮かべとる。可愛い仕草を見せても、相変わらずのイケメンじゃよ。水の男神とはまた違った路線《ろせん》じゃな。

「それで、急に連れてきてどうしたんじゃ？」

「あ、そうでした。あのままだと大変かと思いまして、こちらに案内したんですよ」

空中へ水の球が浮かび、その中に店の景色が映し出される。どんな原理か知らんが、儂がそこにおった。美少年の男神もな。

「あれは幻影です。でも普段のセイタロウさんを参考に作ったので、バレないはずです」

胸を張るイスリールじゃが、その『はず』って言葉のせいで、そこはかとない不安が押し寄せるぞ。

「精霊を救ってくださり、誠にありがとうございます。あと一月放置されていたら、誰にも気付かれることなく暴走《ぼうそう》していたでしょう」

美少年から美青年に姿を戻した男神が話す。さらりと聞き流せん台詞《せりふ》が耳に入ったぞ？

「あの筋肉馬鹿が暴走すると厄介でした」

「無駄に力がある精霊《こ》ですからね」

男神とイスリールは辛辣《しんらつ》じゃった。カブラは精霊を思い出したのか、儂にしがみついとるし。

「精霊とは思えん筋肉をしておったな。拳で語りそうじゃったし……とはいえ、体力が他より多かったから暴走せずに保てたんじゃろ？」

「それはそうなんですけど……」

言葉を濁すイスリールの隣で、水の男神が震えとる。

「何かあれば『筋肉は嘘《うそ》つかない』。問題が起こったら『拳を交わせば理解できます』。しまいには『水神様も一緒に鍛えませんか!?　良い筋肉をお持ちですよ！』……」

遠い目をしとるのぅ。そっと男神の肩に手を添えたイスリールは、無言で首を横に振っておった。

「あの地を守る理由も、『誰にも邪魔されずに鍛錬《たんれん》ができるから』と言うくらいですからね。それでも守護《しゅご》していたのは事実ですので……」

一滴の涙を落とした男神は、儂から顔を背《そむ》けた。

「どこまでも筋金入《すじがねい》りやな……いや、脳筋《のうきん》や」

儂にだけ聞こえる声でカブラが洩《も》らす。

「それはそうと、折角セイタロウさんがいらしたんですから、お茶しましょう。ボクも少しだけ練習したんですよ」

イスリールはぐっと右の拳を握り、満面の笑みを儂に向ける。水の男神はこの世の終わりのような表情を浮かべとった。

「見てください。茶の木も育ててるんです」

イスリールが両手を大きく広げると、周囲の景色が変わり出す。ほんの数秒で儂らは、背の高い木々に囲まれてしまった。

「しっかり育ちましたよ」

儂の背丈の二倍以上もある茶の木が生えておった。若葉が一枚もなく、葉は濃い緑になっとる。

「育ちすぎじゃ。これじゃ、美味い茶にならん」

無言で力強く頷く男神は、目を閉じて何もかもを遮断《しゃだん》しておる。恐らくこの木から作った茶の味見でもさせられたんじゃろ。水の男神は完全に表情を消し、口も真一文字に結《むす》んでしまったわい。

「……ダメでしたか？」

小首を傾げるイスリールが、儂を振り返る。

「ヴァンの村をしっかり見学して作るといいじゃろな。今日は儂が用意してもいいかの？」

「はい！」

かっと目を見開いた男神は、儂の右手を掴んでぶんぶん上下させよった。涙を流しながら、儂にすがっておる。

儂は緑茶や紅茶を準備して、皆で一服じゃ。心が乱高下《らんこうげ》していた男神は、茶を飲みほっと息を吐いておる。

「むむ、やはり違いますね」

眉間に皺を寄せ、唸るイスリール。男神は目を閉じ、穏《おだ》やかな顔で茶を啜り続ける。儂とカブラは菓子のきんつば片手にのんびり過ごすのじゃった。

しかし、ゆっくりしてても店が気になってな。帰ろうとした儂に、イスリールは育てていた茶の苗木《なえぎ》を渡してきた。

「ボクでは上手く育てられないみたいです。セイタロウさんにお願いできますか？」

「いや、神様が苗木を渡したら、それは御神木《ごしんぼく》にならんか？」

イスリールに問うたんじゃが、彼はにこっと笑顔を見せるのみ。

その代わりなのか、穏やかな顔になった男神が横から答えてくれる。

「……なりますよ」

「大丈夫です！　傷を治す力や、病を快癒《かいゆ》させる効果なんて現れません！　勿論、反魂《はんこん》も無理ですよ。精々《せいぜい》美味しいお茶になるくらいですから」

自信満々に胸を張って答えるイスリールを見ておると、不安が膨らむばかりじゃ。心配の種がそこかしこに蒔かれとるようで、心労が嵩《かさ》みそうじゃよ。

「生育が上手くいった暁《あかつき》には、ぜひ飲ませてください」

邪気《じゃき》もなく、嫌味《いやみ》も感じさせない物言いで男神は微笑んでおった。

「おとんならイケるはずや。ウチを育てた実績があるんやから」

儂に負ぶさり、てしてし背を叩くカブラは、なぜか上機嫌じゃ。

「旅を続けるのに茶の木を育てるのは難しいじゃろ。鉢植えじゃ可哀《かわい》そうじゃし……イェルクたちに任すか」

「でしたらこれも持っていってください」

イスリールが取り出したのは、拳大《こぶしだい》の綺麗なガラス玉じゃった。中に液体が入っているのか、ゆっくり形を変えて揺らめいておる。形と一緒に色も変化し、白から黄、赤や紫にもなりよる。これは一般人が持ってちゃいかん雰囲気を漂わせておるわい。

「ボクが作りました。これにより、ローデンヴァルト夫妻の守りは万全になりますよ」

押し付けられたガラス玉をカブラが持つと、周囲の景色が再び靄に包まれる。

「またいらしてくださいね」

手を振るイスリールの隣で、水の男神が頭を下げた。返事をしようと儂が口を開いたところで、家に戻ったようじゃ。

「また来てくれないかしら？」

儂の目前に太めの奥さんの背があった。水の男神（美少年モード）が帰り、それを見送っているところみたいじゃな。イスリールの作った幻影は、しっかり働いておったようで安心したわい。誰も儂の手にある苗木と、カブラの持つガラス玉を気にしておらん。

休憩時間が終わり、奥さんたちは店に戻る。儂は休みじゃから、カブラと一緒にイェルクたちのもとへ足を運ぶことにした。

時計店を訪ねると、レンウたちが元気良く飛びかかってきよった。それを受け止めて遊んでいたら、店の中からイェルクが顔を出す。次《つ》いでユーリアがエプロン姿で現れた。甘い匂いを纏っておるし、チョコの研究真っ只中《まただなか》だったようじゃ。

イスリールから受け取った苗木とガラス玉を渡して、そのまま帰ろうと思ったんじゃが、二人が許してくれんかった。

「アサオさん、これ育てていいんですか？」

「大丈夫じゃろ。イスリールも育ててくれと言っておったしの」

苗木を鑑定したイェルクが頭を抱えておった。ユーリアは湯煎《ゆせん》していたチョコを仕上げる為に席を外しておる。

「いや、でも……」

「加護が強くなるから、悪い話でもないはずじゃ。万全を期《き》す為の、神様の計《はか》らいじゃよ」

儂の言葉に、イェルクは頬をひくつかせて表情を強張《こわば》らせた。手渡されたガラス玉を見て、深いため息を吐き、

「誰も来られなくなりますよ」

彼は苦笑いじゃよ。

「訪ねてくる者に悪意がなきゃ問題ないからのぅ。レンウたちも普段通りじゃ」

庭におるレンウ、ジンザ、カブラを見れば、駆け回って遊んどる。カブラだけは駆けておらんか。ありゃ横回転を使っての移動じゃ。

「ほれ、悪意があるとああなるみたいじゃぞ」

儂の指さす先には、踵《きびす》を返す女がおった。時計店の前を通り過ぎることもできんようじゃ。

「あ、あの人よく来るのよ。でも店に入れなくて、外からじっとこっちを見てたから覚えてる」

手をエプロンで拭《ふ》きながら現れたユーリアが儂に答え、女を険《けわ》しい目で見ておった。その後、レンウたちを見たら優しい目に戻りよる。

「悪意、害意を完全排除《はいじょ》じゃな」

「んー、いいのかな……」

「いいことでしょ」

首を捻るイェルクと、頷くユーリア。

「おぉそうじゃ。儂らが旅に出る時は、レンウたちを預けてもいいかの？　この辺りの警備をできるし、お前さんたちにも懐《なつ》いておる。どうじゃろ？」

「私たちは構わないわよ」

「あの子たちは可愛くて、ご近所でも人気ですから」

イスリールからの贈《おく》り物に対照的な反応を示した二人じゃが、今度の提案には快く応じとる。

「まだ先じゃろうが、その時は頼む」

頭を下げた儂に、二人は笑っておった。

「で、アサオさん。神様へのお礼は、何をすればいいの？」

「会われたんですよね？」

神妙《しんみょう》な顔をするユーリアとイェルク。

「簡単じゃよ。美味しい物を作って、神殿に供《そな》えればいいだけじゃ。儂も自作した料理を持っていってばかりじゃが、喜んでくれとるからのぅ」

「それじゃドイツ料理がいいかしら」

「ヴルストだね！」

　瞳を輝かせたイェルクのリクエストは、いつも通りのものじゃよ。自分の食べたい物を供える……のもいいかもしれんな。自分たちが美味しいと思う料理なんじゃから、外れもないじゃろ。二人していろいろな料理の名前を言い合っておるわい。儂が分かったのは三割もありゃせん。

　イスリールからの品を渡し終えたので、儂は家の外へ出る。

　レンウとジンザに先ほどのことを話せば、理解してくれたらしい。折角住んでいた森近くのカタシオラにおるのじゃし、近隣の警備にも慣れた感じじゃからな。それに、あまり強くないこの子らを、無理に旅へ連れ出すのも可哀そうじゃろ。その辺りも察したから、頷いてくれたんかのぅ。

「レンウもジンザも儂の家族じゃ。儂はローデンヴァルト夫妻も家族と思っとるし、皆を頼むぞ」

「ウォン！」

　レンウがひと吠えして答え、ジンザはこくりと首を縦に振る。

「ま、旅に出るのはまだ先じゃろ。寒い季節に街を離れるのは応えるからのぅ」

　儂を挟んでレンウとジンザが歩き出しよった。ジンザの背にはカブラが跨《またが》っておる。少しよろけとるから、ジンザにカブラの重さはきついらしい。儂はカブラを抱え、肩車してやる。

「おとん、もふもふが――」

「乗るのは軽くなってからな。ジンザにとってお前さんは重すぎるんじゃよ」

「はうっ!!」

儂の首を跨《また》ぐカブラがビクリと震え、頭に倒れ込んだ。

「……おとん、ヒドイ……ちょっとぽっちゃりなだけやんか……」

泣いておるらしく、しくしく声が聞こえる。ただ髪が濡れんから、嘘泣きっぽいぞ。

市場通りへ足を運べば、カブラの機嫌も戻りよった。

「おとん！　パンや！　あのパンはきっと美味いで！」

カブラが伸ばした右手で指した先は、儂がいつも仕入れるパン屋じゃ。カブラたちのおやつを買いつつ、パン種を注文しておく。そろそろ【無限収納《インベントリ》】の在庫が足りなくなってきたからのぅ。

「帰ったら、晩ごはんやー」

「ワン！」

カブラの掛け声にレンウが答える。儂らは暮れてきた街中をゆっくり歩き、家路につくのじゃった。

《17　二人の女性》

ある日、儂が店仕舞いをしていると、二人の女性が声をかけてきた。最近ちょくちょく店で食べている二人じゃ。

長い赤髪を真っ直ぐおろしているのがリェンで、元騎士なんじゃと。今は仕《つか》える主を探しとる最中らしいから無職じゃな。その辺りを突いてからかう短い青髪がギザ。主にダンジョンを職場としとる冒険者と言っておる。海の向こうで稼いできたから、のんびり休暇《きゅうか》を満喫《まんきつ》しとるみたいでな。

何がどうなったのか知らんが、気の合った二人で海を渡り、カタシオラに辿り着いたそうじゃ。きっちり型に嵌《は》めないと気が済まないリェンと、基本マイペースなギザでは噛み合わなそうなんじゃがな……お互いの足りない部分を補っておるのかのぅ。

「今日はもう終いじゃぞ。どうしたんじゃ？」

「いやね、リエンと話してたら、戦闘に関して意見がぶつかっちゃってさ」

「当たり前だ！　背中から襲うだの、目潰しをするだのと……ギザは戦いを何だと思っているのだ！　正々堂々、正面から倒してこそ価値があるのではないか！」

肩を竦《すく》めながら飄々《ひょうひょう》と話すギザに憤るリェン。赤髪を揺らし、顔も真っ赤になっとる。

周囲を儂の《照明《ライト》》が照らしとるから丸分かりじゃ。しかし、冷えてきたのに薄手の白シャツだけじゃと、風邪《かぜ》を引いてしまうぞ？　ギザは茶系のシャツに黒いベストを羽織っておる。

「戦闘に関して、何で儂に聞くかのぅ……儂は商人じゃよ」

「ヌイソンバを狩れる商人はいないよ」

「イッポンガツウォも獲ったのだろう？　なれば意見を聞いてみようとなったのだ」

両手を上げておどけるギザに、リェンは険しい視線を向けておった。

「自分たちで食べる分は自分で確保したほうが楽じゃろ？　それにイッポンガツウォは獲っておらんぞ。儂が捕らえたのは、ジャナガシラだけじゃよ」

「十分だって」

二人して笑いながら頷いておる。からから笑うギザと、苦笑いのリェン。くっきり違う反応じゃ。

「で、アサオさんはどう思う？」

「正々堂々、打ち倒すべきであろう？」

期待に満ちた目を二人から向けられた。

「アサオ家は、『いのちだいじに』がモットーです！」

焼き場を片していたルーチェが、二人の後ろからひょこっと顔を出して宣言する。ギザとリェンが声に振り向くが、ルーチェはもうおらん。言うだけ言ってまた戻りよった。

「ルーチェの言う通り、儂は命あっての物種《ものだね》だと思っておるからの。なるべく怪我をしないようにしとる。魔物と戦うのは、美味しい食材を得る為じゃからな。美味しくもない魔物なら、戦うより逃げじゃよ」

「美味くない魔物は我が斃《たお》す」

「私もー」

ロッツァとルーチェが顔も見せずに答えとる。

「斃さないと誰かに迷惑なら〜、話は別ですけどね〜」

いつもの笑顔で現れたナスティは、のんびりと言った。

「なら、ヌイソンバとはどう戦ったのだ？」

「魔法でちょちょいっと斃したんじゃよ。あとは力を利用してこかしたりもしたのぅ」

「え⁉　正面から受けたの？」

リエンに答える儂へ、ギザが驚きの声を上げよる。目を見開いとるし、動きも止まったぞ。

「そうだ。じいじ、あれ教えてよ。私もやってみたい」

再び顔を出したルーチェは、鼻息荒く儂へ詰め寄って来る。ぽんぽんとルーチェの頭を撫で、儂はリエンたちに向き直る。

「旅の最中も、基本的に補助魔法などで相手しとるんじゃ」

「補助魔法とは……小狡《こずる》い！」

唸るリェンは、苦虫を噛み潰したかのような顔をしとるわい。納得の表情へ変わったギザは、こくこく頷いておった。価値を見出《みいだ》されとらん魔法っぽいのに、二人は効果を理解しておるようじゃな。

「状態異常の怖さを知ってれば、無視できないでしょ？」

にひっと儂へ笑ったギザが、リェンへ目をやる。儂の考えを見抜いたらしく、リェンは無言のまま視線を落としとった。

「ま、何に重点を置くかは人それぞれじゃからな。一概《いちがい》にどっちが正しいとか、儂には言えんよ。死なずに生き抜くことを考える儂は、そんな感じで動いとるだけじゃから」

「死んじゃったら美味しいものを食べられないし、楽しいこともできないもんね」

儂を見上げるルーチェは喜色満面じゃよ。

「そうじゃな。だからこそ――」

「『いのちだいじに』を信念に掲げている」

ロッツァが儂の言葉を継いで言い切ってくれた。さっきは声だけだったのに、今はしっかり姿を見せておる。ロッツァの首にぶら下がるクリムが得意気に頷き、後ろ向きで頭に飛び乗ったルージュは背中で語っとった。

「死んだら大損や」

むにゃむにゃ言っとるから、カブラのは寝言なんじゃろ。

「リェンの言う正々堂々は、儂も好きじゃよ。それでも自分の質《たち》に合っとるのが搦《から》め手攻めかの」

「……ならば一つお願いしていいだろうか？」

かっと開いたリェンの目には、揺らぐことのない信念が宿っておるようじゃった。

「魔法なしの稽古《けいこ》をお願いする。その後、何でもありの稽古も頼みたい」

儂の目を見つめて一言ずつしっかり話した後、彼女はすっと頭を下げる。

「あ、なら私もー」

右の手のひらをひらひらさせたギザは、軽い物言いじゃな。それでも目は真面目《まじめ》なものじゃよ。

商人の爺《じじい》に頼むことではないと思うがの……

「今日はもう遅いから、明日の昼前でもいいなら――」

「ありがとうございます！」

儂が言い終わる前に顔を上げたリェンが、感謝を述べた。

「それじゃ、今日はお肉を食べて力を付けないとだね」

むふーと鼻息荒く言い放つルーチェが、これ以上ないくらいの笑顔になっとる。

ギザとリェンも一緒にとった夕飯は、ヌイソンバステーキじゃったよ。ナスティが腕によりをかけて、丁寧に焼き上げてくれたんじゃ。

二人はここで食事をするつもりはなかったらしく、ステーキに恐縮《きょうしゅく》しておったがの。儂らの夕食に呼ばれただけと思っていればいいんじゃよ。儂の言葉に安心した二人は、たらふく食べて帰っていった。片付けを終えて一服した後、ゆっくり身体を休める儂らじゃった。

《 18 真面目な稽古 》

軽めの朝食をとり終えた儂は、クリムとルージュを相手に身体を解しておる。二匹にしたら、じゃれて遊んでるだけかもしれんがのぅ。

「クリムたち、速くなったたね」

「うむ。無理な動きも見受けられん」

儂らを見ていたルーチェとロッツァが、そう話しておった。少しばかりそちらに気をやった瞬間、クリムとルージュは儂に抱《だ》きつく。前後をぴったり挟まれてしまっては、身動きできんわい。

「降参《こうさん》じゃ」

そう言うと、二匹はするりと儂から降りていく。着地と同時に跳び上がり、喜びを身体全体で表現しておった。

「よくできました～」

　手を叩いてクリムとルージュを褒めるナスティ。

「ん？　何かあったの？」

　我が家に着いて早々、ギザは首を傾げておった。茶色い皮革鎧を胸に着け、動きを阻害《そがい》しないように、全体的に軽めな装備になっておる。額当てには金属の板が貼り付けてあり、肘や膝、手首などに巻いてあるのは厚めの布かのぅ。腰の左右には短剣を提げておるな。尻の上に小さな鞄まで装備しておるし、こりゃ本気の身支度じゃろ。

「今、クリムとルージュがじいじに『参った』させたんだ」

「へー、ただの子熊じゃないと思ってたけど、すごいじゃない」

　鞄を肩から下ろし、ギザが準備運動を始める。しゃがんだ状態から跳び上がったり、バック転などもしておった。

「私のほうが遅かったか。待たせたようで申し訳ない」

　長い赤髪を結《ゆ》い上げ、頭の上で団子を作ったリェンが姿を見せる。暗めの青……群青色《ぐんじょういろ》に近い肌着の上に白銀《しろがね》の鎧を身に着けとる。ギザと違い、胴体を丸ごと隠しておるし、脛当《すねあ》てや篭手《こて》も鎧と同じ素材じゃから、かなりの重装備じゃな。兜《かぶと》は着けないのか、持って来てもおらん。リェンをよく見れば、額に宝石が輝いていた。あれはサークレットとか言ったかの？

肘や膝、肩を回して筋《すじ》を伸ばすリェン。携えた大剣とは別に持ち込んだ木剣《ぼっけん》で、素振りを始めた。ブンブンではなく、ヒュン、ヒュッと風切音《かざきりおん》が響いておる。金属でなくても大剣は重いと思うんじゃが、リェンの動きがぶれることはなかった。

十数分、ギザとリェンの準備運動を見ていたら、

「さて、そろそろお願いする。まずは私からでいいか？」

リェンがギザへ視線を送る。

「いいわよ。私はアサオさんの出方を見させてもらうから」

言いながら数歩下がり、ルーチェやナスティと共に並ぶギザ。

「では……お願いします！」

木剣を垂直《すいちょく》に構えたリェンが、予備動作なしで儂へ詰め寄る。瞬きする間に目の前まで迫ったリェンじゃが、剣先は微動《びどう》だにせん。迷いなく振り下ろされた木剣は、儂の数センチ横を通り過ぎる。半身で避けた儂は、エルダートレントの垂木《たるき》をリェンの首筋に当てた。

「やるわねー。初見《しょけん》じゃないの？」

儂の動きに、ギザがおどけて口笛を吹く。

まるで二の太刀《たち》要らずの示現流《じげんりゅう》……軌道が多少違えども、一刀で切り捨てるところは、儂の知る剛剣と変わらんようじゃ。

すっと立ち上がり、元の場所へ戻ったリェンは、

「もう一度お願いします！」

儂に駆け寄らず、その場で声を上げよった。

慎重《しんちょう》に間合《まあ》いを詰めるリェン。大剣の届く距離になると、縦横無尽《じゅうおうむじん》に儂へ切りかかってきた。儂は全てを垂木で受け流す。リェンの太刀筋《たちすじ》に逆《さか》らわず、力を逸らして逃がすだけじゃよ。

数分同じことを繰り返せば、リェンが儂から離れた。儂の手元の垂木は太さが半減し、小割りくらいになってしまっとる。

「……やり難《にく》い」

ぽそりと呟くリェンの頬は紅潮《こうちょう》し、汗でしっとり濡れておる。肩で息をしとるし……長期戦には慣れていないようじゃな。

今度は儂が間合いを詰め、リェンの眼前へ迫る。それに釣られたリェンは鋭く木剣を突き出しよった。儂はそれを最小限の動きで避け、リェンの両腕を搦め捕り、彼女と一緒に倒れ込む。されるがまま倒されたリェンは、儂に両肘を極《き》められ短い悲鳴を上げた。

瞬時に解いた上、《快癒《ヒールオール》》もかけたから大丈夫じゃろ。

「……リェンが何もできないなんて……アサオさん何者よ」

「本人は商人だって言い張ってるよ」

「絶対違いますよね～」

儂らの稽古を見て顔を強張らせるギザに、ルーチェとナスティがいつもの調子で答えておった。

「次はギザじゃが、どうする？　組手で構わんか？」

「とりあえず、経験しないとダメだよね。なんとか一撃は浴びせるから」

リェンと代わり、儂の相手になったギザは、間合いの取り方が絶妙じゃった。少しでも距離を取れば、何かしら飛んで来るし、近付けば上体を振って攻撃を躱《かわ》す。更に間合いを詰めて掴もうとすれば、飛び退《の》きよった。綺麗な型ではないが、実戦経験に裏打ちされた無駄のない動きじゃよ。

身の危険を最小限にするギザの動きは、とても勉強になったわい。ただ、投擲《とうてき》が正確すぎてのぅ。急所狙いで飛んで来るのでギザの正面に打ち返したら、咄嗟《とっさ》のことに対応できず動きを止めてしまったんじゃ。

「いや、叩き落とされたことはあるけど、返されたのは初めてよ」

ギザはしゃがみこんで笑っておる。そのまま仰向けに倒れていき、

「疲れたーーーー！」

大声を上げよった。

「じいちゃん、やっぱすごいな！」

先刻まで聞こえなかった声に儂が振り向くと、カナ＝ナとカナ＝ワが目を輝かせてこち

らを見ていた。ズッパズィートに、マルとカッサンテまで来ておるし……皆、暇《ひま》なのかのぅ。

物理攻撃のみの稽古が終わり、次は魔法もありの番じゃよ。とはいえ、攻撃魔法は使わんぞ。

「これ、じいじが魔法まで使ったら稽古にならないよ？」

「我もそう思う」

仰向けのギザと呼吸の乱れたリエンを、ルーチェが指さし、ロッツァも同意しておった。

「……何事も経験！」

膝に力を込めたリエンが立ち上がる。ギザは手を上げて振るだけじゃった。また先手を譲るって意味じゃろか？

「お願いします！」

「《束縛《バインド》》」

木剣を構えたリエンに無数の蔓《つる》を向けるが、どれも切り落とされてしまう。魔力を込めんでも切れるのか……追いはぎや盗賊と違い、しっかり修練《しゅうれん》した剣士は違うようじゃ。ただ、儂に近付くことはできんらしく、立ち止まって蔓の相手をしておる。

「《泥沼《スワンプ》》」

リエンの足元から儂までの砂浜を泥《どろ》に変え、

「《浮遊《フロート》》」

儂は宙に浮く。足元が不安定になったリェンは、蔓に対処し切れておらん。一本の蔓が右足へ巻き付くのを皮切《かわき》りに、それを切る間に今度は左足、また右足と徐々に絡みつく蔓が増えていく。十秒もすればリェンは縛り上げられておった。

「じいじの勝ちー」

ルーチェが万歳《ばんざい》しながら宣言してくれる。リェンは無言じゃ。

「いや、同時にいくつも魔法を使うって……」

リェンを見ていたギザは身体を起こし、呟くのみ。

「美味しくない魔物にはこれで十分なんじゃ。このまま放置すれば、儂らは逃げられるじゃろ？」

「近付いて刃物を刺せば、それだけで終わるぞ？　そっと口や鼻を塞《ふさ》ぐことも可能だな」

ロッツァがとどめを刺す手段まで付け足しておる。

「リエン、状態異常対策してないの？」

「している。が、この蔓は状態異常ではないから、意味がないのだ」

簀《す》巻《ま》き状態を解かれたリェンがギザに答える。やはり何かしら装備していたんじゃな。

「アサオさん、攻撃魔法は？　凄い使い手なんだから、上級も使えるんでしょ？」

「使えんよ。儂は初級魔法しか覚えておらん。その代わり補助、支援魔法は得意じゃな」

「それは見て分かったけど……上級、覚えないの？」

ギザは首を傾げ、儂を見上げておる。

「必要ないからのぅ」

顎髭をさすり、儂はギザに微笑む。ギザはいまいち納得できんような顔をしとるのぅ。

「見れば分かりますよ～」

「そうだな！」

ナスティとカナ＝ナが得意気な顔をしておった。カナ＝ワは無言で頷いておる。

「ルーチェちゃん、お願いします～」

「はーい」

儂の前にルーチェが元気良く飛び出す。そして波打ち際へ歩きながら、軽く身体を解し始めた。ルーチェなら全部避けられるか……万が一当たっても、《ごくつぶし》があるしのぅ。

「見本じゃな。いつものように《石弾《ストーンバレット》》を避ける稽古じゃ」

「どこからでも来ーい！」

「え？　ちょっ！」

何かを言いかけたギザが手を伸ばした時には、

「《石弾《ストーンバレット》》」

儂の放った無数の石つぶてが、ルーチェ目がけて飛んでいた。ルーチェは造作《ぞうさ》なく躱しとる。

「えぇぇぇぇぇぇ」

驚きの声を上げ、口をあんぐり開けたままギザが固まりよった。

ルーチェは砂浜を駆け回り、儂の魔法を全て避ける。時々跳んだり跳ねたり、ちょこまか動いて的《まと》を絞らせん。大きく跳び上がると隙《すき》が生まれるからのう。空中は勿論じゃが、着地の瞬間も危険じゃて。五分くらい《石弾《ストーンバレット》》を撃ち続けたら、

「そのくらいで～」

とナスティに止められた。この光景を見慣れている者は、全く動じておらん。初見のギザ、リエン、マル、カッサンテが、目を見開いておった。

「身体があったまったよ」

「ルーチェは、クリムとルージュの相手を頼む」

声を弾ませるルーチェに、儂は自分の背後でやる気を漲らせた二匹を指さす。

「はーい。それじゃやるよー」

ルーチェの返事を聞き終わる前に、クリムたちが飛び出した。ルージュはわざわざ儂を踏み台にして飛んでおる。下から迫るクリムと、上から降ってくるルージュ。時間と角度のズレがあるから、難なくルーチェは躱しよった。

「……うん。見なかったことにしよう。私は私。やれることをやるんだ」

ルーチェたちから目を逸らしたギザは、目をぎゅっと閉じてから自分に言い聞かせる。

自身を鼓舞し、ぴょんと跳び上がると、

「さ、やるわよ」

力の籠もった目で儂を見ておった。

先ほどと同じように、投擲主体の戦い方をするギザじゃが、今回は儂に有利じゃよ。

「《氷壁《アイスウォール》》」

投げられたナイフが氷に突き刺さる。ギザは着地と同時に走り、儂へ詰め寄るが、

「《炎柱《フレイムピラー》》」

それなら行く手を阻《はば》むだけじゃ。迂回《うかい》する先も《風柱《ウインドピラー》》と《石弾《ストーンバレット》》で塞ぎ、徐々に追いつめる。

前後左右を壁に囲まれたギザは、唯一の逃げ場の空中へ身を投げ出した。

「終わりじゃな。《岩壁《ストーンウォール》》」

ギザは目前に現れた壁を避けることができず、

「ふぎゃっ⁉」

妙な声を上げて鼻からぶつかりよった。そのまま砂浜に落ちていく。

「《浮遊《フロート》》」

想定外の激突《げきとつ》に体勢を戻せんギザを空に浮かべ、出していた壁を全て消す。

「展開が早すぎる……国に仕えることもできるのではないか？」

リェンが呟いとる。

「儂は気ままな商人じゃよ。どこへ行くのも自由でな。誰かに縛られることも、強制されることもないんじゃ。なので冒険者にもなっとらん」

「そんなものにならずとも魔物は狩れる。それに美味い食材は、自分たちで手に入れたいものだ」

「買う物は一部ですからね～」

ロッツァが言葉を足し、ナスティが頷いておった。

「自分の為、家族の為、何より美味しいごはんの為に……そんな動機で旅しとるんじゃ、儂らは」

儂が話すと、リェンとギザは笑いよる。手を叩き、大声を上げて、目に涙まで浮かべての。

「それじゃ、私たちももらおうかな。運動の後は、美味しいごはんでしょ？」

「今日はちゃんとお金もあります」

リェンが持つ小袋からは、硬貨がカチャリと鳴る音が聞こえておった。

儂が昼ごはんの支度を始めると、観客になっていたカナ＝ナたちも組手を開始しよる。

腹を空《す》かせて昼を食べる為なんじゃと。

腹を空《す》かせた子らの食事なら丼ものかのぅ。そういうわけで昼ごはんは、ヌイソンバのすき焼き丼となった。すき焼きをすると、豆腐《とうふ》が欲しくなるわい。豆腐に必要な苦汁《にがり》は……ん？　カタシオラで塩を作ってるようじゃから、あるかもしれん。となれば、塩を作る工房を探さんといかんな、こりゃ。

昼食後にリェン、ギザとひと通り稽古し終えたら、ルーチェたちが参加したいと言い出してな。希望者が一対一や一対多でやり始めたんじゃ。

儂は怪我人の手当てなどがあるかもしれんから、見学に回っとるよ。

それからは休みだというように、メイドさんが二人訪ねてきた。どうやら、個人的な料理修業をしたかったそうじゃ。その割には、皆がやってる稽古を気にしとるので、儂は参加を促してみた。自衛《じえい》と警護《けいご》ができるくらいの腕前は持ち合わせとるみたいじゃからの。普通の者相手ならば、そこそこいけるじゃろ。

のんびり腰掛けながら皆の稽古を見学していたら、左側頭部へこつんと軽い振動がきた。手で触れてみると何かが付いておる。ぷにぷにとした触感で、丸い感じじゃな。

「アサオさ～ん、それ離しましょ～」

ナスティがいつもの調子で話しておった。ということは、危険は……ないんじゃろ。頭に付いたそれを掴んで引っ張ると、きゅぽっと音がしよる。手のひらに収まったそれは、ハリセンボンやフグのような丸々とした姿の魚じゃ。分厚《ぶあつ》い唇が吸盤《きゅうばん》のようになっとる。

「バルファって言うんです～」

名前は分かったが、こりゃ何じゃろ？　鑑定してみたら、危険生物だと分かったわい。

「魔力を吸う空飛ぶ魚か。初めて見る魔物じゃよ」

「たくさんで集《たか》られると危険なんですよ～」

バルファは儂の手のひらで暴れとる。ふいに動きが止まったので様子を見ていたら、風船が破裂《はれつ》するように、小気味《こきみ》好《よ》い音を立てて弾けよった。

「限界を超えたんですね～。アサオさんの魔力が減ってませんか～？」

ナスティに言われてステータスを確認したが、ほんの少し減っただけじゃった。とはいえ、普通の魔法使いにとっては脅威《きょうい》なんじゃろう。現にカナ＝ナとカナ＝ワが嫌そうな顔をしとるしの。

「でも～、美味しいんです～」

ナスティは少し残念そうな表情を見せる。

「魔力が多い生き物ならなんでも良くて～、誰彼構わず吸うんです～。膨らんだら破裂する前に引き離して～、捌いて調理したら食べられるんですよ～」

「それなら捌けば良かったのぅ。残念じゃ」

「数匹の群れでいると思うんですけどね～」

周囲を見回すナスティに釣られ、儂も探すが見つからん。《索敵《レコナ》》にも反応が出ておらんな。いきなり頭に当たったことを含めて考えれば、見付け難いのかもしれんってことじゃが……

「アサオさんの背中にいますよ～」

ナスティに指さされた自分の背中を見れば、三匹バルファが貼り付いておった。既にかなり膨らんでおり、破裂寸前くらいになっとる。近付いたナスティがそやつらを叩き落とし、すかさず調理場へ運んでいく。

「《索敵《レコナ》》に反応せんとなると、魔物ではないのかのぅ……」

この辺りで一番魔力が大きいのは儂じゃから、バルファを引き寄せているんじゃろか？　カナ＝ナたちには目もくれず、儂を目指している気がするわい。

「《結界《バリア》》」

《結界《バリア》》を自分の周囲に展開させたら、三分で七匹のバルファに集《たか》られた。《結界《バリア》》の魔力も食べるらしく、その身を膨らませておる。

「いいですね～。アサオさん、少しそのままでいてください～」

にこにこ顔のナスティは、《結界《バリア》》からバルファを引っぺがしてその場で捌きよる。もう運ぶこともせんのか……

「こりゃ、儂が餌になっとるんじゃな」

その後、三十分ほど同じことを繰り返すと、やっとバルファが現れなくなる。ナスティが捌いた数は四十三匹になっとった。一部は捌くのが間に合わず、破裂しておったのぅ。

「ねぇ、カナ＝ワ。普通、バルファってこんなにいる？」

「……いないよ」

「だよね」

何度もバルファ退治を繰り返す儂とナスティを見ていたカナ＝ナたちが、首を傾げとる。

「そうなのか？」

「うん。群れたとしても数匹だもん。こんなにいるの初めて見た」

カナ＝ナが答え、カナ＝ワも頷いておった。

「誰かに操《あやつ》られたのかもしれませんね～」

バルファ捌きを終えたナスティが、満足そうな顔をしながら話す。

「何の為にじゃ？」

「それは～、アサオさんへの嫌がらせじゃないですか～？　他人の成功を妬《ねた》む人は多いですから～」

あっけらかんと宣《のたま》うナスティ。

「自分が努力するより、誰かを貶《おとし》めたほうが楽と考える……ってとこかの」

「だと思いますよ～。でもこっちは、美味しい食材をもらえただけですけどね～」

ナスティは満面の笑みじゃよ。儂としては、さしたる影響も、害も、労もなく食材を得られたと思えば……いいんかのぅ？

しかし、こんなことをするのは誰じゃろ？　直近でならベロベロバァじゃが、どこか遠いところに行ったあやつには無理じゃ。同業の商売敵ならたくさんおるが、皆ここまではせんしな。あとは盗賊か？　考えても分からんから、とりあえず注意だけはしておくか。

「じいちゃん、バルファはすぐ食べるのか？」

カナ＝ナが儂を見上げておる。カナ＝ワも似たような表情じゃが、期待の眼差しが強めじゃな。目の輝きがカナ＝ナより数段眩《まばゆ》いぞ。

「夜ごはんに皆で食べればいいじゃろ。調理はナスティに任せていいかの？」

「構いませんよ～。と言っても、塩焼きが一番ですけどね～」

儂とナスティの答えに、カナ＝ナとカナ＝ワが跳びはねて喜んでおった。

「バルファを食べると魔力がぐんと増えるんです～」

「魔カボチャと似たような感じじゃな」

「はい～。でも～、効果はそれ以上なんですよ～」

ふふふと笑うナスティが説明を続ける。

「実際は～、吸った魔力によって違うんですけどね～。なので～、アサオさんの魔力を吸ったバルファは～、ものすごいと思いますよ～」

……それでカナ＝ナたちのあの喜びようか。儂の魔力を間接的に得られるんじゃろか……。

気を取り直して、儂とナスティは晩ごはんの支度をする。皆は稽古を続けておったが、カナ＝ナとカナ＝ワのやる気は人一倍のもんじゃった。

デュカクやツーンピルカも訪ねてきたので、また今夜も大人数での食事になったわい。バルファの塩焼きを食べた皆は、魔力が身体の隅々《すみずみ》まで行き渡るのを感じたらしく、事情を知らん者は首を傾げとった。正体を話したら、銀貨や金貨を取り出していたが、普段の食事と変わらん値段で構わんと断ったよ。元手もかかっておらんからな。

《 19 見知らぬ土地 》

今日は久しぶりに一人で買い物じゃよ。店もなし、狩りもなしの完全休暇日でな。皆もそれぞれで好きなことをするようじゃし、朝からのんびり市場を巡っておるんじゃ。普段顔を出す店を通り過ぎ、何の気なしに角を曲がる。そんな感じで良さげな店を見つけては入り、買い物をしとるよ。

ちょいと覗いた酒場は、まだ昼過ぎくらいだというに、酔《よ》っ払《ぱら》いでごった返しておった。少しだけ酒をもらい、つまみのキノコ炒めを食べて店を出る。ほろ酔い気分にもならんが、まぁいいじゃろ。店を出てすぐ人影にぶつかりそうになった。

「おぉ、すまん。怪我はないかの？」

「うん。大丈夫だよ。はい、これ。おじいちゃん、落としたみたいだよ」

淡《あわ》い桃色髪を、目が隠れる辺りで切り揃えた小さな男の子が、儂に拳を差し出す。中から出てきたのは、真っ青《まさお》な手のひら大の石じゃった。

「儂の物じゃないぞ？」

儂が顔を上げると、目の前にいたはずの男の子はおらん。そして儂がおるのも、酒場の前ではなく、一軒の廃屋《はいおく》の前じゃ。長い年月、風雨に曝《さら》されたんじゃろな、石材も木材もほとんどが朽《く》ちておる。

「ふむ……こりゃ、化かされたか？　いや、嵌められたのかもしれん」

手の中にある石はくすんだ白に変わり、ぼろぼろと崩れていきおった。思えば、そもそもあの子の手に対して、石の大きさがおかしかったのぅ。

「場所を確認せんと、戻ることもできんか」

儂はひとりごちながら、マップで現在地を調べる。今おるのが、海を見下ろすこの小高い丘じゃろ……

「近くに街は……これじゃな。ペシルス、テンテ？　聞き覚えのない名前じゃ。他に目ぼしい街も見当たらんし、とりあえず向かうかのぅ」

念の為、自分へ補助魔法を満載《まんさい》にかけてから街へ歩き出す。丘を下り、街道らしきものを進むこと一時間。時折出てくる魔物も見たことないものじゃった。《鑑定《エヴァルア》》で確認しても知らん名じゃよ。美味しいと出た魔物だけはしっかり狩って【無限収納《インベントリ》】に仕舞う。それ以外の魔物は……ルーチェへの土産かの。一応仕舞っておくか。

群れで襲ってきた鳥を退治し、更に三十分くらい歩いたら街へ入ることができた。街では非常に薄着の男女が歩いておった。健康的な小麦色をした肌に、濃い茶の髪色。カタシオラ辺りとは全く違った人種じゃな。

ただ、言葉は問題なく通じとる。白……黄色い肌の儂が珍しいのか、目ざとい商人に声をかけられてのぅ。いろいろ話して、小間物《こまもの》や特産品を買ってしまったわい。

会話の後、市場と港を巡っていろいろ仕入れる。香辛料や乾物《かんぶつ》、肉に魚と目新しい物が多くてな。買ったそばから鞄に仕舞い、手は常に空《あ》けておる。支払いの為に【無限収納《インベントリ》】から取り出した金貨や銀貨は、普段見慣れたものから変わっていたが、イスリールの仕業《しわざ》かのぅ。いや、そういった仕様なのかもしれんな。両替や換金の手間が省《はぶ》けて便利なもんじゃ。

適当に一時間ほど歩き回り、神殿らしき建物に顔を出す。イスリールたちの他に二人、見知らぬ顔があった。いつものように祈ると周囲が白に包まれ、再び景色が戻ればカタシオラの神殿じゃった。

「いつもすみません」

「いやいや、こっちも便利に使わせてもらってるからのぅ。その代金じゃし、気にせんでくれ」

かりんとうとポテチを大皿一枚ずつ渡したら、感謝されてしまってな。背後におった神官さんたちも一斉に頭を下げておったが、これでは足りんな。追加できんつばを三十個渡しておいた。

神殿から家に帰る頃には、日が傾いておったよ。思わぬ旅をして帰宅した儂を待っていたのは、クーハクートじゃった。予定外の稽古で世話になったメイドの礼を言いに来たんじゃと。そのついでに、ここで晩ごはんを食べていくそうじゃ。ならば昼間のことを少し聞いてみるかのぅ。

「ペシルステンテ？　船旅で最低三か月かかる場所だぞ。急にどうしたのだ？」

「いや、今日行って来たんじゃよ」

「は？」

聞き返してきたクーハクートの前へ、【無限収納《インベントリ》】から取り出した魔物を並べる。角の生えた馬、羽根の付いた猿、群れで襲ってきた鳥たち……

「どれもペシルステンテ近辺に生息する魔物ですね。書物で見たことがあります」

付き添いで来ていたメイドのトビーが、魔物を見てクーハクートへ報告しとる。

「じいじ、これどこにいたの？」

巨大なラビと小振りな熊を一頭ずつ取り出している時に、ルーチェに見つかったわい。

初見の魔物に興味津々《しんしん》じゃよ。

「ここから遠く離れた場所みたいじゃ」

「みたい？」

小首を傾げるルーチェに儂は答える。

「昼過ぎに真っ青な石を掴まされたら、知らん場所にいてな。で、神殿を経由して帰って来たんじゃよ。その途中で襲ってきたのがこやつらなんじゃ」

「へー」

「帰って来られる場所で良かったわい」

「『へー』でも、『良かったわい』でもないですよ～。転移石で見知らぬ土地に飛ばすなんて～、殺意と悪意しかありませ～ん」

気にも留《と》めない儂とルーチェに、ナスティがお怒りじゃ。

「真っ青な石は転移の魔法を込めた魔石です～。ダンジョンなどで罠に使われるんですよ～」

人さし指と親指で丸を作り、儂に見せるナスティ。たぶんあれが見本の大きさなんじゃろな。

「儂が持った石は手のひら大じゃ。それも白く変わって崩れ、砂のようになって飛んで行ってしまったがのぅ」

儂の手元には証拠《しょうこ》が何も残っておらん。海の向こうに行ったことは、たくさんの魔物で証明できとるんじゃが……

「じいじ、どれが美味しいの？」

「その鳥が《鑑定《エヴァルア》》のオススメじゃな」

「ルーチェちゃ～ん、アサオさ～ん？」

懲《こ》りない儂らは、また叱《しか》られる。無事に帰れたから小言で済んでるんじゃが、その怒り方は婆さんを思い出させて儂の肝《きも》を冷やしとるよ。ナスティに名前を呼ばれたルーチェも、『気を付け』の姿勢に身を正しとるし。

「バルファくらいならいいですけど～、これは『珍しい』で済ませて良い案件じゃありませんよ～」

「そうだぞ」

儂の出した魔物の検分をメイドさんに任せたクーハクートが、ナスティの言葉に頷いておった。

「ペシルステンテへ飛ばされたのは事実なのだろう。誰にやられたのだ？」

「目を隠すように淡い桃色髪を切り揃えた子じゃったよ。あの子自身がやらかしたのか、誰かに頼まれたのかも儂には分からん」

大まかな背格好を、身振り手振りで二人に伝える。

「子供で桃色髪？　私の知る範囲では、この街にはいないぞ。いや、桃色髪自体を知らん」

眉間に皺を寄せるクーハクート。隣に立つナスティは目を細め、何かを考えておるようじゃった。

「昔はいましたよ～。私が～、ヴァンに移る頃には見かけなかったですけどね～」

となると、クーハクートに見付からんように住んでいたか、また戻って来たんじゃろ。

いや、髪色だけなら、脱色と染色で変えることが可能じゃな。

「本当に子供なのかも疑わしい」

「あ～、長命な種族ならありえますか～」

「うむ」

更に険しい顔になるクーハクートは、ナスティと話し続けとる。

「桃色髪と併せて、少し調べてみよう」

「一つ聞いていいかの？」

儂らのそばから離れようとしたクーハクートを引き留め、儂は疑問を聞いてみる。

「髪色を変える魔法などはありゃせんか？　儂の住んでた辺りでは、薬を使ってやれてたんじゃが」

「私は知らんな……アサオ殿は、髪色の偽装《ぎそう》を疑っているのか？」

クーハクートが右の眉をぴくりと動かした。

「その可能性もあるかと思ってな。手段を選ばんような輩なら、罪をなすりつけるくらいやりそうじゃろ？　真っ当に暮らしとる種族じゃったら、疑われるのは甚《はなは》だ迷惑なことじゃて」

「分かった。その線も考慮しよう。とりあえず私はツーンピルカとデュカクに伝えるぞ。怪《あや》しい人物を見つけるには、あっちの組織の協力も必要だからな」

こくりと頷いたクーハクートが、儂らの前から立ち去る。残されたナスティは、儂とルーチェに向き直った。叱ってる最中ということを忘れてはくれんかったようじゃ。

「じいじを狙った悪者がいるの？」

「そうですよ～。なので、危険な目に遭《あ》ったと認識してください～」

儂とナスティを交互に見るルーチェ。そこへギザが現れる。

「なになに？　何かあったの？」

「アサオさんに～、罠の危険性を教えていたんですよ～」

興味深そうに首を突っ込むギザに、ナスティが答えよる。

「罠は怖い。爆発、毒矢、落石、落とし穴、あとは転移かな。どれも危ないんだけどね」

指折り数えるギザの言葉には、実感が籠もっておった。この娘が主に職場としとるのはダンジョンじゃからな。その手の罠は多いはずじゃ。儂が経験したダンジョンでも、転移罠以外は似たようなものがたくさんあったからのぅ。

ナスティが街中で儂が飛ばされた事実を伝えんのは、ギザが巻き添えで被害に遭っても可哀そうじゃからか？　確かに万が一があっては困るしの。

「転移罠は目の前に魔物がいるなんてこともあるし、何もない場所に飛ばされることもあるから。床も壁もないなんてこともあるらしいわよ」

「それは落ちるのか？」

「伝え聞いただけなんだけどね。落ちてるのか、立ってるのかも分からなかったってさ。結局、蜘蛛《くも》の糸で浮かされてたのが本当のところだったらしいけど」

ギザは自分の肩を抱え、身震い一つ。

「蜘蛛はダメ……それに捕まってるなんてもう無理よ」

想像しただけで目を閉じ、顔を背けておった。

「糸に捕らえられていたら、あとは食べられるだけじゃろうからな。そりゃ、嫌じゃろ」

「違うの。見た目がダメなの。あれ、何？　おかしいでしょ」

今度は怒り顔になり、捲し立てる。

「しかも死角から寄ってくるし、毒、麻痺《まひ》、糸で動けなくするのよ？　本当に嫌い」

「うんうん。毒とか麻痺は嫌だね」

ルーチェが相槌《あいづち》を打てば、ギザはがしっとルーチェの肩付近を掴み、激《はげ》しく揺さぶっておった。ルーチェがぷるぷる揺れておる。若干スライムに戻りかけとるが、大丈夫なんじゃろか。

「ルーチェちゃんも分かってくれるんだね！　リエンは『そんなもの、攻撃が当たらなければ、問題なかろう』とか言うのよ！　確かに当たらないようにしてるさ！　でもね、あの姿を見ると震えるの！　心底嫌なの！」

揺らされるがままのルーチェ。

その後、正気《しょうき》に戻ったギザは平謝《ひらあやま》りじゃったよ。ルーチェが許しとるし、儂も気にせん。それにギザの力でルーチェに傷を付けるのは無理なことじゃて。

ギザが家に来たのは、夕ごはんを一緒にとる為じゃった。ダンジョンの話を儂としたかったんじゃと。この先いつか行くかもしれん、木材ダンジョンのことを知りたいそうじゃ。

儂の知ることを教え、ギザの知るダンジョンの名前や特徴を交換で教えてもらう。儂らが行くかは分からんが、知っているのと知らないのとでは雲泥《うんでい》の差があるからの。

リエンも出先から我が家へ寄り、賑《にぎ》やかな夕ごはんじゃった。何でも、明日一緒に行ってほしいところがあるそうじゃよ。ルーチェたちを見れば、

「お店は任せて！　じいじがいなくても大丈夫だから！　でも、じいじはクリムかルージュを連れて行くこと！」

高らかに宣言されてしまったわい。いなくてもいいと言われるのは少し寂しいんじゃがな……あとクリムたちは、儂の護衛なんじゃろか？　気を遣《つか》わせてしまったのぅ。とりあえず明日の店は皆に任せ、リェンに同行することになったが、どこに連れて行かれるのやら。

《 20　騎士と冒険者 》

朝ごはんを終え、店で出す料理の仕込みを済ませたら、儂はリェンを待つのみじゃ。煮込み料理は昨晩からやっとるし、肉や魚の漬けこみも万端整っているからな。あとは奥さん方やルルナルーたちで十分こなせる。なので心配しとらんよ。

「いってらっしゃーい」

ルーチェが焼き場に火を入れながら、儂を見送ってくれた。ロッツァやナスティも顔を向けてくれておる。

無言で手を振り、頷くクリムとルージュを観察していたら、どちらが儂と行くのか決まったらしい。どうやらどちらかではなく、二匹ともついてくるみたいじゃよ。儂を二匹で挟んでおるからの。

少しだけ待てば、リェンとギザが現れた。二人に道案内を任せ、儂はクリムたちと一緒に追いかけるだけじゃ。何度も通った道を歩き、着いた先は冒険者ギルドじゃった。

そのまま中に入り、目指す先は訓練場。行きがてらリェンに話を聞けば、どうやら冒険者たちが儂との手合《てあわ》せを希望しておるんじゃと。それで、最近稽古をした二人をズルいと言っておるらしくてな。どうせなら皆でやろうとなり、儂を連れてきたみたいじゃよ。

「デュカクかズッパズィートに頼めばいいじゃろ」

訓練場の扉を開けると、黒山の人だかりが現れよった。

「ギルマスや管理官に頼める伝手《つて》がない！」

胸を張って儂に答えたのは、黒と橙色《だいだいいろ》の斑《まだら》模様な頭をした冒険者の女じゃ。儂より頭一つ大きく、短い髪を後ろに流しておるから、一瞬『男か？』と思ったんじゃがな……こっそりギザが教えてくれたので、失礼なことを聞かんで済んだわい。女性らしい特徴が、一つも見つけられんかったがの。

「あんたの店にもまだ行ってないんだ。それなのに手合せだけ頼むのもなんだろ？」

にやりと笑い、女冒険者は腕を組む。

「アタシが迷ってたら、二人は先に一戦交えたって言うしさ。アタシだってやりたいさね！」

両腕を広げ、握っていた拳も大きく開く。節《ふし》くれだった指、開いた手のひらにも細かな傷が多数見受けられる。ついでにタコもできとるのぅ。そして拳を握り、儂に見せつけるように突き出した。

「やらないか？」

女の後ろに立つ多数の冒険者も頷いておる。男も女も見るからに一癖《くせ》、二癖ありそうじゃよ。各々が持つ得物も様々じゃし……正直《しょうじき》面倒じゃ。

「儂は冒険者じゃないから遠慮《えんりょ》したいんじゃが、そうもいかないんじゃろ？　クリムとルージュを含めた、儂らアサオ一家対冒険者たちでやるのはどうじゃ？」

「アタシはサシでやりたい。お前たちは――」

「やれるなら何でもいいさ！」

言いながら後ろを振り返った女冒険者の言葉は、有象無象《うぞうむぞう》の冒険者に遮られておったよ。

「デュカクかズッパズィートは……来たんじゃな」

儂が入ってきた扉に振り向けば、その二人が立っておる。カナ＝ナとカナ＝ワもちゃっかりおるぞ。儂に手を振るくらいじゃから、完全に見物客なんじゃな。

「死人も怪我人も出してはダメじゃからな。手加減してやるんじゃぞ」

両隣で待つクリムとルージュに儂は言い聞かす。二匹はこくりと頷いてくれた。

「では、始め！」

「うらぁぁぁぁぁぁぁ‼」

奇声を上げながら男が儂へ飛びかかる。両手にナイフを携えたまま、女冒険者を飛び越えてきとるから、かなりの跳躍力《ちょうやくりょく》じゃ。儂の右半身を駆け上がり、肩から飛んだルージュがそれを迎撃《げいげき》する。

ただナイフを躱して体当たりしただけじゃったが、男は吹っ飛びよった。そのまま控えていた十人くらいをなぎ倒しておる。二匹とも儂の言葉を守って、爪も牙も使うつもりはないんじゃな。

儂がルージュを見ていたら、左から矢が迫っておった。魔法を唱えるより早く、クリムが跳んで撃ち落としてくれたわい。クリムは着地と同時に弓使いの足元を窪《くぼ》ませる。体勢を崩した弓使いが、隣の魔法使いと一緒に倒れよった。《穴掘《ディグ》》で牽制《けんせい》するとはのぅ……

ルージュが吹き飛ばした男と、クリムの作った穴の範囲に入っていなかった魔法使いが詠唱《えいしょう》しとるが、

「クリムたちに恰好良い姿を見せんとな、《沈黙《サイレス》》」

彼らは詠唱が終わる寸前で儂の魔法にかかりよった。

「ふむ。抵抗できるようなものは何も持っておらんのか。なら、《泥沼《スワンプ》》、《麻痺《パラライズ》》」

足を止めた冒険者の真下を麻痺沼に変えれば、皆ばたばたと倒れていく。なんとか沼から逃れられたのは、たったの四人じゃった。その四人も恐怖で顔を引き攣らせておるし、まともに戦えんじゃろ。

「《束縛《バインド》》」

　蔓を切って逃れられたのは一人だけ。残る三人は捕縛《ほばく》された。逃れた一人は儂を見ながら距離を取り、反撃の機会を窺っているようじゃが、甘いのぅ。儂の近くに二匹がおらんことに気付かんとは。

「終わりだな」

　女冒険者が口を開く。最後の一人がクリムとルージュに抱きつかれておった。もふもふの毛皮に挟まれ、締《し》まりのない顔を見せておる。

「あれだけの数を、ほんの一瞬かい。ヌイソンバを持ち帰るくらいの腕は持ち合わせてたんだけどねぇ」

「《治療《パナシア》》、《治癒《エイド》》」

　沼を元に戻し、倒れた冒険者たちを儂が治す。その間、女冒険者は儂から目を離さんかった。

「どれ、アタシもお願いしようか！」

　腰に提げていた二本の金槌《かなづち》を両手に持ち、女冒険者は儂の前に立つ。

　片面が尖《とが》っておるから、道具ではなく武器……ウォーハンマーなんて名前じゃなかったかのぅ。重く、大きい得物にしとらんのは、隙の生まれ易《やす》い大きな一撃を狙うより、取り回し易いようにってことなんじゃろうな。

いや、あの体躯から繰り出されるハンマーなら一撃必殺もあるか……ただ立っとるだけなのに、リェンより隙が見つからん。相当な場数を踏んどるのが分かるわい。さて、どうするか……

睨み合ったまま、儂も女冒険者も動かん。痺《しび》れを切らしたのは、観客のカナ＝ナじゃった。

「じいちゃんなら楽勝だろ？　なんでやらないのだ？」

「嬲《なぶ》る趣味《しゅみ》がないからでしょう」

カナ＝ナの疑問に答えたのは、ズッパズィートじゃ。

「違うぞ。隙が見つからんのじゃよ」

思わず答えた儂を見逃すはずもなく、女冒険者は一息で距離を詰める。儂を挟まんと両手の金槌を振るう。既《すんで》のところで身体を翻《ひるがえ》した儂の目前を、女の右腕が通り過ぎた。

女は攻撃を躱した儂を追いかける。左の金槌を突き出され、咄嗟に身体を捻った儂を、右の金槌で再び薙《な》ぐ。しゃがんで避けると、今度は膝が迫り来る。

「《岩壁《ストーンウォール》》」

眼前に出した壁を蹴《け》り、儂は大きく飛び退いた。距離を開けた儂を目で追う女は、岩壁にめりこませた膝を引き、汚れを払っておった。ほんの数秒のやり取りじゃったが、一方的にやられてしまったのぅ。

「動けるねぇ。見た目を誤魔化《ごまか》してるのかい？」

「いや、見た通りの爺じゃ。ちょっとばかし身軽なだけじゃよ」

　顔の前で手を振り苦笑する儂じゃが、

「違うだろ……メリーナ姐《ねえ》さんの攻撃は躱せねぇよ……」

　今の攻防を見ていた冒険者に否定されてしまう。周りにいる他の冒険者も頷いておった。

「ハンマーだけだってキツイんだぜ。そこに膝で追撃って……姐さん本気だろ」

「アタシは足癖も手癖も悪くてね」

　獰猛《どうもう》な肉食獣の顔をしたメリーナが、悪びれもせず話しよる。儂から目を離さず、自分の背後にいる男どもを見ることもせん。無防備な姿を見せてくれるような甘い相手なら、仕掛けるのも楽なんじゃが……

「生き残る為に手段を選ばんのは大事じゃろ。使えるものは何でも使わんと」

　儂に肯定《こうてい》されると思わなかったのか、一瞬メリーナの表情が和《やわ》らぐ。しかし、すぐに戻りよった。

「さて、次はアンタの番さね」

　金槌で儂を指し、かかって来いとばかりにクイクイ振っておる。

「《加速《クイック》》、《結界《バリア》》」

　ほんの少しでも間を外せればと思い、儂は自分を強化してから歩き出す。

「《束縛《バインド》》」

無数の蔓がメリーナに迫っても、全て躱されてしまう。避けながら儂に近付く彼女へ、

「《岩壁《ストーンウォール》》」

岩壁を突き上げるが、見切られてしまった。

「《岩壁《ストーンウォール》》、《岩壁《ストーンウォール》》、《岩壁《ストーンウォール》》、《岩壁《ストーンウォール》》」

前後左右を岩壁で囲み、仕上げの一枚を上から降らせば、以前ダンジョンでノームを仕留めた棺《ひつぎ》と一緒じゃ。今回は棘《とげ》なしじゃがな。

「ふん！」

気合の一声で一枚の岩壁に穴が開く。その後、岩壁が乱打されて砕け散り、中から出てきたメリーナは、にやりと不敵に笑っておった。

「甘いよ！」

土煙《つちけむり》を上げて儂に迫ると、メリーナは右手を振り上げ、砂礫《されき》を撒き散らす。砕いた岩壁を乗り越える時に掴んだものまで有効利用とは……天晴《あっぱれ》じゃよ。

「《結界《バリア》》」

砂礫で正面が見えん。直後に聞こえたのは、《結界《バリア》》を叩く激しい音じゃった。正面から来ると思い込んでいたんじゃが、打撃は儂の左側面から来ておる。

「粉……砕ッ!!」

　メリーナが声を発し、《結界《バリア》》を滅多《めった》打《う》ちし始めとる。鳴り響く音は盛大でも、儂の《結界《バリア》》はびくともせん。ただ、メリーナの目が赤く光り出すと、更に腕の振りが速くなる。一種の興奮状態になっとるらしく、その目は儂を見ておらんかった。

「《穴掘《ディグ》》」

　砂埃《すなぼこり》と轟音《ごうおん》に紛《まぎ》れ、儂は地面を掘《ほ》り、こっそり姿を隠す。このまま脱出できるといいんじゃが……地中を掘り進み顔を出したら、そこは人垣の後ろじゃった。儂がいなくなった後も《結界《バリア》》は、未だにけたたましい音を立てて殴《なぐ》られておるわい。それより気になったのは、一心不乱《いっしんふらん》に《結界《バリア》》を攻撃するメリーナじゃ。その身体を五割増しくらいに大きくしておるぞ。

「ありゃ、なんじゃ？」

「姐さんの必殺技だよ！　……えっ？」

　こちらの質問に答えてくれた冒険者は、儂と目が合うと動きを止めた。

「えっ？　あれ？　えっ？」

　儂と《結界《バリア》》を見比べておるが、理解が追い付かんらしい。

「《浄水《ウォータ》》」

　儂はメリーナの頭上に大きな水球を出現させ、冷や水を浴びせる。ただ単に水をかけただけなんじゃが、メリーナの周りには湯気が立ち込めとるよ。焼けた鉄に水をぶっかけたような、もうもうとした白い蒸気になっておる。

全身びしょ濡れになったメリーナは、次第に動きを緩め、それに伴い身体も小さくしていく。

「まるで《濃霧《フォッグ》》を使ったみたいになっとるのぅ」

呟く儂に振り返ったメリーナは、水を滴らせながらも爽《さわ》やかな表情をしておった。赤かった瞳も元に戻っておる。

「さっぱりしたよ」

豪快に笑いながら、

「こんな止め方されたの、初めてさね！」

晴れやかな顔を見せるのじゃった。

手合せを終えた儂は、そのまま訓練場で料理を振る舞うことになった。なんだかんだと昼の時間になってしまってな。冒険者たちが、

「顔見知りになれたから、気兼《きが》ねなく店に行ける！」

と声高《こわだか》に言いよったんじゃよ。この大人数が一遍《いっぺん》に店へ押し寄せたら、てんやわんやになってしまうわい。目つきや柄《がら》が悪いのは別にいいんじゃがな……食べる量も声量もある子らばかりでは問題じゃろ？　だもんで、訓練場で儂が料理しとるんじゃ。

クリムとルージュが、二匹がかりで魚の焼け具合を見てくれておる。カナ＝ナとカナ＝

ワも料理修業の成果を披露《ひろう》しとった。

腹に溜まり、食べ応えも感じられる料理として儂が作ったのは、カツ丼じゃ。米を苦手とする者もおるかもしれんから、そちらにはカツサンドを渡す予定でな。

皆が食べている間に儂はデュカクへ忠告しておかんとな。

「今度からは先に言うんじゃぞ。ちゃんと言えば都合をつけんこともないからの」

「分かりました！　この度《たび》はありがとうございました！」

米粒を頬に付け、締まらん顔をしとるが、精一杯《せいいっぱい》頭を下げとるし、今回はこれだけで良いじゃろ。

「カナ＝ナたちの指導に、リエン、ギザとの稽古……先に受けたのは儂じゃがな。しかし本業は商人じゃ。そこを忘れるでないぞ？」

「はい！　今度からは、私が直接お話しします！」

顔を上げたデュカクは、笑顔じゃった。早速次回以降のことを口にする図太《ずぶと》さを見せておるよ。

「お前さんたちも、無理に稽古へ誘うのはやめとくれ。店に来てくれれば客じゃから、そっちは止めん。冒険者も商人も八百屋も、誰だって店の中では同じ客じゃからな」

「おぉぉぉぉぉ――」

「アチッ！」

カツ丼やカツサンドを頬張り、儂とデュカクを見ていた者らが声を上げる。一部は焼き魚を一心不乱に食べておるがの。思わず顔を上げた者は、カナ姉妹の作った汁物をこぼしておったわい。

「ただし！　他の客や店員と問題を起こしたらつまみ出すぞ？　食事は楽しく美味しくじゃ」

儂の実力を目《ま》の当たりにしたからか、皆は素直に頷いてくれておった。

「で、今日のはいくらなんだい？」

メリーナに言われるまで値段を言い忘れていたのぅ。それなのに誰一人断らず食しておる。これで吹っかけられたらどうするつもりだったんじゃろか？

「一人500リルでいいじゃろ」

「おぉぉぉぉぉ!!　安い!!」

儂の提案は、拍手《はくしゅ》と歓声で受け入れられた。

「お、そうじゃ。デュカクの知り合いに塩を作ってるところはないか？」

「塩ですか？　ありますよ？」

デュカクは顔をきょとんとさせ、瞬きを二回した後メリーナを見る。

「アタシの旦那が作ってるよ」

彼女は自分を親指で指して言った。

「そうかそうか。思わぬところで繋がりが出来たのぅ。塩自体も欲しいんじゃが、煮詰めた液体があるじゃろ？　あれを譲ってもらえんか？」

「捨ててるから大丈夫だと思うよ。これから帰るけど、一緒に来るかい？」

「それじゃ、この後メリーナについて行こう。あ、自己紹介しとらんかったな。儂は商人のアサオじゃ。こっちの子熊はクリムとルージュ。可愛い家族じゃよ」

魚を焼き終えた二匹が、儂の前後を挟みよる。クリムとルージュからは美味しそうな匂いがしとった。赤い毛に匂いが染みついてしまったんじゃな。

二匹を《浄水《ウォータ》》で濡らしてから《清浄《クリーン》》で綺麗にする。その後、《乾燥《シーズン》》を弱めにかけて乾かせば、いつもの二匹に元通りじゃ。

「大暴れした子熊とは思えない甘えっぷりだ」

再度儂に抱きついた二匹を見たメリーナは、大声で笑っておる。

「そっちの魔法使いは『死角』だね？」

メリーナが笑いながら儂の後ろを見ておる。顔を向けると、いつの間にかカナ＝ナたちがおった。クリムたちが終わっとるんじゃから、二人も汁物を配り終えてたっておかしくないんじゃがな。なんで儂の背後に立っておるんじゃ？　儂が身体ごと振り返れば、

「じいちゃん、また私にも教えてくれな！」

「……お願いします」

にかっと笑い胸を張るカナ＝ナに、ペコリと頭を下げるカナ＝ワ。儂は腰を曲げて目線を合わす。

「また店に来ればな。今度は炒め物あたりかのぅ」

「料理だけじゃなく、魔法も！　あと戦術？　も！」

「……です」

拳を握り、ぶんぶん振る二人は、全く同じ動きをしとるわい。

「ギルドで一目置かれてる『死角』の師匠が商人かい。いやぁ、世の中分からないもんだね」

また大笑いし出すメリーナ。カナ＝ナはよく分からないまま一緒になって笑っておった。カナ＝ワは一切気にしておらんようじゃ。儂を見てからクリムとルージュを撫でておる。

「あぁ、忘れてた。こいつらの食事代はアタシが出すよ。ついでに迷惑料も込みでね」

メリーナから金貨を三枚手渡された。それを見て冒険者たちは立ち上がる。

「「「姐さん、あざーっす！　アサオさん、美味かったです！」」」

男も女も関係なく、揃って頭を下げておった。

訓練場を出た儂らは、塩作りをしとるメリーナの旦那のところへ向かう。軽く教えられた場所は、儂の家から通商港を挟んだ反対側にあり、ほとんど足を踏み入れておらん区域じゃった。

雑談しながら歩く儂らを、すれ違う者が二度見しておる。儂の左足にクリムがしがみ付き、ルージュは肩車じゃからのぅ。それに前の祭りで、儂の顔を知られたのも関係しとるかもしれん。高笑いしながら、儂の背をばんばん叩くメリーナにも驚いているようじゃ。

「メリーナちゃん、そんなに叩いたら痛いでしょ」

途中で出会った儂より背の低い女性がメリーナに注意しておった。

「おばちゃん、アタシはもう『ちゃん』で呼ばれるような年齢じゃないよ。やめとくれ」

「何言ってるの。どんなに大きくなっても、メリーナちゃんはメリーナちゃんでしょ」

吹けば飛び、メリーナに叩かれたら折れてしまいそうな老婆じゃったが、一切引いておらん。逆にメリーナが押されとるようじゃよ。まぁ、小さい頃を知られとると、どんなに強がっても勝てんからの。それはこっちでも変わらんか。

「もう、勘弁してよ」

メリーナが頭を下げて、儂らは足早に通り過ぎる。若干の照れを見せておるよ。それでも、本気で嫌がった素振りはないから、いつものことなんじゃろ。

「アタシも旦那もここで育ったからね。おばちゃんやおっちゃんには頭が上がらないよ」

言いながら、今度は魚屋の親父さんに話しかけられとった。軒先に並ぶ魚は、あまり見慣れない大ぶりなものが多いぞ。帰りにでも寄ってみようかの。

そこから三度角を曲がれば、目の前に浜辺が広がる。掘《ほ》っ立《た》て小屋が一つと、石造りの家屋が一軒あった。煙突《えんとつ》から白い煙が立ち上る小屋には、『塩屋』と書かれた看板が立てかけてあるだけじゃ。飾《かざ》り気《け》のない実用一辺倒なものじゃが、儂好みじゃよ。

「旦那は小屋にいるからそっちに行くよ」

小屋に入ると誰もおらんかった。人の気配はするから、近くにいると思うんじゃが……

「帰ったよ。客も連れてきたさね」

メリーナの声に反応があったのは、小屋の奥じゃ。

「煮詰めてるよー」

少し高めの幼い声が聞こえる。メリーナに促されて更に奥へ踏み入ると、大窯《おおがま》がぼこりと音を立てていた。その前に立つのは、ルーチェより頭一つ分高いくらいの少年じゃった。

「おかえりー」

彼はメリーナに声をかけてから、儂らを見てにへらと笑い、軽く手を振ってくれた。すぐに大窯へ視線を戻し、小さな体躯で木べらを動かし続ける。底から塩を持ち上げ、中央へ盛り、また底へ木べらを差し込む。全身を使い、飛び跳ねながら器用にこなしとるよ。

「旦那のトトリトーナ。あれで大人なんだよ」

「ですよー。えへん」

ぴょこぴょこ跳ぶトトリトーナは、胸を張っておった。それでも手は止めておらん。メリーナが壁に掛けてあった木べらを持ち、トトリトーナの対面で大窯をさらい出す。

「出来立ての塩を味わう機会なんてそうそうないだろ？　少し待ってな」

二人で大窯の相手を始めてしまったので、儂らは見学するのみじゃよ。元より手伝えるとは思っとらんがの。

目の前で繰り広げられる夫婦の共演は楽しいものじゃった。息の合った二人の仕事に、クリムたちは夢中でな。しっかり見たいからか、儂の腕に一匹ずつしがみつき、鼻息を荒くしておるわい。

三十分ほどで、中央に盛られた塩が柄杓《ひしゃく》で掬われ、ザルに揚がった。粒の大きさ、見た目、味を確認したトトリトーナは、目を細めて頬を緩める。

「満足みたいだね」

「良い塩になったよー」

トトリトーナの言葉を受けて、メリーナは儂へ塩を柄杓で差し出した。まだ温かい出来立ての塩は初体験じゃな。

儂はそれを一つまみして、手のひらに広げる。目視《もくし》で確認できるほど大粒な結晶《けっしょう》が、きらきら輝いておった。口に含むと塩味の他に甘さも感じる。雑味《ざつみ》はない。優しく、それでいて力強い塩になっておる。これだけで酒を飲めるくらいの塩じゃった。

「美味いのぅ……これは是非とも仕入れたいもんじゃ」

「いいですよー」

「条件なしで許可するなんて、珍しいこともあるもんだ。どうしたんだい？」

にへらと笑うトトリトーナに、驚くメリーナ。

「メリちゃんが連れてきたし、この顔を見ればねー」

笑顔を崩さずのんびり話す。メリちゃん呼びされたメリーナは、老婆に声をかけられた時以上に照れておった。

「どーしたの？　あ、お客さんがいる時はメリちゃんって言っちゃダメだったっけー。ごめんねー」

耳まで真っ赤に染め上げたメリーナが固まっておる。トトリトーナは一向に気にしておらん。

「そうじゃそうじゃ。大窯に残った汁を欲しいんじゃが、いくらじゃろ？」

「残り汁ー？　塩のおまけであげますよー」

残り汁――苦汁《にがり》は豆腐作りに必須《ひっす》なんじゃよ。

トトリトーナが柄杓で掬ってくれたので、【無限収納《インベントリ》】から取り出した片手鍋に入れてもらう。大窯に残った汁を全てとなると……寸胴鍋のほうが無難か。

片手鍋を仕舞い、寸胴鍋を出そうとしたところでふと儂の目が止まる。【無限収納《インベントリ》】に苦汁があるんじゃよ。今日、初めて仕入れたと思うんじゃが……動きを止めずに儂は記憶を掘り起こす。二杯目の寸胴鍋を出したところで思い出した。

ブランの街じゃ。領主の娘で漁師のカトゥーミのところで仕入れとる。

「……苦汁の違いで豆腐の味が変わるかもしれん。あって困る物でもなし、これでいいんじゃよ」

一人呟き、自分を納得させるしか儂にはできんかった。

儂が苦汁を受け取り終わっても、メリーナは真っ赤なままじゃ。塩もしっかり購入できたので、クリムたちを連れ帰宅する。

少しばかり足を延《の》ばすようじゃが、新たな店を開拓できたのは良かったわい。こういうことがあるなら、冒険者たちとの交流を積極的《せっきょくてき》にしてもいいかもしれんな。

その日の晩ごはんで早速買ってきた塩を使ったら、皆違いに気が付いてくれた。ほんの少しの差を気付けるくらいに舌が肥えたようじゃよ。

《 21 やっとこ豆腐 》

「じいじ、これ白いよ。ぷるぷるだよ」

儂の作った豆腐に顔を寄せ、興味深く観察するルーチェが報告してくれた。苦汁を手に入れたから、豆腐を作ってみたんじゃ。ブランとカタシオラの苦汁の比較もせんとな……なので今日は台所に籠もると宣言してある。店が休みで予定もないんじゃ。料理研究をしても問題なかろう？

「豆腐と言うんじゃよ」

ざるに載せた豆腐は、自重《じじゅう》で水が抜けていっとる。絹《きぬ》ごしのぷるぷるも、木綿《もめん》の歯ごたえも捨てがたいんじゃがな。儂が作れるのはざる寄せ豆腐がいいとこじゃ。

なにせ、豆乳に苦汁を混ぜて掬うくらいしか分からんからのぅ。それも苦汁の量で苦戦したんじゃよ。料理スキルも、ある程度までしか仕事してくれんらしくてな。微調整《びちょうせい》は試《し》行錯誤《こうさくご》じゃったわい。

「これ、どうやって食べるの？」

「そのまま醤油や塩で食べても構わんし、ワサビやショウガなどを載せても美味いぞ」

儂を見上げるルーチェは、ざるを揺らしておった。台所に備えてある調味料を並べ、薬味もいくらか【無限収納《インベントリ》】から取り出す。

「甘いね。でもあんまりお腹に溜まらない？」

「豆を使っておるから、そこそこ膨れるはずなんじゃがな。つるんと入るせいでそう感じるのかもしれん」

箸で豆腐を口に運ぶルーチェは、何も付けずにそのまま食べておる。その後、塩、醤油、薬味付きと食べ続けとった。

「昼ごはんには……間に合いそうじゃな。豆腐とネギだけの素朴《そぼく》な味噌汁にしよう」

壁掛け時計を確認すれば、もう少しで昼じゃ。儂は煮干しをダシにしてちゃちゃっと味噌汁を仕上げる。肉と野菜を炒めればおかずになるじゃろ。あとは漬物とサラダくらいかのぅ。

ありあわせと味噌汁で昼ごはんを仕立てると、ロッツァたちが顔を出す。豆腐に驚いておったが、評判は上々じゃ。

片付けを済ませ一服したら、今度は豆腐料理を作ってみることにした。

まずは豆腐を長方形に切って水切りをする。この後をやるには、しばらく置いてからでないといかんか……となると、形を整える時に出た切れ端《はし》を先に使ってしまおう。

ざるに残った豆腐や、切り落とした不揃《ふぞろ》いの豆腐を集め、ボウルの中で軽く潰していく。あ、いかん。こっちも水切りをせんとダメじゃ。ボウルを傾けて水を除《よ》けるが、不十分じゃな。綺麗な布で包んで軽く搾る。搾りすぎんよう注意してからまたボウルへ戻す。

その時に二つに分け、片方にはさっと湯がいたニンジンや刻《きざ》み昆布を混ぜる。味付けは塩を少しだけ。ざっと混ぜて丸めれば、あとは揚げるだけじゃよ。

もう一つのボウルへは湯がいたニンジン、ホウレンソウを入れて和える。こちらの味付けは砂糖が基本かのぅ。塩を少しだけ入れて味を〆《しめ》れば完成じゃ。

「じいじ、なんで豆腐を壊しちゃうの？」

「料理によって形を変える為じゃな」

折角固まった豆腐を崩すのが、ルーチェには疑問なのかもしれん。

「材料ってこと？」

「そうじゃ。パンやごはんと同じじゃよ。おにぎりやサンドイッチも、手を入れて違う顔にするじゃろ？」

「豆腐すごいね」

　ざるに残る豆腐をこそぎ、ぺろりと舐めるルーチェは笑顔じゃった。

　儂は先に水切りしていた豆腐を二種類の厚さに切り分ける。厚めの豆腐は更に二つに分け、一つを短冊状《たんざくじょう》に切れば、下準備は終わりじゃ。

　コンロに火を入れ、鍋で油を熱する。高温で一気に厚めの豆腐を揚げると、厚揚げの出来上がりじゃよ。中まで火を入れる必要はないからの。表面を色づけ、香りをのせるくらいじゃ。

　薄めの豆腐は低温でじっくり揚げる。一度油から引き揚げ、高温にした油で二度揚げ。こうすることでからりと仕上がるんじゃ。ただ、思ったような感じにならんのぅ……豆腐の水切りが不十分じゃったか？　原因が分からんからまた今度研究せんといかんな。

　ニンジンや刻み昆布を混ぜた豆腐は、スプーンで掬って油へ落とす。キツネ色になるまでじっくり揚げれば飛竜頭《ひりょうず》じゃよ。

　短冊状に切った豆腐は、串を打ってから炙る。コンロでやるより炭火《すみび》のほうが良さそうでな。これはルーチェに頼んだんじゃ。炙ってもらう間に儂は味噌ダレを作っておる。

厚揚げ、薄揚げ、飛竜頭、白和え、田楽《でんがく》と思いつく限り作ったが、料理と呼べそうなのは白和えと田楽くらいじゃのぅ。晩ごはんのおかずに煮物を作るにしても、ロッツァたちにはもの足りんか。

この他に、豆腐が主役でごはんの供になれる料理……麻婆豆腐《マーボーどうふ》くらいしか思いつかん。調味料が足りんが、日本風のでいいじゃろ。

刻んだニンニク、ショウガ、挽《ひ》き肉を炒め、千切ったトウガラシを時間差で放り込む。味噌、醤油、酒で味付けしたら湯を注ぎ、軽く煮立てて、三センチ角くらいに切った豆腐を投入。煮崩れんよう、手前から奥にお玉を押し込んで混ぜるだけじゃ。あとは、水溶き片栗粉でとろみを……付け……られんかったわい。煮詰めるだけで妥協《だきょう》じゃな。

晩ごはんは豆腐料理が溢れ返っておった。皆は珍しい食感に驚いておったよ。ルージュは白和えが気に入ったようで、何度もおかわりしておる。終いにはボウルごと抱えておったわい。家族から好評で何よりじゃ。

「豆腐を作ってからだから、あんまり何回も食べられないね」

麻婆豆腐丼を頬張るルーチェが、残念そうに話す。

「大変なんですか～?」

「下拵《したごしら》えからだと手間暇が掛かるんじゃよ。それでも一度にたくさん作れるからの。皆でやって【無限収納《インベントリ》】に仕舞っておけばいいじゃろ」

ナスティに儂が答えると、

「なら、また作ろうね！」

満面の笑みでルーチェが顔を上げたのじゃった。

《 22　ユーリアのチョコレート 》

ユーリアから呼び出されたので、朝食後に時計店へ顔を出す。言伝《ことづて》……というかメモをレンウから受け取っての。それで来たんじゃが、扉を開けたら甘い匂いが押し寄せてきた。

「来たぞー。何かあったのか？」

声をかけるとイェルクが顔を出す。

「あ、アサオさん、できましたよ。これは美味しいです」

満面の笑みを浮かべるイェルクは、口の周りを濃い茶色で汚しておった。

「納得のいくチョコに仕上がったんじゃな」

「そうよ！　随分と時間がかかったけど、この味ならチョコと言って良いと思うの」

左頬にチョコを付けたユーリアが、奥の台所から出てきた。手に持つボウルには溶けたチョコが入っておる。

ボウルから小皿によそってもらい、受け取る。舐めればざらつきもなく、甘味と苦味を感じた。酸味が追いかけてきて、口いっぱいにチョコが広がりよる。

「美味いもんじゃ。しっかりチョコになっとるわい」

笑みを浮かべて答えれば、ユーリアも儂に釣られて笑っておる。イェルクも笑顔のままじゃよ。

「今はかなり寒くなっとるから、このまま冷やせば儂らの知るチョコになるんかのぅ？」

小皿に残るチョコを見るが、まだ固まっておらん。

「そっちはこれからです。ごめんなさい」

ぺこりと頭を下げるユーリア。

「あと、材料もかなり使っちゃってすみません」

「何度も謝っておるが、頼んだのは儂で、完全に任せっぱなしにしたのも儂じゃ。気にせんで平気じゃよ。美味しいチョコが食べられるなら、安……くはないが問題ありゃせん」

苦笑いのユーリアが申し訳なさそうに眉尻を下げる。

「チョコを冷ますなら、これも使ってくれるか？」

儂が【無限収納《インベントリ》】から取り出したのは、以前作ったオレンジピールとレモンピール。あとは木の実を数種類じゃよ。

儂の並べた食材に目を輝かせたのはイェルク。ユーリアは既にどれを使うか考えておるようで、いくつか木の実を手に取っていた。

「チョコと合いますよねー。こっちでも食べられるようになるなんて……あぁ、神様ありがとうございます！」

歓喜《かんき》の声を上げ、不意に窓へ祈るイェルクじゃが、

『それはボク、関係ないです』

イスリールから念話が入りよる。新しい甘味の誕生《たんじょう》をしっかり確認しとるようじゃ。

「アサオさん、このレモンピールはどれくらいあるの？」

「キロ単位で確保しとるよ。茶請けにも、菓子にも使えるからのぅ」

「多めにください。木の実は仕入れてあるから大丈夫……あ、クルミは買ってなかった」

ユーリアが希望する食材を欲しい分だけ渡していく。

「アサオさん！　餡子《あんこ》は持ってませんか⁉」

祈りを終えたイェルクが儂へ振り返り、唐突《とうとつ》に大きな声を上げた。【無限収納《インベントリ》】を確認していた儂は思わずビクリと肩を震わせてしまったぞ。

「小豆《あずき》でなく、花豆《はなまめ》のならある——」

「あるんですね！　是非売ってください！」

儂に詰め寄り、手をがっしり握ってくる。今までも何度か握られたが、過去最高に強い力がかかっておった。

「店で出してたが、気付かんかったか？」

「あまりお店に顔を出していませんから……あぁ、餡子まで……神様ありがとう！」

『ボクは――』

『合いの手を入れんでも分かっておるよ』

祈るイェルクに、乗っかるイスリール。二人も相手する儂は疲れたぞ……疲労が顔に出たのか、ユーリアは心配そうな顔をしておるわい。

「イェルクは甘いものが好きなの」

「大好きです！」

苦笑いのユーリアが言い終わる前に、子供のような笑顔でイェルクが宣言しよった。

「チョコ、餡子、果実、ケーキ。どれも違ってどれも良い！　甘味に貴賤《きせん》はありません！」

嬉しそうにはしゃぎ、熱く語り拳を振るうイェルク。困った顔をしとるユーリアじゃが、その目は優しいものじゃった。

溶けたままのチョコをボウルごともらい、儂は【無限収納《インベントリ》】に仕舞う。代わりに儂は、空のボウルとチョコの材料をユーリアへ渡す。ついでに先日出来たばかりの豆腐を出したら、二人から歓声が上がった。

「アサオさん！　豆腐を作れたのね！」

「あぁぁぁぁぁぁ、プルプル震えてる――素敵だ！」

豆腐と儂を交互に見ると、二人して祈り出した。

「アサオさんとの友誼《ゆうぎ》に感謝です！」

他に作った厚揚げや薄揚げも出すと、二人は抱き合い喜んでおった。二人とも豆腐料理が好きだったんじゃと。でも豆腐の作り方を知らないので、諦《あきら》めとったらしい。折角なので白和えと田楽も渡しておく。

「アサオさん、オカラもください！」

「オカラドーナツ‼」

ユーリアとイェルクに気圧《けお》されて、おからもテーブルへ並べる。炒《い》り卵《う》の花《はな》にしようと思って仕舞っておいたんじゃが……そうか、お菓子に使えるんじゃな。作ったことがなくて忘れておったわい。

一度チョコを仕舞わせて、儂も一緒に豆腐料理を作ることになった。そのまま昼ごはんも共にしてから帰宅する。

すると、儂の身体から漂う甘い香りに、クリムとルージュが敏感《びんかん》に反応してな。チョコのまま出すとすぐになくなってしまうので、パンに塗《ぬ》って皆でおやつにした。以前より美味しくなったと大好評じゃったよ。

《 23 豆乳鍋 》

豆腐やチョコを作ってから数日が経ち、本格的な冬が街に訪れてきとる。朝の冷たい空気に目が覚《さ》めても、布団から出るのに気合を入れんとならんくらいじゃよ。

そんな中、温かさを求めてクリムとルージュが大人気になっておった。ルーチェとナスティが交互に二匹を交換して抱えておるわい。可愛がってもらえとる二匹は、嬉しそうにしておるのぅ。

レンウとジンザも似たような役割を果たしておるよ。こちらは近所の奥さんや子供たちが主な相手じゃ。カブラは座布団の上でずっと寝ておる。寝る子は育つと言っても寝すぎじゃよ。儂の心配に気付いたのか、時々親父さんのところに行って、マンドラゴラに何かを教わっているみたいなんじゃがな。何をしてるのか儂には分からん。

寒さを気にしないロッツァは、寒風《かんぷう》吹きすさぶ砂浜でじっと日向ぼっこをしておった。暖かさを求めてではなく、日光消毒の意味合いなんじゃと。身体が冷えたら、儂の作る豚汁が一番と言っておる。

ただ、ロッツァの背中に佇むバルバルが若干硬くなっておるんじゃよな……あれは固まりかかっておるんじゃなかろうか……

「アサオさん、豆乳ありませんか？」

明日の仕込みと並行して大豆を搾る儂の前に、もこもこのコートに身を包んだユーリアが現れた。両隣にはレンウとジンザが控えておる。

今まさに搾りたての豆乳が出来たとこじゃ。湯気の上がる寸胴鍋を見て、ユーリアは目を輝かせる。まるで儂の行動を見越《みこ》していたようじゃな……

「豆乳鍋を食べたいんです！　譲って、アサオさん！」

よくよく見れば、レンウの背負う鞄から葉野菜が顔を覗かせとる。ジンザの背に縛られておるのはダイコンじゃゃし。肉や魚は家に備え付けのアイテムボックスにたんまり入っておるから、ユーリアにかかれば鍋は簡単に出来るか。

「豆乳だけでなく、ダシも必要じゃろ。まさか、豆乳だけで煮込むつもりじゃあるまい？」

「え？　違うの？」

驚いて目を見開いたユーリアは、レンウの頭を撫でていた手を止めおった。

「レンウたちの分も作るにしたって、豆乳が濃すぎるぞ。四人分ならダシ汁に豆乳をコップ二杯も加えれば十分じゃよ」

「へー、ならそうしよう」

ユーリアがジンザの額を優しく掻きながら頷く。

「じいじ、とうにゅうなべって何？」

ルージュを抱えたルーチェが、大豆を搾る儂に問いかけた。ルージュは甘い香りを立てる鍋に意識を引っ張られておるようじゃ。鼻を小刻みに震わせ、寸胴鍋から視線を外さん。

「この寸胴鍋に入ってる豆乳を使って仕立てる鍋じゃな。豆乳は豆腐の素《もと》なんじゃよ。温まるし、舌触りもまろやかになるんじゃ。儂は豆乳より豆腐のほうが好きじゃがな」

「ふーん。じゃ、今日の夜はそれにしようね」

にかっと笑ったルーチェと頷くルージュ。

「アサオさん、なら私たちもこっちに来る！　皆で豆乳鍋にしましょ」

ユーリアは、口より早くレンウとジンザの背負う野菜を荷解《にほど》きし始めた。

「あ、安心して。料理の代わりに、私は皆の服を作るから」

「服なら〜、私も一緒にやりますよ〜」

離れたところでクリムを抱きしめるナスティも手を振っておる。

「ルーチェちゃんに『キグルミ』はどうかしら？　可愛いと思わない、アサオさん？」

ユーリアに言われ、儂は想像を巡らせる……うむ、可愛い。文句なしに可愛いのぅ。儂の袖《そで》を引くルーチェに、豆乳を注いだ湯呑みを渡す。ルージュの分も手渡し、儂はユーリアを見た。

「動物は何にするんじゃ？　儂は今、パンダとゴリラを被せてみたんじゃが」

「シャチやクジラもいいと思うの」

「クリムたちには〜、ノームなんてどうですか〜？」

いつの間にやらナスティがそばまで来ておる。モグラっぽいキグルミを着たクリム……意外と似合ってると思うぞ。

「ユーリア、ナスティ。いろんな動物や魔物で頼む。毛皮や羽根などが必要なら言ってくれるか？　儂の【無限収納《インベントリ》】にたくさん入っておるからの」

「分かったわ。それじゃ、今から作るから……ナスティさんいける？」

「いいですか〜？」

儂と固い握手を交わしたユーリアがナスティを振り返る。そのナスティは、自分の抱えるクリムを見ておった。暖房器具ではないんじゃが、このまま連れて行くつもりのようじゃ。クリムはこくりと頷いてくれたから、問題はないじゃろ。

ユーリアたちを見送り、ルーチェたちから湯呑みを回収したら、儂は豆腐の量産じゃよ。豆腐作りにはルルナルーが参加しとるんじゃ。目新しい料理を作る儂に、参加を直訴《じきそ》するくらいやる気に満ち溢れておる。普段はあまり料理に興味を示さんマルシュも一緒に参加しておるが、一度味見をさせた時に気に入ったのかもしれん。

当然の如《ごと》く、クーハクートのところのメイドさんも参加じゃ。既に大豆を仕入れる算段まで立てとった。ほんの数丁しか渡しておらんのに……気が早すぎるじゃろ。

前に作り方を教えたダシ用の昆布と煮干しも、クーハクートの屋敷で仕込んどるそうじゃし、やつの息子の治める領地でも作っておるらしい。

カタシオラとその領地は離れとるから、伝わる時間にかなりのズレが生じてるはずなんじゃがな。クーハクートの話しっぷりを聞く限り、儂の料理のレシピがカタシオラより広まっとるみたいじゃよ。その下地があるから、大豆の算段をしておるのかもしれん……

その後、豆乳、豆腐、おからを何度も作り、【無限収納《インベントリ》】へ仕舞う。ルルナルーたちの持ち帰る分は別に用意してあるぞ。勿論メイドさんたちの分もじゃ。

夕ごはんの豆乳鍋が仕上がる直前に、ナスティとクリムが帰宅する。ユーリアはイェルクを連れ、ジンザとレンウに守られながらの登場じゃった。ルルナルーにマルシュ、クーハクートとメイドさんも豆乳鍋を食べて行くんじゃと。

そんなわけで、アサオ家は今夜も小さな宴会じゃよ。肉主体の豆乳鍋と、魚をメインに据《す》えた豆乳鍋。他にはキノコをこれでもかと入れたものも用意した。どれもこれもおかわりが絶えんかったわい。

《 24 キグルミパジャマ 》

店を一日開いて、その翌日は街の外で肉やキノコを集める。魚や海藻はロッツァとクリムが毎日のように獲って来てくれとるぞ。そんな日々を過ごしながらも、合間に豆腐の研究をするのも忘れておらん。麻婆豆腐と味噌汁が通常メニューに加わっておるからの。

そして今は、折を見て訪ね続けた商港で買い付けた小豆を炊いておる。最初に買えたのは量が少なかったからのぅ。花豆の餡子と食べ比べていたらなくなってしまったんじゃよ。

家族の評判は上々なんじゃが、量が少ないのを残念がってな。頻度《ひんど》を上げるよりも、一度に量を食べたいと言われたから、ある程度たまった今日、炊いておるんじゃ。

焦がさぬよう、寸胴鍋を底から大きくかき混ぜる。翼人の奥さんと背の高い奥さんの二人が儂の手伝いをしとるよ。試食を重ねた結果、二人は自分たちの店でも扱いたくなったそうじゃ。

ただ、原価を考えると花豆のほうが良いかもしれん。小豆は国外からの輸入品じゃし、単価も高いので量を揃えるのは大変じゃよ。

餡子を炊くのと並行して、儂は今、野菜のお菓子を作っとる。

「これはポテチ？」

翼人の奥さんが、首を傾げつつカボチャのかりんとうを齧っておった。

「天日干《てんぴぼ》ししたカボチャの薄切りを、低温の油でじっくり揚げたんじゃよ。その後はかりんとうと同じように、糖蜜《とうみつ》を絡めたんじゃ」

翼人の奥さんと、背の高い奥さんが儂の説明を聞きながら試食しとる。

「他にもニンジン、サツマイモは工程が変わらん。ホウレンソウなどを使うなら、かりんとうの生地《きじ》に練《ね》り込む感じかのぅ」

かりんとうを揚げ終えたら、次は乱切りにしたサツマイモも揚げていく。こちらはたっぷりの糖蜜と黒ゴマで和えてあるから、串とフォークを用意したんじゃが、

「美味しい！　じいじ、これは？」

味見するルーチェの手が止まらん。

「大学いもって料理じゃよ」

「だいがくいも……」

ほふほふ言いながら白い息を吐く翼人の奥さんも、大学いもに首ったけじゃ。フォークを手離さんし、揚げて和えるそばからイモが消えていきよる。

「サツマイモなら安いわね。これも売りたいけど、持ち帰るのが大変か……」

試食しながらも、背の高い奥さんが商品になるかを吟味《ぎんみ》しておった。その視線を翼人の奥さんに送るが、頬を押さえて目を閉じておるから気付いておらんわい。

儂らは、かりんとうと大学いもの他にも、野菜や木の実を練り込んだお菓子を試作した。クッキー、ケーキ、ゼリーなども、作っては味見を繰り返したんじゃ。奥さんたちの店で売ることを考えると、単価もじゃが、持ち帰りやすさや食べやすさも考慮せんといかん。

その辺りを考えない儂には、料理を教えるくらいまでしかできんよ。以前やった時も、皿ごと売りつけたからのぅ。

そんなこんなで日が傾き出した頃に、出掛けていたナスティがユーリアと一緒に帰宅した。その腕にはルージュが抱えられておる。一服していた儂らのいる台所まで入ってきたユーリアは、

「アサオさん、出来たわよ！」

鼻息荒く、肩から提げた鞄に手を突っ込んでおった。そこから黒と銀色の布を取り出す。

「おぉ！　ゴリラじゃ！」

「なかなかの出来でしょ？　結構頑張ったんだから」

儂の前で広げられた布は、紛《まご》うことなきゴリラじゃった。背中の一部が銀色になっておるから、年老《としお》いたゴリラかもしれん。大人の男でもすっぽり包めるくらいの大きさになっとる。

ユーリアがそれをテーブルに置いたと思ったら、ゴリラの半分くらいの黒と白の布も取り出された。こちらはパンダで、ルーチェやルージュのものかもしれん。

「私の作ったのはこれですよ～」

ナスティは茶色い布を持ち上げる。

「まんまノームじゃな」

「会心の出来です～」

にっこり微笑むナスティの持つキグルミは、ドリルを模《も》した布に髭《ひげ》も付いておった。再現度が高いのに可愛らしいノームは、ダンジョンで出会った姿にそっくりじゃよ。

「あ、ついでにこれも」

もこもこの黄色い塊を抱えるユーリアは笑顔じゃった。

「……羊毛《ようもう》なんて持ってたのか？」

「買ったの！　それで毛糸を作って、帽子を編《あ》んだの」

黄色い塊を解すと、いくつもの帽子になりよる。最初に手に取ったのは、とんがり耳の付いた帽子じゃった。黄色一色だけでなく、虎模様《とらもよう》や、ぶち、半分で色が分かれているものまで出てくる。水色と白のしましま腹巻もあるのぅ。

「まさか自分で毛糸を作ることになるなんて、思ってもみなかったわ。裁縫《さいほう》だけでなく、紡績《ぼうせき》のスキルもあって助かっちゃった」

ユーリアは垂れ耳の帽子を被り、儂には黒ぶちの丸耳帽子を被せよる。ルーチェには猫耳をあてがい、ルージュの頭には白熊っぽい帽子じゃ。赤い毛色に白い帽子はめでたい感じになっとるが、熊に熊はどうかと思うぞ？　腹巻はカブラのものだったようで、水色と白の縦縞《たてじま》から葉っぱを出しておる。

「羊毛の代金は大丈夫なのか？」

「問題ない！　だって可愛いものを作る為だもの！」

手を止めず答えるユーリアじゃが、やっと追いついたイェルクは苦笑いじゃよ。何も言わんし、少しばかりの困り顔で済んでおるから、さして家計に影響はないのかもしれん。そんなイェルクの被る帽子は、儂でも知ってる黒ネズミらしきものじゃった。

帰ろうとしていた奥さんたちに、「子供に渡して」とユーリアは帽子を渡す。一人数枚ずつはあるが、気の向くまま大量に作った結果としても、作りすぎじゃ。家族全員にキグルミを渡して満足したんじゃろ。ユーリアの顔はつやつやしておった。

ロッツァにキグルミは無理があると思ったんじゃがな……頭と足、それに尻尾と分離して作られていたんじゃよ。ロッツァは龍になっとった。

クリムがシャチに齧られて、ルージュはクジラに丸呑みされとる。皆が思い思いのキグルミに包まれ、眠《ねむ》りにつくのじゃった。

《25 物がなくても遊べるもんじゃ》

「じいじ、遊びたい！」

のんびり燻製《くんせい》でも作ろうかと仕込みをしていたら、唐突にルーチェがそう切り出してきた。

今日はバイキングも休みじゃからな。それぞれが好きなことをするはずなんじゃが……ああ、それでか。ルーチェの後ろにワイエレも含めた子供たちがおるのは。

ルーチェに手を引かれて庭先に出てみれば、皆それぞれが、手に竹とんぼやカルタを持っとるわい。竹ぽっくりと竹馬は庭先に置いてあるが、皆で遊ぶには数が足りんか。

「メンコなら今からでも作れるが……そうではないんじゃな」

儂が言い終わる前に、ほとんどの子供が首を横に振っておる。玩具《おもちゃ》を作るのではなく、あくまで遊びたいと……そうすると手遊びか、駆け回るか。あとは鬼ごっこになってしまうのぅ。しかし、その辺りの遊びはしておったな。なのにわざわざ儂に言ってくるってことは――

「影で遊んだみたいに、面白いのがいい！」

きらきらした目で儂を見上げるのはワイエレ。狸耳の男の子や、茶色い羽根の女の子も元気良く頷いておる。他の子も期待の眼差しじゃよ。

「ジャンケンは知っとるな？」

「「「うん！」」」

子供たちは儂の問いに、同時に首を縦に振って答える。

「ジッケッタ！　ってやるの！」

「えー、ジャンケンでホイだよ！」

「グリチョリパリじゃないのー？」

口々に自分のやり方を儂に説明してくれた。店に来る子たちだけでも、随分と違いが出とるのぅ。これは親の出身地などに関係しとるんじゃろか？

庭から砂浜まで移動する間にも、子供たちは言い合いを続けとる。喧嘩のように見えるが、険悪《けんあく》な雰囲気にはなっとらん。

「掛け声は自分たちで決めて構わんぞ。で、ジャンケンの後にやるのがこれじゃ」

儂は砂浜に風魔法で一直線に○を描いていく。何個か並べた後には、横に並ぶ二個の○を描いた。それを三十メートルくらいかのぅ。間隔《かんかく》は変えずに、リズムだけが不規則になるようにしていった。

「この並んだ○の端に立って、こう飛ぶんじゃよ」

儂が○の中に飛び込み、片足で着地する。次の○へ片足のまま跳び、また片足で着地し、次は両足で踏みしめる。けんけんぱ、けんぱ、けんけんぱ、と踏みながら端まで行って、また戻る。帰ってくる頃には、ワイエレが儂の真似をして跳ねておったよ。

「そうじゃそうじゃ。そうやって跳んでって、こうやって出会ったらどうすると思う？」

「あー、ジャンケンだ！」

狐耳の女の子が手を挙げて答えた。

「その通り！　ここでジャンケンして……」

ワイエレと手を出し合えば儂の勝ち。すると説明しとらんのに、ワイエレが道を譲ってくれた。

「ありがとな。こうやって勝ったほうが進んで、負けたほうは元の場所へと戻るんじゃ。前の子が負けたら次の子の出番じゃよ。最後に端《はし》っこまで行けた子の勝ちになる。分かったかの？　やってみるか？」

「「やるー！」」

ルーチェを含めた元気の良い子が手を挙げて返事する。何人かは気圧されたようで、一歩引いてしまったわい。この子らは普段から大人しめじゃからな。他に何かできることは……おぉ、そうじゃ。ジャンケンでやれる別の遊びがあったのぅ。

儂はけんけんぱの場所から離れながら、手を挙げなかった子たちを集めていく。家へ戻るような感じなので、少しばかり怪訝《けげん》そうじゃが、儂のやることへの期待のほうが大きいんじゃろ。黙《だま》ってついて来とる。

「さてさて、あそこにカブラがおるのが見えるか？」

儂の指さす先には、カブラが寝転ぶ座布団が浮いておる。冬でもまだ葉を茂《しげ》らせる樹木の影に入っとるのに、カブラは寒くないんじゃろか？　そんな儂の心配をよそに、カブラからはいつもと変わらん幸せそうな寝息が聞こえよる。

「……うん。今日もぷかぷかしてるね」

猫耳の女の子がへにゃりと笑いながら答えてくれる。その後ろにおる牛族の男の子も、

「今日も真ん丸だね」

同じように笑っておるよ。

「しーっ！　カブラに聞こえたら怒られるぞ」

儂の指摘に、『あっ』と言いながら口を手で押さえる子供たち。そーっとカブラを窺ったが、身動《みじろ》ぎ一つせんかった。

「……気付かんかったようじゃな。さて、ここからカブラまで行くのが遊びになるとしたらどうじゃ？」

「なるの？」

「やってみたいな」

こてんと首を傾げる子供たち。儂のやることを今か今かと心待ちにしてくれとるのが、その目からひしひしと伝わってくるわい。

「ジャンケン、ポン」

儂の掛け声に子供たちは拳を突き出した。儂はパーじゃて。

「儂の勝ちじゃな。パ、イ、ナ、ツ、プ、ル」

子供たちから一音で一歩ずつ離れていくと、もう理解してくれたらしい。

「グリチョリパリー」

儂が振り返るより先に掛け声が聞こえよった。羊角をちょこんと頭に巻いてる男の子が、手を上げとる。その手はチョキ。今回は、他の子がグーやパーを出しとるからあいこじゃな。

「皆でやると勝てんか。なら儂とやっていこうな」

振り返ったまま皆を見ると、全員が手を握っておったよ。グーチョキパーと順番に出してやると、皆が少しずつカブラへ近付く。さすがに二巡したら手の順が分かってしまったようでな。そこからの出し手は適当に変えてみた。誰か一人だけ先に行けるかと思ったんじゃがの。面白いように横並びじゃった。

猫耳の女の子が一番乗りになり、カブラの座布団にちょんと触る。その程度の揺れで起きるカブラではなかったみたいでな……子供たち全員が座布団に触ったところで、やっと起きたんじゃよ。

「な、な、なんやー！　おとん、説明したってー！」

前を向いても横を向いても子供に見られている。そんな状況を、寝起きのカブラが理解できるはずがないか……

浜でけんけんぱをしていたルーチェたちも、カブラの絶叫《ぜっきょう》に笑っておった。

《26　珍客《ちんきゃく》》

今朝《けさ》は、空から白い物が舞い降り始めた。完全に冬本番じゃよ。こっちでも雪が降るんじゃな。それでもロッツァは魚を獲りに行っておるし、クリムたちは浅瀬《あさせ》や岩場で貝拾いに精を出しとる。

ルーチェとバルバルは寒さが応えるのか、部屋の中で動かん……いや、口だけもごもご動かしておったか。カブラはルーチェの頭上で座布団に乗り、ぷかぷか漂っておる。

「誰かおらぬか？」

玄関ではなく、庭先から男の声が聞こえる。儂より先にナスティが反応しよった。

「あら～？　あらあら～？」

いつもの笑顔なんじゃが、少しだけ不機嫌な感じがするのぅ。するすると庭先に出たナ

ステイには、声の主が誰か分かっておるのかもしれん。ナスティを追いかけて庭へ出ると、

「おぉ、ナスティアーナ。ここで合っていたようだな。お前の旦那は――」

「そんな人はいませんよ～」

ナスティは、男が何か言い終わる前に頭を鷲掴《わしづか》みにして持ち上げてしまった。

「痛い痛い痛い痛い痛い!!」

男の叫び声が響く。それもほんの数秒で、声が消えてしまう。抵抗していた腕は力なく落ち、足……いや下半身も伸びきっとる。

「弱いですね～」

頭から手を放してどさりと落とすと、男を見下ろしながらナスティは呟いておった。落とされた男は、ぴくぴく震えて口から泡《あわ》を吹き、白目を剥いておるわい。その下半身はナスティと同じく蛇《へび》で、ただし色は真っ赤じゃった。これはドルマ村からの客に間違いないじゃろ。

「ナスティ、お客さんを伸《の》すのはやめんか」

「お客じゃありませ～ん。コレは兄です～」

伸びてる男を指さし、冷たい視線を浴びせるナスティ。

「ナスティを訪ねてきたなら客じゃよ。村で何かあったのか？」

「違うと思いますよ～」

儂に顔を向けたナスティは、いつもの柔和《にゅうわ》な表情に戻っておった。

「とりあえず寒いから中へ入らんか？」

「は～い～」

ナスティが男の尻尾の先を握り、ずるずる引き摺りながら儂のあとをついて来る。食堂で茶の準備を始めた儂に気付いたのか、ルーチェやカブラも来たから皆揃って一服じゃ。茶を飲み、茶請けを摘まんでいたら男が目を覚ました。

「はっ！　親父殿が川向こうに――」

「まだ死んでませ～ん」

ナスティは上半身を起こした男の首をきゅっと絞《し》める。男が再び白目を剥いたので、

「《快癒《ヒールオール》》」

儂は魔法で治してやった。三度ほど同じことを繰り返したら、二人はようやく落ち着いてくれた。

「少しは兄を敬《うやま》わんか！」

「敬う理由がありませんから～」

全く相手にしないで茶を啜るナスティに、兄は青筋を浮かべながら捲し立てとる。唾《つばき》を飛ばすので、ナスティは首から下げた指輪の《結界《バリア》》を起動させておるわい。皆で持っておるお揃いの指輪じゃよ。同じデザインじゃが、通す紐の色や付与された魔法は少しずつ

違っておるんじゃ。

儂がそんなことを考えてる間も、兄は一向に気が収まらんようで《結界《バリア》》に顔を付ける勢いじゃよ。ナスティは優雅《ゆうが》にポテチを口に運んどるから、暖簾《のれん》に腕押しな感じじゃな。

話し疲れた兄は、儂の勧めた茶を口にして、やっと一息吐いてくれた。

「あ、美味しい……」

ほっと息を吐き、気持ちも穏やかになったんじゃろ。茶で喉《のど》を潤したナスティの兄は、やっと用件を告げてくれた。

村に子連れで帰ってきたところを見るに、どうやらナスティにやっと番《つが》いが出来たらしい。ならば、その相手を見定めるべきだ。誰が行く？　俺だ、私だ、いや自分こそが……とすったもんだした挙句《あげく》、ナスティの兄が一人で来たんじゃと。で、顔を見せた途端に伸《の》されてしまったのか。

「口より先に手が出る妹の旦那の顔を――」

それ以上言わせんとばかりにナスティが床を叩く。ぴしゃりでなく鈍い音じゃ。ずずんと腹に響く揺れも追いかけてきておるよ。いつもの笑顔の裏に、般若《はんにゃ》が見え隠れしとるぞ。

「……お世話になっている方に挨拶しておこうと思ってな」

咳払《せきばら》い一つで仕切り直した兄が、ナスティを見ずに儂へ顔を向けた。

「そうですね～。でしたら～、こちらのアサオさんに挨拶をお願いします～。旅に誘ってくれたのはルーチェちゃんですけど～」

「ルーチェとはあのマンドラゴラ……らしき者か？」

兄は座布団でぷかぷか浮くカブラを指さす。なんでじゃ？　と思い見上げれば、カブラが手を振っており、当のルーチェはかりんとうをはむはむしておった。

「いや、こっちがルーチェで、あれはマンドラゴラのカブラじゃよ。村で会わんかったのか？」

「用事で村を離れていた。会ったのは弟だろう」

儂の疑問に即座に反応してくれた。

「カブラやー。よろしゅうなー」

すすすっと高度を下げたカブラは、正座から丁寧なお辞儀を見せる。

「これはこれはご丁寧に。ナスティアーナの兄、ヘミナルキンカです。ドルマ村で戦士長をしております」

左胸に手を当て、ヘミナルキンカが答えた。儂は思わず眉が動く。

「戦《いくさ》をする相手はいませんけど～、魔物を狩ったり～、不埒者《ふらちもの》を退治しますから～」

「それでか。平和な村と聞いてたから、不思議に思ったんじゃよ」

儂の反応にナスティが回答をくれた。ルーチェもやっと動いて、

「私でーす。私がルーチェでーす。スライムでーす」

右手を挙げて挨拶じゃ。

「スライム……人の形を取れるとは珍しいですな。となるとアサオ殿も？」

ルーチェから儂へ頭を振り、ヘミナルキンカは首を傾げる。

「儂はヒトじゃよ。だが、ルーチェもカブラも、それにナスティも家族みたいなもんじゃ」

儂の答えに納得しておらんらしく、ヘミナルキンカの頭の上には『？』がたくさん出とるな。

「ただいま。む？　客人か？」

庭からの声に顔を向けたヘミナルキンカは固まってしまう。ロッツァがおるだけなんじゃが……あ、クリムたちも戻ったようじゃ。ヘミナルキンカに構うことなく、儂の足元に来たクリムとルージュが、獲ってきた貝を披露し始める。

なんとかロッツァからクリムたちへ目線を移したヘミナルキンカは、何かを言いたそうに口をぱくぱくさせるばかりじゃ。そして意を決したように目を閉じ、直視をやめて呟いた。

「ソニードタートルに……キングクリムゾンとクイーンルージュ……」

「一目見ただけで見抜くとは、なかなか博識《はくしき》なんじゃな」

籠を置いたクリムとルージュは、甘えさせろとばかりに儂へしがみつく。前後を挟まれた儂は、二匹に《清浄《クリーン》》をかけた。ロッツァも綺麗にしてやれば、本日の成果を渡される。

一番の獲物は三本角の魚じゃ。以前食べたものより大きく、角も立派なもんじゃった。

「ちゃんと見てくださ～い。ロッツァさんに～、クリムちゃんと～、ルージュちゃんです～。あとルーチェちゃんの頭で揺れているのはバルバルですからね～」

ヘミナルキンカの目を力業《ちからわざ》で開かせ、ナスティが順番に紹介していく。いつの間にかバルバルも来ていたんじゃな。

「あと～、私と同じで～、皆もヘミナーと呼んでいいですからね～」

「いや、ナスティアーナ――」

「嫌ですか～？　それじゃ～、私に勝ちましょ～」

ナスティの腕が、ヘミナルキンカの首に絡みつく。兄の頭を小脇に抱えて、身動きさせん。そのまま首を締め上げる妹の腕を、ヘミナルキンカは数度叩いた。しかしほんの数秒でそれもできなくなり、腕がだらんと垂れ下がる。また意識を刈り取られたようじゃ。

「《快癒《ヒールオール》》」

回復魔法で意識を取り戻したヘミナルキンカは、涙を流しながら感謝し、そのまま儂の背後へ隠れてしまう。

「儂を盾にしたってダメじゃろ。ヘミナルキンカが自分で――」

「ヘミナーで構いません。なので、妹から守ってください！」

ガタガタと震えるヘミナーは、儂ら三人が一直線に並ぶよう、儂の身体を常に微調整しとる。

「アサオさんに〜、失礼なことをしてはダメですよ〜」

ナスティが話すだけで、儂に隠れるヘミナーはびくついておる。過去に何があったかは知らんが、この数分だけでも十分トラウマになってしまったようじゃよ。

「略称《りゃくしょう》を許してくれたんじゃ。そのくらいでいいじゃろ？　ほれ、ヘミナー。お前さんも儂の前に立たんか」

「分かりました〜」

ナスティがルージュとクリムを抱えて、ルーチェのそばまで下がる。それを確認したヘミナーが、やっと儂の前にしゃんと立った。

「ありがとうございます！　改めまして、ヘミナルキンカ＝ドルマ＝カーマインです。以後、お見知りおきを！」

下半身が蛇じゃから、足先まで揃えるなんてことはできとらん。ヘミナーは、握った右拳を左胸に添えて頭を下げてくれた。蛇の部分との境辺りから曲げておるから、きっとあれが腰なんじゃろ。エキドナにとって最上位の挨拶なのかもしれん。

話し方もかなり丁寧なものに変化しとるし、儂の後ろにいるナスティが何も言わんしのぅ。

「アサオ・セイタロウじゃ。いろんな種族が混ざっとるが、皆家族でな。仲良くしてくれるとありがたい」

儂が右手を差し出すと、両手で包むように握られた。

「ナスティアーナの旦那でなくても構いません。妹をよろしくお願いします！　貴方の言うことを素直に聞く……それだけでも奇跡《きせき》の光景ですから」

ヘナミーは感激《かんげき》の涙を流して、力強く右手を握り続ける。儂の背は鋭い視線を浴びとるがの……あ、いかん。

「ダメじゃよ」

儂はナスティが投げた木っ端《こば》を空で掴み、

「《結界《バリア》》」

ヘミナーに魔法をかけておいた。咄嗟のことに全く反応できなかったヘミナーは、儂の左手を見て、目を見開いておる。

「……本当に、ありがとうございます。あ、こちらお近づきの印にと持ってきました」

儂の右手に頭を添えてから顔を上げ、肌身離さず持っていた鞄を開く。中から出てきたのは、ヘミナーが抱えるほどの大きな木樽《きたる》じゃった。それが全部で五個。

「村特産のワインです」

「五個とは太っ腹ですね～……あれ～？　もしかして私の身請け代《みうけだい》～？」

声に振り向けば、ナスティがわざとらしく顎に指を付け、首を傾げる。

「迷惑をかけるかもしれんから、その分の先払いだ……後払いだったかもしれんがな」

再度、儂を盾にしながらヘミナーが話す。

「身請けなんぞしとらんし、儂らが教わるくらいじゃよ。ナスティは皆の先生じゃからな」

顔を戻し、ヘミナーへ向くと、期待に満ちた目をしておった。

「でしたら、妹を――」

「んん～～～～？」

「……よろしくお願いします」

ナスティの声に萎縮《いしゅく》するヘミナーじゃった。一方的にもらうだけではいかんので、儂からは緑茶と紅茶を渡しておく。鞄へ仕舞う時に、先ほど飲んだものと伝えれば、にこりと笑ってくれたわい。

コーヒーも渡そうと思ったんじゃが、村で飲む者がおらんらしくてな。というより飲んだことがないんじゃと。なのでとりあえず、試飲分《しいんぶん》をいくらか渡すに留めたんじゃ。まだ欲しければいくらでも用意できるからのぅ。友好の証なら、格安《かくやす》でもいいじゃろ？

皆で昼ごはんを一緒にとった時、ヘミナーからいろいろ聞けた。
・・・本来の目的はワインの卸しと、魔物の素材を売ることだったそうじゃ。ナスティの件は、ついでの確認くらいのつもりで来たんじゃと。

ヘミナーはそう言うが、村人全員が家族みたいな村らしいから、ナスティが可愛くてしようがないんじゃろ。彼の照れたような顔が物語《ものがた》っとる。

ふと思って、村でのナスティの立ち位置を聞いたら驚いた。母親が村長なんじゃと。種族的に女性が重要職に就《つ》くのが一般的とも言っておった。なのでナスティは次期村長候補の一人になっとるそうじゃ。その前に、村で一番強い者が戦士長になる慣《なら》わし通り、ヘミナーに替わって戦士長になるはずだったらしい。

ただ「外を知らず内に籠もるのは危険」と村長が考え、何人も外に出しておるみたいでな。ほとんどは数年で戻るんじゃが、ナスティだけはずっと村を出たままみたいじゃよ。

だもんで村長である母親は、「里帰りすらまともにせん」と嘆《なげ》いとるそうじゃ。儂の対面に座るナスティは、少しばかりバツの悪そうな顔をしておった。それでも先日帰郷《ききょう》したばかりじゃから、あまり気にしとらんのじゃろ。

情報収集と昼ごはんを済ませた儂は、ヘミナーと連れ立って家を出た。

儂がヘミナーと一緒にまず向かうのは、商業ギルドじゃ。鞄の中にあと何樽入ってるか知らんが、魔物の素材の査定《さてい》より断然早く終わるから先に済ませたいらしい。ワインの単価は大きくぶれないので、手っ取り早く現金化できるみたいでな。それを元手に必要な物を仕入れて、それから村へ帰る予定になっておるそうじゃ。

二人で話しながらのんびり歩いていたら、泊まっている宿より儂の家のほうが料理が美味いと言ってくれた。

「しかし寝る場所が足りんから、家には泊まれんぞ」

「なれば、宿は寝るだけ。食事なしにできないか聞いてみよう」

「宿が大丈夫なら儂は構わんよ」

儂の答えを聞いたら、ヘミナーは目的地を商業ギルドから宿屋へ切り替えたわい。固い口調に戻った理由も聞いたが、体面の為なんじゃと。村の代表として街に来ているので、下に見られないよう演じているそうじゃ。

宿の受付にヘミナーが素泊《すど》まりへの変更を頼むと、何の問題もなく変えてもらえた。商談次第で宿泊数が変わるのも頻繁なんじゃと。なので食事なしへの変更なぞ、お茶の子さいさいらしい。夜の準備を開始する前に言ってくれたからと、ヘミナーは逆に感謝までされておった。宿屋も大変なんじゃな。

宿屋での用事を終えた儂らは、やっと商業ギルドへ足を運ぶ。相変わらず盛況な受付を済ませ、順番待ちをしていたら、カッサンテと、同じくギルドで働くシロルティアに声をかけられる。カッサンテはマルと組んでこなしてる見習い研修がそろそろ終わるんじゃと。次はシロルティアの指導を受ける予定になっとるそうじゃ。

雑談の最中、ツーンピルカへの取り次《つ》ぎを提案されたが、丁重《ていちょう》にお断りしておいた。今日は会う約束をしとらんし、卸す商品も買い付ける品もないからのぅ。順番を横入りするのは褒められん。

シロルティアたちを見送り、三十分くらい待ったらヘミナーの順番が巡ってきた。慣れた足取りで卸し窓口へ向かい、無駄のない動きで木樽を取り出して並べる。一樽を見本で査定してもらうそうじゃ。残る二十三樽は倉庫へ運ぶらしく、ギルドの職員さんが三人で運んでおった。

例年通りの査定額でワインを売り、代金を受け取るヘミナー。結構な額のようで、受け取った革袋がガチャリと音を立てておるわい。双方共に良い取引ができたようで、握手を交わしてから商業ギルドをあとにする。次に向かうは、冒険者ギルドじゃよ。

「売り払う素材って何があるんじゃ？」

「角に骨……あとは石や草などだ。村で使った余りと、全く使わない素材になる」

鞄からひょろっとした何かの骨を一本取り出す。肉などは一切付いておらん。綺麗に解体された骨のようじゃ。

「値付けに時間がかかりそうじゃな」

「うむ。なので全部を置いて、数日以内の換金を頼む。その間に頼まれた品を買い付ける予定だ」

冒険者ギルドの扉を開け、素材買い付けの窓口へ顔を出す。ヘミナーが担当者とやりあってる間に、儂は儂の用事を済ませるかのぅ。

一声かけてからヘミナーのそばを離れ、素材売り場に向かう途中、メリーナに見付かった。先日の稽古のお礼として、近々店に客として来るそうじゃ。面倒を見ている冒険者らを引き連れてだから、かなりの大所帯かもしれん。

そんなことをメリーナと話していたら、一人の男が割り込んできた。

「爺さんがアサオって人かい？」

「そうじゃが？」

突然のことに訝《いぶか》しむ儂を見て、メリーナが男と儂の間に身体を挟む。金の短髪を逆立《さかだ》たせた優男《やさおとこ》は、青白い顔でへらへら笑っておった。儂より背が低く、緊張感のない顔をしておるよ。

「まずは自分で名乗りな。それくらいの礼は持つべきさね」

「あぁ、悪い悪い。ブジェンブってんだ。随分強いらしいから、指南《しなん》を頼めないかってね」

軽い謝罪《しゃざい》を口にすると、メリーナを躱して儂の腕を取る。男は掴んだこちらの左腕を引き、懐から何かを取り出す。

「この腕輪をして、魔法なしでな！」

細かな細工が施《ほどこ》された木製の腕輪と、鈍い色の金属の腕輪が一つずつ嵌められた。と思えば、どちらも割れて足元に落ちてしまう。

「……は？」

儂とメリーナでなく、優男が目を点にしておった。

「何がしたいんじゃ？」

首を傾げる儂を見ず、ギルドの入口を振り返った男が大声を出す。

「腕輪が壊れるなんて聞いてないぞ！」

赤黒いローブを身に着けた者が、扉から音もなく出ていくところじゃった。マーキングだけでもしようと追いかけたんじゃが、間に合わず逃げられてしもうた。建物の外で一瞬にして消えたから、転移の魔法を使ったのかもしれんな。マップと《索敵《レコナ》》を使っておるのにのぅ……前に大角《おおづの》のところで出会った輩の一人かもしれんのぅ。

「とりあえず……」

メリーナの声に振り返れば、優男の腕を取って背中へ捩じ上げる姿が見えた。儂は慌てて《沈黙《サイレス》》をかけたんじゃ。悲鳴を上げられる可能性が高いからのぅ。案の定、男は口を大きく開け、痛みに顔を歪《ゆが》めておるよ。青白かった顔も若干紅潮《こうちょう》しとる。

手加減を忘れたのか、いつも通りなのか分からんが、メリーナは男の腕を引き上げ、上がっちゃいかんところまで吊り上げよった。身長差があるのに、男とメリーナの頭が同じくらいのところにあるわい。

「何かあったのか？」

不自然な静寂《せいじゃく》に包まれる儂らに気付いたのは、窓口での取引を終えたヘミナーじゃった。メリーナの背中と、それを見ている儂を交互に見やるヘミナーは状況を察したらしく、

「あぁ、そうか」

と呟いて、儂から視線を逸らしよる。見ていて楽しいものではないからの。

「今来たのはアサオさんの知り合いかい？」

男を持ったままのメリーナは、振り向かずに儂へ問うてくる。儂が頷くのを確認したら、

「メリーナってんだ。何かあったらよろしく頼むさね」

暴れる男の左腕を掴み、自分の右腕一本でまとめてしまう。その後左手を挙げ、ヘミナーへ挨拶した。優男とはいえ大人なんじゃがのぅ。メリーナは難なくこなしとるわい。

「ヘミナルキンカだ」

ヘミナーは儂にしたような仕草は見せず、一言話すだけじゃ。

「デュカクを呼んでもらえるかの？」

「すぐに来ます」

受付に一声かけたら、ズッパズィートが答えてくれた。そばに控えていた女性職員が走り去る。

「階下がやけに静かだと思えば……何をしたのですか？」

つかつかと歩いてきたズッパズィートは、儂とメリーナには目もくれず優男を睨みつけ

た。それは非常に冷たい視線で、痛みに歪んだ男の顔は、青褪《あおざ》めて引き攣っておる。ズッパズィートは質問にも答えん男を更に険しい目で見ておるわい……あ、《沈黙《サイレス》》を解除しておらんからか。

「《結界《バリア》》」

儂とメリーナ、男にヘミナーにズッパズィートまでを囲み、《沈黙《サイレス》》を解除すると、優男があらん限りの声で叫びよった。

「それで、何があったのでしょうか」

男の叫びなど意に介さず、ズッパズィートは儂に質問を投げかけよった。

「その男から挨拶もそこそこに、何かの腕輪を嵌められたんじゃ。まぁ、それは壊れてこうなっとるんじゃがの」

足元に転がる腕輪だったものを指さし、儂は説明を続ける。

「黒幕らしき者を追いかけようとしたら逃げられてな。実行犯はこの男で、メリーナが確保してくれたよ。叫ぶとうるさいから、魔法で静かにさせていたんじゃ」

叫び続けていた男は、もう声が出ておらん。ヒューヒュー息が洩れるのみになってしまっとる。

「証拠品を確保してもよろしいですか？」

壊れた腕輪を指さして、ズッパズィートが眉を顰《ひそ》める。

「そういえば忘れてたな、《鑑定《エヴァルア》》」

ひょいとかけらを持ち上げ、鑑定したんじゃが、なかなか物騒《ぶっそう》なものじゃった。

「カナ＝ナたちが着けていた物と同じみたいじゃよ」

あの子らがギルドで再教育されとる時に、魔法が使えんよう嵌められとった腕輪と効果が似とる。

「いえ、それより遥かに厄介な品です。これは吸魔《きゅうま》の腕輪だと思いますから」

素手《すで》で触ろうとしないズッパズィートは、儂の持つ木片を睨んでおる。

「そんな名前じゃな。こっちの金ぴかとニコイチ装備みたいじゃぞ」

「それは封魔《ふうま》の腕輪ですね。となるとやはり……」

ズッパズィートが押し黙る。

その時、どこからか水の滴る音がし始めた。辺りを見回して音の源《みなもと》を探すと、優男じゃったよ。男は白目を剥いて、舌を口からはみ出させておる。青白い顔は、涎《よだれ》やらで汚れておるし、下履《したば》きも腰当てと一緒に色が変わっとる。その足元には小さくない水たまりが生まれておった。

「あぁもぅ、汚いねぇ」

腕を放したメリーナは、水たまりに男を落とす。周囲に透明でない水が飛び散ってしまったぞ……

「《清浄《クリーン》》」

儂は男と周囲を一遍に片付ける。汚れはとれたが、男の身体は濡れたままじゃ。

《乾燥《シーズン》》までしてやる義理はないから、このままじゃな。

「吸魔と封魔の腕輪をこんな下っ端《したっぱ》が持つはずありません。ギルドの総力を挙げて調べますので、少々お時間をください」

腕輪のかけらを板っきれで拾い集めたズッパズィートは、儂を見つめてから頭を下げた。

《結界《バリア》》を解くと、デュカクが顔を見せる。男をズッパズィートへ引き渡し、メリーナに礼を述べてから儂は執務室へ足を運ぶ。面倒じゃが、やらんとな。その間、ヘミナーを待たすことになるが、買い付ける素材を見てるから気にするなと言ってもらえた。

デュカクと一緒に執務室へ行き、儂は一連の出来事を説明した。テーブルを挟んで向かい合うデュカクは押し黙ってしまったわい。どうも大きな何かに巻き込まれたのかもしれんな。

「アサオさん、さっきの男を見たことはありますか？」

「知らんな。街ですれ違うくらいじゃ分からんしのぅ。とりあえず店には来ておらんぞ」

儂は首を横に振りながら答える。想定通りの返事だったようで、デュカクは渋い顔を崩さぬまま話し出した。

「あれは『野犬』ってパーティの若手です」

「あの男だけしか見ておらんが、野犬より野良犬《のらいぬ》のほうが似合ってそうじゃな」

「当初は『生き抜く』ことに重きを置いて活動していたんですけどね……今じゃ決して、若手に勧められるパーティではありません。そこの構成員である……それだけで素行《そこう》が分かってしまうでしょう？　ただ明確な犯罪行為などは見つからなかったんです。アサオさんの件を利用するようですみませんが、今回の件で全員の聞き取り調査をさせてもらいます」

デュカクは座ったまま腰を折り曲げ、両手をおいた膝より下まで頭を下げる。

「膿《うみ》を出し切る機会になるなら構わんよ。実害は何もないしのぅ。お、そうじゃ。クーハクートから報告されとる転移石の件があったじゃろ？　実はその前に、バルファが家に現れたりもしたんじゃ。それも同一犯の仕業かもしれん。ついでに調べられんか？」

軽く話す儂に、デュカクは顔を上げて戸惑《とまど》いの表情を見せよった。

「ちょ、ちょ、ちょっと待ってください。転移石の他にもバルファが家に？」

手を絶えず動かし、目が泳いでおる。口もあわあわしとるな。

「これが全部繋がってると仮定しての話なんじゃがな――」

ひょいとテーブルを越えた儂は、デュカクと肩を組み、小声で提案する。目を丸くし、言葉が出ないデュカクじゃったが、

「……ってな具合でどうじゃろか？」

話を聞き終えたら笑顔になっとったよ。儂の提案の最中に百面相《ひゃくめんそう》をしておったから、なかなか面白かったわい。とりあえず詳細を詰めるのは後日じゃ。その間にデュカクが調査と仕込みをしてくれる予定でな。

挨拶して執務室をあとにした儂は、ヘミナーを回収してから市場を連れ歩いたのじゃった。

《 27 平穏《へいおん》な日常 》

デュカクに頼みごとを済ませたら、そっちの仕込みが終わるまで普段通りの生活をするだけじゃ。なので今日は店に出とる。いつ来るか分からんメリーナたちのことを考えると、多めに料理を作っていないといかんからのぅ。

「私たちの腕前、少しは上がってる？」

寸胴鍋でヌイソンバのスジ肉を煮込む儂へ、翼人の奥さんが聞いて来た。今しがた終えたのは、フィッシュバーガー用のフライじゃったか。

「そつのない動きになっとるから大丈夫じゃよ。目に見えて変わるなんてことはありゃせん。結局、日々コツコツ繰り返すのが一番近道なんじゃ」

「……それは分かるんだけど、ルーチェちゃんを見てると焦るのよね」

火起こしから一人でこなせるルーチェを、奥さんは複雑《ふくざつ》な顔で見ておるわい。

「それこそ焦ったたって仕方ないぞ。人それぞれ足並みは違うんじゃからの。ルーチェには焼き場が合ってたってだけじゃ。怪我せず、無理せず、美味しい揚げ物を作れるのでは、もの足りんか？」

「…………」

押し黙ってしまったが、さっきまでの悩み顔はしとらん。儂の言葉が何かしら響いてくれたのかもしれんな。あまり真面目なことを話す質《たち》ではないから、やめてほしいものじゃよ。

「アサオ様、私たちはどうでしょうか？」

クーハクートのところから来てるメイドさんたちが、悪乗りしてきよった。いつもの空気に戻そうとしてくれとるんじゃろう。若干顔がにやけておるわい。

「皆よくやっとるよ。感謝感激雨あられじゃ。嬉しくて涙がちょちょ切れてしまうわい」

儂の答えに、厨房にいた全員が噴《ふ》き出しよる。

「さぁさぁ、準備を再開じゃ。いつか分からんが、冒険者が団体で来よるからの。支度を怠《おこた》って、食べる物がないなんてことがないようにせんとな」

「誰が来るの？」

皆に指示を出したらルーチェが顔を出す。

「メリーナって女性じゃよ。かなりの腕前じゃったな」

「ふーん。今度稽古を頼めるかな」

「いや、アサオさん。メリーナさんて上級冒険者だから。めちゃくちゃ強いからね」

慌ててメリーナのことを教えてくれたのは背の高い奥さんじゃ。

「そうなのか？　儂としては、美味しい塩を作ってくれる工房の奥さん、って認識のほうが強いんじゃがのぅ」

「あ、最近使ってるお塩だね。うん、あれ美味しいよ！」

ルーチェは稽古を頼もうかと言っていた時よりも目を輝かせるが、儂と話している間に、焼き場の炭が燃え上がったので、急いで戻っていきよった。それを見ていた奥さんたちは笑っておる。

「上手になっても油断しちゃいかんってことじゃな」

「そうね。私も頑張る」

翼人の奥さんは気を引き締めたようじゃな。

その後、予想通りというか、予想外というべきか……メリーナは来店しよった。手合せの時いた冒険者をほぼ全員連れてきたらしく、店内は客で溢れかえってしまったわい。

ただ、昼飯時を避けてくれたから、店におるのは冒険者ばかりになっておる。先に食べていた常連の中に冒険者の知り合いも多いようで、和気藹々《わきあいあい》といった空気になっとるのは救いじゃよ。

先日注意しておいたから、問題を起こすような輩はおらん。ルーチェの焼き鳥、ロッツァの焼き魚、ナスティのステーキと思い思いの列に並んでおるよ。煮物や野菜料理に並ぶ者は極僅《ごくわず》かしか見かけんな。

しかし、一番図体《ずうたい》のでかい男性がサラダを山盛りにしとるから、料理の提供速度にはあまり差が出とらんわい。短い角を二本生やしておるが、ありゃ牛かのぅ。その隣に立つ鹿角の女性も、男性に見劣《みおと》りせんくらいに煮物を盛っておった。

エイっぽい顔立ちの冒険者は、端にひっそり置いてあった刺身にご満悦《まんえつ》らしい。ジャナガシラとイッポンガツウォを頬張り、満面の笑みを浮かべておる。小魚の南蛮漬《なんばんづ》けも気に入ったようで、ひっきりなしによそいに行っとるよ。

儂の作る煮込みの前には、メリーナとトトリトーナが並んどる。同じ大きさの丼を持つが、メリーナのほうが二倍くらいの体躯じゃから、目が錯覚を起こしとるよ。

なのに食べる速さはさして変わらん。噛まずに呑み込んでいるのかと思い注意して見たら、二人の咀嚼速度が異常なくらい速いのが分かった。寸胴鍋いっぱいに作っていたスジ肉の煮込みが、ものの十分で売り切れてしまったくらいじゃよ。なぜかクーハクートも対抗して食べておったが、二人の相手にはなっとらんな。

彼らの腹を満たす為に、次に取りかかったのは豚汁うどん。うどんは【無限収納《インベントリ》】に打ち立てを仕舞ってあるから、豚汁をちゃちゃっと作る。

作ったそばから出ていく料理は、みるみる冒険者らの腹へ消えていく。気持ちいいくらいの食べっぷりを見せてくれていたが、一人また一人と腹を抱えて倒れよる。ただ誰もが満足してくれたようで、苦しそうなのに笑顔じゃった。

牛角っぽい男性が食べ終わり、鹿角の女性がフォークを置く。トトリトーナが腹を叩いてにこやかに笑えば、食べ続けるのはメリーナだけになった。一人咀嚼を続けるメリーナも、カツ丼を八杯食べたら、空《から》の器に蓋をする。

「美味かったよ。ご馳走《ちそう》さん！」

一番嬉しい言葉を口にしてくれたメリーナは、来た時と変わらん軽い足取りで帰っていった。他の冒険者たちは腹が重そうで、のろのろと歩いとったぞ。

大量の料理を心ゆくまで提供できた奥さんたちは、今日のことで自信がついたみたいじゃよ。やり切った顔で、満足そうじゃ。

《 28 薬草採取《さいしゅ》の専門家 》

今日、儂は冒険者ギルドへ顔を出しておる。ヌイソンバの骨や皮、角の残りを小出しに売ってほしいと頼まれててな。

その査定と換金の待ち時間に、何の気なしに掲示板を覗いたんじゃ。冬だからか既に受注されたからか分からんが、討伐依頼はほとんどありゃせん。残っておるのは、薬草採取や食材集めばかりじゃな。それでも若手や腕っぷしに自信のない者にはありがたい依頼じゃろ。

そう思いながら見ていたら、気の弱そうな男が一人、採取の依頼書に手を伸ばした。歳の頃は三十半《なか》ば。中肉中背《ちゅうにくちゅうぜい》のどこにでもおりそうな男じゃった。ただ、儂が目を引かれたのは、その後を追う女児のせいじゃよ。ルーチェよりは大きいが、それでも十歳には届いておらんな。

「おっさん、また草むしりか？」

依頼書を手に持って受付待ちの列に並ぶ若い男が、馬鹿にしたような顔で茶化《ちゃか》しておった。周囲の冒険者もくすくす笑い、見下《みくだ》すような視線を向けておる。とりあえず見たことある顔はおらん。

「近場の採取だけで日々を過ごすなんて、冒険者の暮らしじゃないだろ？」

若い男は、また蔑《さげす》みの言葉と視線を浴びせたが、おっさんのほうは気にしとらんな。いつものことなのか、微妙な笑顔で流すだけじゃ。おっさんの後を追う女児のほうが憤っておるわい。

しかし、若い男も女児にまで悪態を吐く気はないようで、相手にせず受付に向き直ってしまった。

「その採取のおかげで、体力回復薬や腹痛治しを作ってもらえるんじゃがな」

「仰《おっしゃ》る通りです。無駄に危険を冒《おか》す愚者《ぐしゃ》よりも、ギルドにとって大事な稼ぎ手になってます」

呟く儂の背後に、いつの間にやらズッパズィートが立っておる。その両隣にはカナ＝ナとカナ＝ワが控えておった。

「若い頃の尖ってた私みたいだ」

「……そっくり」

遠い目をするカナ＝ナと、恥《は》ずかしそうに目線を外すカナ＝ワ。

「お前さんたちは、今でも十分若いぞ」

思わずツッコミを入れたら、カナ＝ナは頬を赤く染めよる。

「それぞれの仕事？　役目？　を理解したからな。じいちゃんのおかげだ」

「……ありがとうございます」

カナ＝ナは偉《えら》そうに胸を張り、カナ＝ワは頭を下げた。ズッパズィートは頷くのみじゃよ。

「力だけを求めるとどうなるか……近々知る機会があるじゃろ」

「ギルドマスターが仕込んでる案件ですか？　誰かの入れ知恵だとは思いましたが、アサオさんでしたか。納得しました」

抱いていた疑問に回答が得られたからか、ズッパズィートの表情はすっきりしたもんじゃった。

「番号札《ふだ》八十三番の方ー、買い取りをお待ちの八十三番さーん。窓口までお越しください」

「お、終わったようじゃな」

カナ＝ナたちと別れ、呼ばれた窓口まで行き、代金を受け取る。一、二分で取引が終わったので冒険者ギルドを出ようとしたら、さっきの女児が不安気な顔できょろきょろ首を振っとった。

近くにいたはずのおっさんが見えん……あぁ、受付待ちをしとるのか。随分と先まで進んでおるから、他の冒険者たちが壁になって見えんのじゃろ。儂が手を振って指さし教えたら、見つけられたようでちゃんとお辞儀を返してくれた。

「草むしりよりー、アタイらを先にしてよねー」

女児がおっさんのもとへ向かおうとした矢先、恰幅《かっぷく》の良い女の声が轟《とどろ》く。背は低く、ずんぐりむっくりとした体型で、どぎつい桃色のマントを羽織《はお》っておるわい。おっさんの次の次で、我慢の限界を迎えたようじゃ。

「討伐のほうが優先じゃないのー？」

「優先順位はありますが、今は並んだ順番で処理しています。お待ちください」

男性職員が答えても、態度を改める気配は感じられん。

「住民の危険を排除してるのにー？　草むしりより大事でしょー？」

「順番をお待ちください」

太った女は職員をも見下しておるのぅ。背中しか見えんが、話しっぷりと手振りで見えじゃよ。職員もそれを感じているらしく、額に血管が浮き出ておるわい。しかし我慢も仕事と割り切ってるのか、口ぶりは丁寧なままじゃ。

それから何度も同じやり取りを繰り返す間に、おっさんの受付は終わる。出口へ歩を進めるおっさんと女児に顔を向けた女は、

「この時間で何体討伐できたかなー」

更なる悪態で追撃しよった。周囲で見ていた冒険者は、女と同じ意見の者と嫌そうな顔をした者が半々になっとる。おっさんもさすがにそのまま出られず、足を止めてしまった。あと数歩なんじゃから、出てしまっても構わんのにのぅ。

儂が一歩踏み出そうとした時、カナ＝ナとカナ＝ワが女の前に仁王立ちしよった。

「おばさんが何か言ってるぞ？」

「……弱い犬はよく吠える……あ、豚だった」

女を指さし、馬鹿にする二人。反射的に女が二人へ手を伸ばす。それをひらりと躱して、カナ＝ナたちは儂の隣にまで歩いてきた。女は歩く二人に追いつけんかったが、挟まれた儂を睨みつける。

「子供の教育がなってなーい」

ぼさぼさの茶色い髪に、樽《たる》体型の白い肌。豚の獣人と言われても納得な面構《つらがま》えじゃった。そこに桃色マントじゃからのぅ。装備品は鱗模様《うろこもよう》の鎧じゃが、これまた黄色と赤で目立つ色合いをしておった。

自分を囮《おとり》にして仲間を庇《かば》う目的があるなら、派手《はで》な装備も多少は理解できるが……そんなことは考えとらんのじゃろうな、知性を感じんこの喋り方では。

「この子らは、儂の弟子《でし》でな。何やら迷惑をかけたみたいじゃが、お前さんの態度もどうかと思うぞ？」

「あんな冒険者より、アタイのほうが役立ってるんですけどー。それにギルドだってアタイたちがいるから仕事あるんだしー」

窘《たしな》めてはみたが、聞く耳を持たんようじゃ。何を言っても右から左に素通りしとる。

「そうかそうか。ならば、お前さんが身に着けておる服はどこで買ったんじゃ？　それを作ったのは誰じゃ？　使う薬の材料は誰が集めておるんじゃ？　そんな仕事を手配してくれているのは何処《どこ》じゃろな。その辺りを考えたことはあるか？」

「そんなの知らないしー。爺うるさーい。アタイに勝てないのに、口ばっかり立つんですけどー」

嘲笑《ちょうしょう》を浮かべ、儂を小馬鹿にする。儂の肩を小突《こづ》こうとするが、半身捻るだけで難なく

躱せるぞ。何度やっても触れさせん。顔を真っ赤にした女は儂を諦め、カナ＝ナたちへ標的を変えたが、

「何をしているのですか？　アサオさんは冒険者ではありませんよ？」

ズッパズィートの言葉に動きを止めた。管理官が冒険者でない者の名を知っている。そのことの意味に思い至った者は青褪めた顔をしとるよ。ま、儂はそんな特別な存在じゃないから、気にせんでいいんじゃがな。

「まだ何もしてないしー」

女がズッパズィートへ振り返ったので、カナ＝ナたちは儂から離れ、おっさんと女児を外へ逃がした。興が醒《さ》めた女は、儂らを見ずに受付へ向かう。あんな遅い足取りで、魔物が満足に狩れるんじゃろか？

儂に一度だけ頭を下げて、ズッパズィートは奥へ消えた。

「まったく。なってないのだ、あの豚は」

「……触れることすらできなかった」

出入り口から戻ってきた二人は、また儂の両隣に立つ。

「なってないのは、お前さんたちもじゃよ。何をされるか分からんのじゃから、あまり煽るもんじゃない」

儂の注意にしゅんとした二人じゃが、

「あの子の為だったのは分かるがの」

そう付け加えたら、ぱぁっと笑顔になりよった。

カナ＝ナたちを連れて家へ帰り、一緒に料理の試作をする。料理の合間に今日の出来事を話す二人は、なぜか知らんが得意気な顔をしていたわい。

《 29　冒険者たちの祭り 》

「じいじ、私も出ていいんだよね？」

ルーチェが今日何度目かの確認を儂にする。ほとんど経験させなかった対人戦じゃからのう。念押ししたいのも無理はないか。

今、儂らがいるのは冒険者ギルドの訓練場じゃ。デュカクに頼み、希望者全員参加の模《も》擬戦《ぎせん》を開いてもらったんじゃよ。それに儂とルーチェは参加しておってな。ロッツァとナスティには、留守番《るすばん》と、クリムとルージュの特訓をお願いした。

デュカクへ提案したのは、冒険者が儂と手合せできる機会を作ることだけだったんじゃがな……どうにもお祭り気質なカタシオラの住民は、事を大きくしてしまったようじゃ。

料理対決の時と同じで、クーハクートとミータ少年がなぜかマイクらしきものを握っておる。外周部分をひな壇《だん》にして、即席の観客席を拵《こしら》えてあってな。その最上段に二人がおるんじゃ。

『今回は冒険者ギルドが主催の武闘会だ』

『おどりではありません』

お決まりのネタらしく、ミータ少年はどや顔を披露しとった……しかし、模擬戦のはずが武闘会か……

『基本的に何でもありだが、相手を殺してはならんぞ』

『ほねをおるくらいまでにしてください』

ミータの隣に立つひょろ高い従者の男が力強く頷いとる。そしてひな壇の一番下にある簡易《かんい》テントを指さした。そこには回復魔法を使える者が待機しておるらしく、見目麗しい男女が四人して手を振っておるわい。

『得物は木剣などになるから、そうそう事故は起きんだろう』

『こうげきまほうは、しょきゅうげんていです』

そうじゃろな。接近されたら何もできん素人《しろうと》魔法使いならいざ知らず、武闘会に参加しようとする者なら、ある程度の制限をかけんと危険じゃよ。制限をかけられんでも、儂が使えるのは初級だけじゃがな……

『今回は勝利した者に賞品がある。バイキング・アサオの無料お食事券だ！』

『おいしいみせですね』

準備運動をしていた冒険者たちから歓声が上がる。ざっと見た感じで、半分くらいは既に客として来ておるか。

『勝っても負けても、相手を恨むでないぞ』

『すべてはくじできまります』

くじ箱を持つギルド職員が三人、回復テントの隣に立っておった。くじは赤と青の木板になっとる。そこに描かれた数字がそのまま自分の出番となる手筈《てはず》じゃ。同じ数字の書かれた、色違いの札を持った者同士が戦うことになっておるが、三人のくじ箱にはごちゃ混ぜに入れてあるからのぅ。どれを引くかは神のみぞ知るってところじゃな。

『相手を先に知るのは構わんが、勝ち負けの相談などしてくれるなよ？　興醒《きょうざ》めもいいところだ』

『ほかのさんかしゃから、つめたいしせんをあびせられるでしょう』

「参加する方はくじを引いてくださーい！」

ギルド職員がくじ箱を掲げながら、大きな声で通達しとる。我先に向かう者、粛々《しゅくしゅく》と歩を進める者、周囲の出方を眺める者、緊張で震える者など様々な反応を見せよった。しかし、青褪めて動けん者は大丈夫なんじゃろか？

参加者が三列で並んでおる様を見る儂の後ろには、ズッパズィートが来ておる。不正がないかの確認をしとるのかもしれん。ズッパズィートの両隣に監視役《かんしやく》らしき者が二人、くじ箱を抱える三人の職員の間にも一人ずつ配置されておった。

お揃いの白い腕章《わんしょう》をしとるから、ズッパズィートの部下なのが一目瞭然《いちもくりょうぜん》じゃな。

『管理官に睨まれておるぞ』

『きもをひやしますね』

真面目な口ぶりなのに、若干の冷やかしを感じるのは何でじゃろ？　あぁ、クーハクートが悪童顔になっとるからか。

並ぶ者はくじ箱かズッパズィートたちに意識を向け、くじを引き終わった者は、相手が誰になるかを知りたくて仕方がないようじゃ。

「アサオさん、挨拶してもらってもいいですか？」

ズッパズィートの隣に現れたデュカクが、儂に声をかけてくる。

「模擬戦のつもりが大きな催《もよお》しになってしまったのぅ。ま、クーハクートが一枚噛んだなら諦めるのが無難か」

「でしょうね。先日の料理対決の時もですが、クーハクート様の才能だと私は思いますよ」

儂が振り返り目を合わせると、デュカクは困ったように笑っておった。ズッパズィートは無表情で列の進みを見ておる。デュカクに促され、儂はクーハクートの席へ向かった。するとミータからすぐにマイクを渡される。儂が喋るのも予定通りなんじゃろな。

『このまま喋っていいんか？』

『そうだぞ。というか、もう皆に聞こえている』

クーハクートがにやけながら参加者たちを指さした。どっと笑い声が上がる。中には腹を抱えてる者までおったぞ。

「じいじ、頑張れー」

ルーチェに笑いながら応援されたわい。ルーチェは赤い札を持った右手をぶんぶん振っとる。

『気を取り直して……先日、何人かと手合せする機会があってな。他の者からもやってみたいとの声が上がって、デュカクの耳に入ったようじゃ。ここで腹を減らして、店に来てくれ。たっぷり食べられるぞ？　空腹《くうふく》は、何より料理を美味しく感じさせてくれるからのぅ。無理せず、怪我せず、楽しむんじゃぞ。お、儂の名前を言い忘れてたな。アサオじゃ。爺なんじゃから、模擬戦の相手になったらお手柔らかにの』

肩の力が抜けた参加者たちは、儂の言葉に耳を傾け、静かに聞いてくれておる。隣にいるクーハクートだけは、何やら難しい顔をしておったがな。

『……模擬戦は、空腹を得る為のものなのか？』

『そのくらいの気構えのほうがいいじゃろ。無駄に力が入ったら、実力を発揮できんよ』

また笑い声が上がり、参加者たちは楽しそうにしておる。数人だけが儂を睨むように、鋭い視線を送っておったよ。

『もぎせんはなんどでもやれますからね』

儂の持つマイクに顔を近づけたミータが、最後にそう付け加えた。

『さぁ、開戦だ！　赤の一番、青の一番、前へ！』

クーハクートの呼びかけに、二人の若者が訓練場の中央へ歩き出す。

皆の前での挨拶を済ませた儂は、そのままくじを引きに向かった。残り物に福があるかどうかは分からんが、それでも引かんとな。儂の札は青の五十八じゃ。かなり後ろになりそうじゃよ。出番まではのんびり観戦に回ろうかのぅ。

「じいじ、強い人いるかな？」

「どうじゃろな？　誰が相手でも、殺されんよう、殺さんようにと動くだけじゃて」

儂に目を向けてから、模擬戦をする二人をじっと見るルーチェ。儂もちらりとルーチェを見るだけで、あとは模擬戦を眺めておる。

「とりあえず武器の間合いを覚えるのが、今日の課題じゃぞ」

「はーい」

返事はしておるが、やはりルーチェの視線は儂へ向かんかった。棍棒《こんぼう》とナイフの模擬戦から目を離さん。どちらの得物にも、重さの調整と怪我予防の意味で厚手《あつで》の布が巻かれておるよ。

ルーチェも塔《とう》の街で作ったグラブを持参しとるが、今日は使えんな。なので鞄に仕舞っておる。

次の番の者らが前に出ると、儂はルーチェの拳に布を巻き始める。グラブの替わりに、何かしら身に着けさせたほうがいいじゃろ？　それで布を巻いておるんじゃ。関節を狙うかもしれんから、指は自由に動かせるようにしておるよ。右が巻き終わり、左を巻き始める頃には、中央におる参加者は大柄の女性と太った男性になっておった。一戦あたりおおよそ三分しかかかっとらん。

「じいじとやる時のほうが長いと思うんだけど」

「そうじゃな。稽古だからなのか、普段からこう戦うのかは分からんから何とも言えんが……」

「対人戦なんてこんなものさね」

声に顔を上げれば、メリーナが立っておった。その後ろには、ギザとリェンもおる。三人とも赤札を持っているのぅ。番号までは見ておらんが、ルーチェも赤札じゃったな。もしかしたらこの中の誰かが儂の対戦相手になるかもしれん。

「反撃の手段を何種類か用意せんのか？」

「しないよ。だって反撃される前に結果を出せるように動くんだもん」

ギザが首を振り、苦笑いを浮かべとる。

「お前さんたちとやった時は、結構な手数の応酬《おうしゅう》じゃったが？」

「あれだって、初手《しょて》を決められるように動いてたんだよ。それを難なく返されたんだから……」

ギザはぶつぶつ言っとるが、初手だけのやり方はいかんじゃろ。

「冒険者は街中の依頼をこなす者と、魔物を狩る者とに大きく二分されている。警備隊ならば話は別だが、冒険者に対人戦をする機会はほぼない」

疑問が顔に出ていたようで、リエンが儂に説《と》いてくれた。

「稽古ってしないの？」

「それは人それぞれかな？　ヒト型の魔物もいるから、それを想定して私はリエンとやるよ。その延長でアサオさんにも頼んだんだし」

ルーチェの疑問にギザが答え、リエンとメリーナも頷く。

「魔物相手に稽古はできないからね。実戦を繰り返すのが一番だって言うのもいるけど、アタシは稽古を大事にしてるよ。十人いれば戦い方も十通り。魔物もそれは同じさね。アタシは基本馬鹿だから、いろんな経験を積まないと動きが悪くてね。アサオさんとの組手もいい経験だったよ」

「だよね。クリムとやるのと、ロッツァとやるのは全然違うもん。じいじなんて、一歩も動かないこともあるし」

メリーナの言葉にルーチェが目を輝かせる。布を巻き終えた左手を握り、感触《かんしょく》を確かめながら話しておるよ。

「……稽古なんだから動こうよ、アサオさん」

ジト目で儂を見るギザ。

「動かないのは魔法使いとしての稽古の時だけじゃよ？　体術の時は違うぞ」

「えー？　体術だって私が転がされるばっかだよ？　じいじはちょっと手を動かしたり、足を払ったりするだけじゃん」

ルーチェの追撃で皆の視線が儂に注がれる。

「相手の勢いを利用して、自分は最小限の動きで対応するでな。そのほうが疲れんじゃろ？」

「……それは相手の心が折れるのではないか？」

リエンがじっと目を閉じ考えてから、ぽつりと呟いた。

「心を折れば、無駄に戦わんで済むからの……そうか、今日もその手でいくのがいいんじゃな」

「魔法は使わないの？」

軽く身体を動かしながらルーチェが問うてくる。拳だけでなく、蹴りも繰り出しておった。ついでに膝蹴《ひざげ》りまで披露しておるわい。

「《麻痺《パラライズ》》や《束縛《バインド》》で終わらせるわけにはいかんじゃろ」

「それは稽古ではない」

「アタシもそう思うよ」

リエンとメリーナが即答しよる。ギザは無言で頷くのみじゃ。

「そういえば、勝った者の賞品は伝えたが、最多勝の景品を言い忘れたのぅ」

「え？　何かあるの？」

儂らを遠巻きに見ていた格闘家っぽい女性が声を上げ、慌てて口を押さえておる。頬も赤く染めておるし、本当に思わず口から出てしまったようじゃ。

「……何でしょうか？」

「用意しとるぞ」

知りたい欲望に逆らえず、女性は真っ赤になりながら聞いて来た。

「儂が作れる料理に限られるが、何でも好きな物を頼める権利じゃよ。手持ちの食材もその時に教えるから、存分に悩めるはずじゃ」

「な、な、な、な、何でも⁉」

言葉に詰まりまくっておるが、そんなに驚かんでも……

「それって、ヌイソンバの極厚《ごくあつ》ステーキでも――」

「甘い料理でもいいのかい？」

ギザとメリーナが儂に顔を近付け、息づかい荒く迫ってきよった。

「構わんぞ」

にこりと微笑んだ儂に、周りの女性が歓声を上げる。

「まだ食べたことないのを頼も♪」

一番やる気を漲らせたのはルーチェのようで、準備運動のキレが増しよる。

「まだ……」

「食べたことない？」

リエンと女性がゆっくりルーチェを振り返る。

「うん！　じいじ、まだまだいっぱい隠してると思うし！」

屈託《くったく》のない笑顔で答えるルーチェじゃった。

儂らのやり取りを聞いていた周囲の者は、一層張り切っておる。入念な準備運動に得物の再確認までしとるからのぅ。

「そんなにか？」

「そんなにだよ」

首を捻る儂に、ルーチェが答えた。リエン、ギザ、メリーナも頷いておる。

「赤の十三番、前へ！」

「はーい」

職員からの呼び出しに、ルーチェがぴょんと躍《おど》り出る。

青札を持つ相手も中央へ歩いておった。小柄な体躯に、白い毛に覆われた顔と長い耳。服や装備に隠れておらん手も真っ白じゃ。こりゃ、ウサギの獣人じゃな。男か女かは判別できん。

革の胸当てに鉢がね。あとは布製らしき肘当て、膝当てを身に着けておる。得物がナイフのようじゃから、素早さを活《い》かした戦法かのぅ。

ルーチェとウサギ獣人がゆっくり歩き、その間は五メートルくらいになる。

「始め！」

審判の声が響き、二人は一気に間合いを詰めた。速度はさして変わらんが、手足の長さはウサギ獣人に分があるな。

距離を詰めながら、獣人が両手のナイフを投げつけた。ルーチェは躱さずナイフを正面で掴むと投げ返す。ルーチェの反撃に、獣人は対応できんかった。自身の投げたナイフを追いかけ、既に前蹴りを繰り出しておったからじゃ。

それにルーチェの狙いも、避けにくい身体の中心じゃからのぅ。ナイフが吸い込まれるように獣人の腹へ刺さりよった。投擲の速度に自分の推進力《すいしんりょく》が合わさったので、木製ナイフといえど服を貫いてしまったようじゃな。

「そこまで！」

急停止したウサギ獣人は、ナイフを抱えるように身体をくの時に折り曲げたのち、ゆっくり仰向けに倒れていく。衝撃に意識が飛んでるじゃろから、審判の声は耳に届いておらんな。

回復担当が慌てて近付くが、

「《快癒《ヒールオール》》」

辿り着く前に儂が治しておいた。致命傷《ちめいしょう》にはなっとらんと思うが、ルーチェの反撃は儂の予想以上だったからのぅ。

呆気《あっけ》ない結果に、ルーチェは立ち尽くしておった。追撃の低空ドロップキックをかまそうと、体勢を変える矢先じゃったし……とはいえ追い打ちをせんで良かったわい。怪我どころで済む話じゃなかったろうからな。

儂の回復魔法をぽかんと見ていたルーチェじゃったが、はっと気付き頽《くずお》れたウサギ獣人のもとに歩いていった。救護《きゅうご》というか気遣《きづか》いはせんといかんぞ。意識を取り戻したウサギ獣人はすっくと立ち上がり、服に開いた穴を見て目を丸くしておったよ。ほどなくしてルーチェは戻ってくる。

「……やりすぎたかな？」

「反撃を想定していないほうが悪いさね」

「いや、でも投げ返されると思う？」

「思わないな」

小首を傾げるルーチェの問いに、メリーナ、ギザ、リェンの女性陣が答えてくれた。

「やりすぎなのは、アサオさん譲りだね」

「そうさね」

「うむ」

ギザが儂を指さし、二人が同意しておる。

「投げられた物を投げ返したり、打ち返したりするのは基本じゃろ？」

「基本は避ける。打ち落とせるまでいけたら、かなりの腕前だよ」

顎髭をさすりながら儂が聞くと、ギザに即答されてしまった。反撃も一緒に行えるから、一石二鳥だと思うんじゃがのぅ……軌道さえ読めれば難しくもないし……

ルーチェたちが捌《は》けた舞台には、次の参加者たちが立っておる。頭の左右で髪色が違う長身痩躯《ちょうしんそうく》の男は、大剣を構えておった。防具は何も身に着けておらん。

相対する者は、丸々と太った小柄な男じゃ。手にするのは杖だけじゃが、こちらは腕輪や指輪で着飾っておるよ。舞台に進むだけで息が上がるらしく、肩が激しく上下しておるわい。

審判の開始の号令と共に剣士が走り出す。太った男が両腕を突き出すと、いくつもの《岩壁《ストーンウォール》》が林立《りんりつ》しよった。剣士の突進を阻むかのように現れるが……無詠唱スキルでも持っておるのか、儂と大差ない速さで展開しとるぞ。

「あれは、指輪の力だろうね」

メリーナの解説を聞いて小柄な男を眺めれば、指輪と腕輪が光っておった。

「模擬戦にあんな高価なの使う？　金の力も実力の内だけど、どうなんだろ？」

「装備を一新するから、ここで使い潰すつもりなのかもしれんぞ？」

「……金貨の音が聞こえる気がするよ」

ギザとリェンの会話にメリーナも苦笑いを浮かべとるよ。

男の突き出された腕が光らなくなる。もう魔法は使えんようで、障害物を避けた剣士に間合いを詰められると、杖で殴りかかりよった。何の細工もない縦振りを剣士はひらりと躱し、大剣の腹で太っちょを薙ぎ払う。盛大に飛んだ太っちょは、弾み転がりながら土煙を巻き上げた。頭を下にしたエビ反《ぞ》り状態で、止まった先で微動だにせんが、生きておるんじゃろか？　受け身くらい取れんと危険じゃぞ。

審判が試合を止めたので、儂はしゃちほこになってる男へ魔法をかけてやった。

「《快癒《ヒールオール》》」

全身埃まみれの太っちょが、ごろりと横へ転がってからむくりと上半身を起こす。無残《むざん》な状態になった服などを確認した上で、自分の腕や腹、顔をぺたぺた触っておったよ。何が起きたのか分からんらしく、しきりに首を捻っておったがの。

その後、ギザ、メリーナが順当に勝ち星を挙げとった。

「青の四十三番、前に！」

無手《むて》の女が音もなく舞台に降り立ち、リェンが木剣を腰に佩《は》いて歩き出す。

「赤の四十三番――」

「もういるぞ」

呼び出しが声を上げている最中に、リェンは中央に立っておった。

今日のリェンは、先日装備していた鎧を身に着けておらん。稽古だからなのか、革製の胸当てや手甲《しゅこう》、脚絆《きゃはん》を装着しておるよ。木剣は長剣型じゃな。

相対する無手の女は、地が茶色い斑模様の服を身に纏う。胴体を締め付けんゆったりした作務衣《さむえ》のようじゃ。袖口《そでぐち》や裾などはしっかり閉じておる。それに顔も目の周りしか出ておらん。その隙間から真っ白な前髪が、ひと房《ふさ》だけはみ出ておった。身体つきから女性と分かったが、耳や尻尾などは見えんでな、人族以外かどうかは分からん。

「では、始め！」

合図と共に無手の女が駆け出す。半拍遅れで踏み出したリェンじゃったが、女は既に目の前におった。慌てて木剣を突き出すリェンを確認した上で、女は大きく飛び退く。軽く手を振るだけで、リェンに何もしておらんかった。

「相性《あいしょう》が悪いわね」

時間をかけずに自分の模擬戦を終えたギザが、リェンの相手を見つめたまま呟いとる。彼女は息も上がらず、ほんの数手で相手を伸しておった。今は次戦以降の情報収集かの。

「拳だけじゃないさね。何か仕込んでいるよ、あれは」

メリーナの指摘を受け、女の手足を見たがさっぱり分からん。懐にも手を伸ばさんぞ。

「暗器《あんき》使いは珍しいよね？」

「そうだね。手、足、腰、袖、裾、懐……どこに仕掛けがあるか予想しないと大変だ」

ギザとメリーナが、女から目を離さず言い合う。

リェンも暗器使いだと考えているらしく、女が手を振ったり、足を上げると距離を開けておった。儂には警戒しすぎに見えるが……最前線で戦う者にしか分からんものがあるんじゃろうな。

距離を開けたリェンと女。また先に仕掛けたのは女じゃった。その速度は初手以上で、リェンの反応が追い付かん。女の突き出した拳を、木剣の腹で受けようとリェンが身構える。それが誘いだったんじゃな。女は左足でリェンの手首を蹴り上げた。

木剣を手離したリェンの右腕を引き、女は右膝を腹へ突き立てた。鈍い音の後、リェンの身体が突《つ》っ伏《ぷ》していく。

「勝負あり！」

倒れたリェンを仰向けに直し、女は舞台から降りる。リェンは気を失っておった。

「《快癒《ヒールオール》》」

頭を打っておるわけでもないから、そのうち意識も戻るじゃろ。

儂が回復させたのを見て、相手の女がぺこりと頭を下げた。

「暗器使いじゃなく、拳闘士《けんとうし》だったようじゃな」

「……隠し持ってる風に見せてたの？　騙《だま》された……」

「深読みしすぎたか……」

渋い顔をしとるギザとメリーナじゃが、

「なんか糸がからまってたよ？」

リェンの様子を確認して戻ったルーチェの言葉に、安堵《あんど》の表情を浮かべておった。

「本物の暗器は見せられんし、見られるわけにもいかんか」

女が歩いていった先を眺めても、既に姿はない。周囲の冒険者に紛れてしまったようじゃ。

救護のテントに寝かされたリェンが、儂らのもとに戻ってきたのは、戦う者の番手が五十番に差し掛かってからじゃった。その間に見ていた試合中にいくつか、壮絶《そうぜつ》なものがあったわい。木槌使いと木斧使いの戦いは、最終的にどちらの得物も折れたので殴り合いになってのぅ。首根っこを掴み合っての、回避《かいひ》不能な打撃戦は見ごたえがあったぞ。

他には魔法の撃ち合いも派手じゃったな。初級魔法じゃから、詠唱時間が短くての。詠唱速度が速く連射できる魔法使いと、移動しながら詠唱できる魔法使いの模擬戦でな。威力がほぼ変わらんらしく、空中で相殺し合うんじゃよ。

どちらも死力を尽くしたようで、魔力が切れた二人ともが倒れて試合終了。ありゃ残念じゃった。

そして儂の出番の一つ前が今舞台上におってな。見た目が華《はな》やかな翼人の男と、熱帯魚風の魚人の女が槍《やり》で一戦交えておるよ。

翼人は馬上槍に近い槍で、魚人の得物は投げ槍っぽい感じじゃ。翼人が下から打ち上げられて宙に逃げたら、狙い通りとばかりに魚人は槍を鋭く投げつけた。体勢が崩れたままの翼人は避けられん。左の鎖骨《さこつ》辺りに槍を受けて、地上に叩き落とされたわい。

魚人は追撃の手を緩めず、走りながら蹴りを繰り出した。うつ伏せから立ち上がろうとしていた翼人は、顔面へもろに蹴りをもらっておる。身体を反り返らせて白目になっておったから、意識を手放しとるな。翼人の白っぽい服が自分の血で赤く染まっておった。

審判の合図を待って、魚人の女は一礼してから舞台を降りる。

「青の五十八番、前へ！」

呼ばれた儂は舞台へ上がる。

「赤の五十八番、前へ！」

ゆったりした足取りで舞台へ上がる男は、長剣を二本携えており、背丈は儂より頭二つ分上じゃな。背が高いから手足も長く、儂とのリーチの差が半端《はんぱ》ないじゃろ、これ。

顔、腕、足も普通の人族に見えるが、実際のところはどうじゃろか……ぼさぼさな濃紺《のうこん》の髪を垂らして鼻くらいまで隠しておるので、視線から行動を読むのは難しいのぅ。微《かす》かに見えた瞳は淡い青色じゃった。

無言のまま儂の前に立った男は、ゆっくり頭を下げる。儂も一礼すると、

「始め！」

審判が声と共に手を振り上げた。その合図とほぼ同時に動いた男は、もう儂の目の前に立っておる。なんとか上体を反らせば、儂の目と鼻の先を右から木剣が掠めていく。次は腹部を狙われ、左の木剣が突き出される。

それを捻って躱した儂を、今度は右の木剣が追いかけ、打ち下ろされた。左に大きく飛び退き、間合いを取ろうとしたんじゃが、許してもらえんかった。

儂の着地に合わせ、またもや距離を詰められる。こちらを挟むように両手の木剣が薙がれた。儂は後方へ回転しながら木剣を蹴り上げ、そのままの勢いで間合いを取った。

ここまでほんの数秒のことじゃったが、周囲は水を打ったかのような静けさじゃ。

男が大きく息を吐いた。一連の動きの間、息を止めておったからのぅ。呼吸の継ぎ目を狙うのもままならんわい。鈍重《どんじゅう》そうな見た目に反した機敏《きびん》な動きに手を焼いてしまうな……

再度、木剣の握りを固くした男が、儂へ詰め寄ろうとした瞬間、

『ぐぅうぅうぅ～～～～』

と気の抜ける音が響く。思わず体勢を崩してしまったが、男の近付いてくる気配を感じられん。男を見れば、木剣を握ったまま腹を押さえていた。

「……腹減った……」

初めて声を発したと思ったら、男はしゃがみこんでしまう。

「腹が空《す》いて力が出んのか？」

歩いて近付きながら問うたら、無言のまま頷きよった。儂らのやり取りに審判はおろか、周囲の観戦者まで苦笑いをしとるよ。

「引き分けで終わらせて、少し食べるか？」

男は『待て』でお預けをくらった子犬のような顔で儂を見上げる。ぱたぱた揺れる尻尾と、垂れた耳が頭に見える気がするわい。何度か目をこすってみたが、それは幻覚ではなく本物のようじゃ。

儂は審判に試合終了を告げて、舞台を降りる。その後ろを素直に追いかける男。ルーチェたちのもとまで戻り、【無限収納《インベントリ》】から大ぶりのおにぎりを取り出して男に渡したら、ひと口でむしゃりといきよった。

荒々《あらあら》しく咀嚼して、ごくりと呑み込む。おかわりを期待してるんじゃろな。尻尾が激し

く振られておるよ。同じ大きさのおにぎりを三個渡し、湯呑みに白湯《さゆ》を注いでおく。

「お前さんは、獣人だったのか」

「……おおふぁみ」

口いっぱいに頬張っとるから聞き取れんが、たぶん狼と言ったんじゃろ。濃紺の髪より少しばかり色素《しきそ》の薄い尻尾と耳が、忙《せわ》しなく動き続けておる。

「耳や尻尾は隠せるものなんじゃな」

「……ふぃあいびぇ……なんとかなる」

途中でおにぎりを呑み下したので、言葉がはっきりしてくれた。前半は「気合で」じゃな。

「……貴方は強いし、食べ物くれた。何が欲しい？」

「いらんいらん。目の前の若者が腹を減らしておって、自分の手元に食料があったんじゃ。それを譲っただけじゃから、気にせんでくれ」

儂の言葉に、男の尻尾は力なく落ち、耳が垂れてしまう。

「礼はすぐに返さないとダメ。いついなくなるか分からないから」

しかし、また耳がぴんと立った。さっきはよく見えなかった青い瞳も、力強いものになっておる。

「それなら、今度この子らと組手をしてやってくれんか？　決まった相手とだけじゃ、練習として物足りんじゃろうからの」

「……分かった」

男に白湯を渡すと、一口で飲み干した。

狼の獣人と適当に話している最中も、模擬戦は続いておるよ。既に儂らの後の二組が終わり、三組目が舞台上じゃ。くじ箱を持っていた職員に聞いたら、残り五組で一巡するらしい。そうしたら休憩を入れる予定で、その時勝利者賞を渡す手筈になっておる。

「ついでじゃから、軽めの食事も用意しておくか」

儂を追いかけてきた冒険者数人が、儂の言葉に期待の眼差しを向けておった。見覚えのある顔じゃから、メリーナを慕《した》う冒険者じゃろな。物怖《ものお》じしないのか、儂に慣れたのかは分からん。狼獣人におにぎりを食べさせた時にも、羨《うらや》ましそうな目を向けておったからのぅ。

「一人100リルで、おにぎりかバーガーを一個じゃからな」

儂の答えに大歓声じゃよ。

その後、つつがなく模擬戦は一巡りした。勝者に勝利者賞の木札を手渡し、100リルとおにぎりを交換する。ほとんどの者がおにぎり希望でな。バーガーはほんの数個しか出んかったぞ。

休憩をしている内に、気が付けば時間は昼じゃった。そして、なぜか火の男神と風の女

神も来ており、100リルを握りしめて冒険者たちの列の最後尾《さいこうび》に並んでおったよ。

風の女神はいつものマンドラゴラ姿でなく、性別を変えて筋肉達磨《だるま》な姿をしておったがの。火の男神は何度か見た変装のままじゃ。誰も気にしておらんかったから、何かしら魔法でも使って誤魔化していたんじゃろ。

昼ごはんをのんびりとった儂らは、クーハクートたちと一緒に模擬戦の二巡目を眺めることにしたんじゃが、休憩前と組み合わせが変わるだけで、目新しいことはありゃせんかった。一戦目に勝てなかった者が勝ち星を拾うくらいかのぅ。

腹も落ち着いた儂が立ち上がると、一人の男が近付いてくる。

「アサオさん、一つ手合せをお願いできないか？」

猛禽類《もうきんるい》を彷彿《ほうふつ》させる鋭い眼光のモヒカンじゃった。

「ドン・ブランコってんだ。どうもうちの若いのが迷惑かけたらしいな、すまんかった。それとは別に、俺自身があんたと腕試ししたくてな」

紫髪のモヒカン男は、その視線で儂を捕らえて逃さん。距離も付かず離れずを維持しておるし、右手で持つ棍棒からも手を離さんよ。話している間の身振り手振りは、全て左手で行っておった。

「こいつは『野犬』のボスさね」

メリーナが湯呑み片手に教えてくれた。

「あの男はどうなったんじゃ？」

「捕まったままだ。どうにも裏がキナ臭い……生き残る為には手段を選ぶなと教えちゃいるが、誰かを騙せとも嵌めろとも指導しちゃいねぇんだ。本当に悪いな」

苦笑いを浮かべるモヒカンは、左手を顔の前に立てて謝罪しておるよ。デュカクが言うほど悪い輩とは思えんが……あぁ、悪いのは『野犬』ってパーティじゃったか。頭領《とうりょう》がまともでも、中間管理職がダメで、いつの間にやら妙なのが集まってしまった感じかもしれんな。

「手合せは構わんが、くじを引かなくていいのか？」

「だってさ。どうするデュカクさんよ」

モヒカンが顔を向けた先、儂の背後にデュカクがおった。

「一回だけの特別ですからね。じゃないとアサオさんに殺到《さっとう》しちゃいますから」

「よし、ならすぐやろう！」

儂に背を向けたモヒカンは、さっさと舞台へ向かいよる。その後ろを追いながら観察したが、モヒカンは儂より少しばかり背が高いくらいじゃな。瞬発力も膂力《りょりょく》も発揮できる良い肉付きじゃよ。年もあるかもしれんが、程よく脂肪《しぼう》が付いておる。筋肉だけじゃと、打撃をもらった時、すぐに中身にまで届くからのぅ。装備も急所を守るだけの必要最低限にしておるし、これは手強《てごわ》そうじゃ。

儂の後をデュカクが追ってきた。審判をしてくれるみたいじゃな。

「では始め！」

デュカクの声で儂が駆け出すと、モヒカンはしゃがむ。そのまま砂礫を掴み、儂へ投げ飛ばした。観戦していたリェンが「汚い！」と言っておるが、別に普通じゃろ。

儂は砂礫を屈《かが》んで避けながら、男に詰め寄る。勢いを殺さずに駆け抜け、男の右足を掴もうと腕を伸ばしたが、棍棒で防がれてしまった。棍棒を流したくても正面から受け止められたでな。押し合いになる前に儂が引けば、そこを男の蹴りが通り過ぎよった。

「あれを避けずに来るかね……」

「迷わず目くらましを使ってくるとは、良い戦い方をするもんじゃ」

男がにやりと笑いよるので、儂も不敵な笑みで返しておいた。

「うわぁ、じいじが笑ってるよ。似た者同士なのかな？」

「ブランコは生き残るのが最優先さね」

「じいじと一緒だね」

儂らを見ていたルーチェとメリーナが何か言っておる。他の観戦者は若干引いとるのか、無言のままじゃよ。リェンだけは相変わらず憤っておるがの。

モヒカンを左手で撫でる男は、

「さぁて、どうするかねぇ……」

呟きながらゆったり歩いて近付いてきた。

正面のブランコを見据《みす》えると、儂の背後に動きがあった。左右、後方から合わせて五人飛びかかってくる。

観戦しとるはずの者がわざわざ背後に回るのを、見逃すとでも思ったんじゃろか？　それとも、注意が正面だけに向いたと勘違《かんちが》いしたのか？　どちらにしても安直すぎじゃな。

「案の定というか、想定通りというか……」

全員に《麻痺《パラライズ》》と《束縛《バインド》》をお見舞いしてやったわい。五人全てが先日の襲撃犯と同じ腕輪を持っておった。【無限収納《インベントリ》】に証拠品を仕舞い、ブランコを見たらまだ歩いて儂へ近付いとるが……

「デュカクさんの言う通りになったな！」

盛大に吹き出し、涙目になりながら縛られた五人を指さしておった。その背後を一人の女が襲う。

「甘《あめ》えんだよ！」

さっと身を翻し、その側頭部を棍棒で殴り飛ばしよる。相当痛いじゃろな、あれは。

デュカクは『野犬』を取調べると共に、潔白《けっぱく》だったブランコに協力を依頼しとったんじゃ。敢《あ》えて隙を見せるなぞ、彼の実力から言って朝飯前じゃ。

リエンにも二人ほど襲いかかっておったが、メリーナとギザに捕らえられて何もできとらん。

ルーチェの前には、薄い桃色髪の男の子が一人おる。ルーチェに何かを投げつけたようじゃが、あまりの遅さに何の苦労もなく避けられとるよ。

ルーチェは男の子の背後に回ってから、首をきゅっと絞めて意識を刈ったようじゃ。投げた物を確認したら、青い石じゃった。これは先日の転移石じゃろな……証拠を確保する為、直接触らないようにこれまた【無限収納《インベントリ》】に仕舞いこむ。

「一網打尽《いちもうだじん》ですね！」

デュカクが満面の笑みを浮かべておるよ。突然その背後の景色が歪み、赤黒い手が現れた。

「バレバレですよ！」

デュカクは振り向きざまに手を掴んで捻り上げ、膝を叩き込む。肘とは思えん箇所《かしょ》で、赤黒い手が曲がっておる。歪んだ景色が戻ると、赤黒い手も消えていた。

「《氷針《アイスニードル》》」

今度は訓練場の天井に赤黒いローブが現れたので、儂は《氷針《アイスニードル》》で狙うが刺さらん。

「《石弾《ストーンバレット》》、《圧縮《コンプレス》》、《加速《クイック》》」

儂の放った追加の魔法で、赤黒いローブは蜂《はち》の巣になるも、消えてしまったわい。

「逃げられてしまったのぅ」

「全部は無理でも、成果は上々」

ブランコが呵々《かか》と笑いながら、自分が殴り飛ばした女を引き摺ってきよる。先日、採取専門の冒険者に絡んでいたあの豚っぽい女じゃったよ。派手な身形《みなり》のまま、埃《ほこり》まみれになっとるぞ。

たった一撃もらっただけで、更に醜《みにく》い顔に変形してしまっとるわい。自信満々に話していた実力も、大したことなかったんじゃな。

儂らを襲った者以外にも《索敵《レコナ》》が反応しておる。数えてみれば、総勢十三人の大所帯じゃった。行動に移さんかった者もデュカクが目星をつけていたようでな……問答無用《もんどうむよう》で捕縛されとるよ。まぁ、証拠となる腕輪を持ったままじゃったから、言い逃れができんかったとも言ううか。

ただ、ルーチェが絞め落としたはずの桃色髪の少年が消えておった。あれは赤黒いローブと直接繋がっているのかもしれん。それにしても儂を襲った時と姿を変えんかったのは何でじゃろな?

とりあえず、協力者のモヒカン……ドン・ブランコやメリーナに感謝して、儂とルーチェは訓練場を出ようとする。他の一般冒険者らはぽかんと成り行きを眺めとった。

一部、気を持ち直した者らが、手持ちの無料券を気にしておるので、出がけにそれは問題なく使えると伝えたら、

「ならいいや。細かいことは気にしねぇ」

と笑っておった。営業日を確認してから来るよう注意して、儂らは帰るのじゃった。

《 30 冒険者たち 》

模擬戦をこなした翌日、開店前から冒険者が二人並んでおった。にこにことる女と、目が虚《うつ》ろな男じゃ。まだ仕込みの最中なんじゃがのぅ……

話を聞いたら、二人はパーティを組んでるわけでもなく、たまたま一緒に来ただけなんじゃと。それで男のほうは、今日の為にと昨夜から何も食べていないらしくてな。たくさん食べたいのは分かるが、空腹すぎると食べられる量も減るし、身体にも悪いんじゃよ。

「え？　じゃあ、どうすれば……」

蚊《か》の鳴くような小さな声で男が呟く。店の前で倒れられても困るでな。糖分《とうぶん》と栄養補給の為に餡子を小鉢《こばち》で一杯渡しておいたわい。それを摘まんでいればきっと持つじゃろ。

開店時間まであと少し。儂らは料理の仕上げにかかる。その間、儂らを見ておった二人は、着々と増えていく料理に涎を垂らしとったよ。

仕上げも終盤《しゅうばん》に差し掛かった頃、外を見れば冒険者が大量に並んでおった。誰も彼もが無料食事券を持っておる。皆に料理を任せて冒険者の前に儂が出たら、拍手で迎えられたぞ。

「もう少しで開店じゃが、冒険者と街の人で食べる場所を分けてもいいか？」

「構わねぇよ。なぁ？」

「あぁ、俺らみたいなデカイのと一緒じゃ邪魔だろ」

茶色い短髪の男と、無精髭《ぶしょうひげ》を生やした男が答えてくれる。他の冒険者は全体で右に動き、自分たちとそれ以外の客を列の時点から分けてくれた。街の人たちも何人か並んでおったからのぅ。協力に感謝じゃよ。

「お爺さん！　私、勝ちましたよ！」

列の最後尾で飛び跳ねているのは、栗色の髪をひと纏めに縛った女冒険者じゃった。儂がリエンたちと話していた時に聞き耳を立てていた子じゃな。

「確か昨日の――」

「ですです！　料理をお願いしたくて頑張りました！」

にひっと笑い、黄色い木札を儂へ見せる。最多勝の木札じゃな。

「儂らが帰った後も武闘会を続けたんじゃろ？」

「はい！　くじ運の良さが勝因ですけど、勝ちは勝ち！　オーサロンド様にもらいました！」

あとのことを任せたクーハクートが、しっかりやってくれたみたいじゃ。

「俺もあと二回勝ててれば……」

「アタシなんてあと一回だよ……」

列に並ぶ冒険者たちが、羨望の眼差しで、女冒険者の持つ黄色い木札を眺めておるわい。

「今日それを使うのか？」

「いえ、今日は普通の食事券だけにします！　お願いする料理は食べてから決めますよ！　ん～～～、何がいいかなぁ！」

栗毛の子は元気に答えて、店に並べられていく料理を眺めとる。目につく料理を指さしては微笑み、次の料理を見てはにんまりじゃ。絶えず目移りするその子をそのままにして、儂は店内へと戻った。

厨房に声をかけ、並べられた料理を確認したら、儂はすぐに客の前へ戻る。

「待たせたのう。これより開店じゃ。料理は逃げんから、慌てずのんびりとな」

今日も手伝いに来たメイドさんに、街のお客さんを任せる。儂は大勢いる冒険者の相手じゃよ。寒さ避けに極々《ごくごく》弱い《結界《バリア》》で砂浜を覆っておるから、冒険者たちにはそちらへ行ってもらった。

今日はいつもより焼き場が一つ増やされておる。クリムたちが頑張ったので、貝類がたっぷりあってのう。石組みの竈《かまど》に儂が炭火を仕込み、マルシュが焼く。貝の口が開いたらバターをひと片《かけ》、たらりと醤油を回して完成。儂が一回見本でやっただけでマルシュは覚えてくれてな。本人も「やりたい」と言ってくれたから、頼んだんじゃよ。

客の応対までは難しいみたいじゃから、そこはカブラにお願いしてある。生まれて間もないのに、なんだかんだと賢《かしこ》いカブラは優秀《ゆうしゅう》じゃな。マルシュもカブラも、褒めると喜び、更に頑張る子じゃから、褒めがいがあるわい。

冒険者たちにも、他の客にも人気なのは、やはり目の前で仕上げる焼き場の料理じゃった。ナスティが作るヌイソンバのもも肉ステーキは噛み応えがあってのぅ。しっかり肉を食べている感じがして大人気になっておった。その鉄板の片隅《かたすみ》でじっくり弱火で焼かれる野菜は、女性や年配の客に好評じゃよ。

今日ルーチェが作る串焼きは、キノコ祭りになっとる。鮮度の良いものが八百屋の親父さんから届いたんじゃ。炭火で炙られた色とりどりのキノコは、周囲へ芳醇《ほうじゅん》な香りを広めておるわい。ひと噛みしたら口の中に溢れるキノコ汁が嬉しいんじゃろな。皆、笑顔ではふはふ言っとるよ。

ロッツァは黙々《もくもく》と魚を焼いておる。刷毛《はけ》を器用に使うクリムが醤油を塗り、ルージュが味噌を塗《まぶ》しとるぞ。仕込みの段階でヒレに塩を纏わせたのは儂じゃが、客の要望にロッツァたちが応えてくれてな。今じゃ塩焼きと同等に出る人気商品じゃよ。カナ＝ナとカナ＝ワが見守るわたあめ作りも、食後の楽しみで人を集めとった。

店を開けてる間、冒険者が引っ切りなしに来てくれたから、昨日配った無料食事券は今日だけでほとんど使われたようじゃ。最多勝の札はまだ渡されとらんが、大まかな希望を伝えられてな。後日招待となったわい。

「銀座編」大好評発売中！
累計650万部突破！
(電子含む)
ゲートSEASON1～2
大好評発売中！
SEASON1　陸自編
単行本
●本編1～5／外伝1～4／外伝＋
●各定価：本体1,870円(10%税込)
文庫
●本編1～5〈各上・下〉／外伝1～4〈各上・下〉／外伝＋〈上・下〉
●各定価：本体660円(10%税込)
漫画
漫画：竿尾悟
●1～21(以下、続刊)
●各定価：本体770円(10%税込)
SEASON2　海自編
単行本
●本編1～5
●各定価：本体1,870円(10%税込)
文庫
最新5巻〈上・下〉大好評発売中！
●本編1～5〈各上・下〉
●各定価：本体660円(10%税込)

大ヒット
異世界×自衛隊ファンタジー！
ゲート0《ゼロ》
GATE:ZERO
自衛隊
銀座にて、
斯く戦えり
〈前編〉
〈後編〉
柳内たくみ
Yanai Takumi
ゲート始まりの物語
「銀座事件」が小説化！
20XX年、8月某日——東京銀座に突如『門（ゲート）』が現れた。中からなだれ込んできたのは、醜悪な怪異と謎の軍勢。彼らは奇声と雄叫びを上げながら、人々を殺戮しはじめる。この事態に、政府も警察もマスコミも、誰もがなすすべもなく混乱するばかりだった。ただ、一人を除いて——これは、たまたま現場に居合わせたオタク自衛官が、たまたま人々を救い出し、たまたま英雄になっちゃうまでを描いた、7日間の壮絶な物語——
●各定価：1,870円（10%税込）
●Illustration：Daisuke Izuka
650万部！
自衛隊、ついに状況開始!!

ネットで人気爆発作品が続々文庫化!

アルファライト文庫 大好評発売中!!

前世は剣帝。今生クズ王子 1~5

世に悪名轟くクズ王子。しかしその正体は——
剣に生き、剣に殉じた最強剣士!?

1~5巻 好評発売中!

アルト *alto*　illustration 山椒魚

生まれ変わっても戦場に駆り出されて グータラ生活は夢のまた夢!?

かつて〝剣帝〟と讃えられた一人の剣士がいた。戦いの日々の果てに自ら死を選んだ彼は、ディストブルグ王国の第三王子、ファイ・ヘンゼ・ディストブルグとして転生する。前世での生き様を疎み、今生では〝クズ王子〟とあだ名される程のグータラ生活を送っていたファイ。しかしある日、隣国との盟約により戦争に参加する事に——。グータラ最強剣士ファンタジー、待望の文庫化!

文庫判　各定価:671円(10%税込)

アルファライト文庫

この作品に対する皆様のご意見・ご感想をお待ちしております。

おハガキ・お手紙は以下の宛先にお送りください。

【宛先】

〒 150-6008 東京都渋谷区恵比寿 4-20-3 恵比寿ガーデンプレイスタワー 8F
(株) アルファポリス　書籍感想係

メールフォームでのご意見・ご感想は右のＱＲコードから、
あるいは以下のワードで検索をかけてください。

アルファポリス　書籍の感想　検索

ご感想はこちらから

本書は、2019 年 10 月当社より単行本として
刊行されたものを文庫化したものです。

じい様《さま》が行《い》く 6 『いのちだいじに』異世界《いせかい》ゆるり旅《たび》

蛍石（ほたるいし）

2022年 10月 31日初版発行

文庫編集－中野大樹／宮田可南子
編集長－太田鉄平
発行者－梶本雄介
発行所－株式会社アルファポリス
〒150-6008東京都渋谷区恵比寿4-20-3恵比寿ガーデンプレイスタワー8F
TEL 03-6277-1601（営業） 03-6277-1602（編集）
URL https://www.alphapolis.co.jp/
発売元－株式会社星雲社（共同出版社・流通責任出版社）
〒112-0005東京都文京区水道1-3-30
TEL 03-3868-3275
装丁・本文イラスト－NAJI柳田
装丁デザイン－ansyyqdesign
印刷－中央精版印刷株式会社

価格はカバーに表示されてあります。

落丁乱丁の場合はアルファポリスまでご連絡ください。

送料は小社負担でお取り替えします。


ISBN978-4-434-30987-8 C0193